KB097120

미녀 스파이 24인의
미스터리

THE MYSTERY OF 24 WOMEN SPIES

── MYSTERY SERIES 01 ──

미녀 스파이 24인의

미스터리

장궈리 · 우양신 지음 | **곽선미** 옮김

집사재

옮긴이에 대해서

곽선미

동덕여자대학교를 졸업하고, 중국 베이징과 텐진에서 수학했다. 현재 서울 외국어
대학원대학교 통번역대학원 한중과에 재학 중이고, 번역 에이전시인 (주)엔터스코
리아 중국어 번역가로 활동 중이다. 역서로는 〈성공을 이끄는 파워 33가지〉, 〈당
신의 남자를 경영하는 법〉 등 다수가 있다.

미녀 스파이 24인의 미스터리

초판 1쇄 인쇄일 | 2009년 3월 15일
초판 1쇄 발행일 | 2009년 3월 20일

지은이 | 장궈리 · 우양신
옮긴이 | 곽선미
발행인 | 유창언
편 집 | 이민영
발행처 | 집사재
출판등록 | 1994년 6월 9일
등록번호 | 제10-991호

주소 | 서울시 마포구 서교동 377-13 성은빌딩 301호
전화 | 335-7353~4
팩스 | 325-4305
e-mail | pub95@hanmail.net / pub95@naver.com

ISBN 978-89-5775-128-2 03820

값 11,000원

• 파본은 본사나 구입하신 서점에서 교환해 드립니다.

"여성의 도움 없이는 비밀 전쟁에서 절대로 이길 수 없어요. 이 세상에 남자만 남았다면 모를까."

2천여 년 전 이집트 여왕 클레오파트라가 줄리어스 시저에게 한 말이다.

동서고금을 막론하고 스파이 역사에서 여성을 절대 빼놓을 수 없다. 격렬한 전쟁터, 로맨틱한 무도회, 분위기 있는 카페에 이르기까지 그곳에는 항상 미녀들이 있었다. 그녀들은 자신의 능력을 최대한 발휘해 애틋한 사랑을 하면서 정보를 입수하거나 혹은 계획적으로 접근해 침대 속에서 극비 자료를 빼냈다.

국제 스파이 조직에서는 미녀 스파이를 '제비'라고 즐겨 부른다. 세계를 무대로 제비처럼 가볍게 날아다니며 멋진 활약을 보여주고 있기 때문이다. 그녀들은 여성만의 무기인 아름다운 웃음과 섹시함으로 상대의 방어선을 완벽하게 무너뜨리고 중요한 정보를 쏙쏙 빼냈다. 특히, '스파이의 세기'라 불리는 20세기에 지성과 미모를 겸비한 여성 스파이의 활발한 활동은 더욱 두드러졌다. 이 책을 통해 미녀 007들이 스파이 역사에 남긴 흥미진진한 활약상을 감상하길 바란다.

차 례

‘스파이의 여왕’ 마타 하리

1917년 10월 15일 새벽 마타 하리는 그녀가 가장 아끼는 댄스 슈즈를 신고 아름다운 자태를 뽐내며 생애 마지막 순간을 맞았다. 그 순간 그녀는 자신의 매력에 열광하는 관객이 아닌 차가운 총알을 마주했다. 그녀는 '반역죄'로 사형 집행대에 올라선 것이다. 당시 마흔한 살이었던 그녀는 태연하게 죽음을 받아들였다. 과연 그녀는 국가를 배반한 희대의 스파이였을까? 아니면 국가를 사랑한 영웅이었을까? 이는 아직도 풀리지 않는 미스터리로 남아 있다.

매력적인 댄서에서 스파이로…

제1차 세계대전이 일어나기 며칠 전, 마타 하리Margaretha Geertruida Zelle는 무료하게 창가에 앉아 창밖을 내다보고 있었다. 그녀는 몇 년 전만 해도 유럽 최고의 댄서로 남성 갑부들의 사랑을 한 몸에 받았지만, 이제는 네덜란드의 한 아파트에서 혼자 무료한 나날을 보내는 일이 많았다.

어느 날 현관에서 벨소리가 울렸다. 그녀를 찾아온 이는 칼 크레머Karl Kremerl였다. 그는 독일 영사관 직원으로 위장했지만 사실은 독일 정보국 비밀요원이었다. 그는 마타 하리와 인사를 나누고 바로 본론으로 들어갔다.

"당신이 여러 국가의 고위층 인사들과 교류한다는 사실을 알고 찾아왔소. 우릴 위해 파리Paris에 가서 몇 가지 일을 해주길 바라오. 돈 걱정은 하지 마시오. 우리 부탁을 들어주는 대가로 2만4천 프랑 정도면 되겠소?"

마타 하리는 창밖을 내다보며 한참을 생각하다가 대답했다.

"네. 그 정도면 충분할 거 같네요. 대신 선불로 주셔야 해요."

무료한 삶을 살아가던 마타 하리는 스파이 활동에 흥미를 느꼈다.

며칠 후에 크레머가 다시 찾아와 현금 2만4천 프랑과 작은 병 세 개를 건네주었다. 두 개의 병에는 투명한 액체가 들어 있고, 나머지 한 병에는 진한 파란색 용액이 담겨 있었다. 크레머는 병의 정체를 궁금해하는 마타 하리에게 그 용도를 자세히 설명해주었다.

"이것은 최근에 독일에서 새로 개발한 특수 잉크요. 우리에게 정보를 넘길 때 이 잉크를 사용하시오. 우선 첫 번째 병 속에 있는 액체를 떨어뜨려 종이를 적시고, 그것이 마르면 두 번째 병에 든 액체를 묻혀 글을 쓰시오. 그리고 당신이 쓴 글 위에 세 번째 병의 액체를 살짝 칠하면 글씨가 감쪽같이 사라질 것이오. 마지막으로 그 위에 그냥 일상적인 안부 내용을 써서 위장하면 되오."

크레머는 떠나기 전에 다시 한 번 신신당부했다.

"파리에 도착하고 나서 입수한 정보 중에 쓸 만한 게 있으면 바로 우리에게 보내주시오."

그가 떠난 후 마타 하리는 급히 짐을 꾸려 파리로 떠났다.

마타 하리의 본명은 마르가레터 게르투르드 젤러Margaretha Geertruida Zelle이다. 1876년 8월 7일 네덜란드 레이우아르던Leeuwarden에서 그녀는 3남 1녀 중에 둘째로 태어났다. 그녀의 아버지 아담 젤러Adam Zelle는 유명한 농장주였고 어머니 안티에 반 데어 뮐런Antje van der Meulen은 인도네시아인이었다.

혼혈아인 그녀는 타고난 매력적인 외모로 어렸을 때부터 인기가 많았다. 까무잡잡한 피부에 오뚝한 콧날, 맑은 두 눈, 윤기가 흐르는 머릿결하며 풍만한 몸매까지 정말 매혹적이었다. 1895년에 열다섯 살이었던 그녀는 또래보다 훨씬 성숙한 외모로 남자들을 유혹해 숱한 스캔들을 일으켰다. 하지만 부모는 딸을 그저 평범하다고만 생각해 이혼 경력이 있는 육군 대위에게 시집을 보냈다.

결혼 후 남편은 술주정뱅이로 변해 버렸고, 그녀에게 폭행과 폭언을 서슴지 않았다. 얼마 지나지 않아 그녀는 남편의 근무지가 자바 섬Java Island으로 바뀌자 그곳에서 생활하게 되었고, 6년 동안 1남 1녀를 낳았다. 자바 섬은 네덜란드와 달리 사람들과 즐겁게 교류할 만한 장소가 딱히 없었다. 그래서 그녀는 동양 문학에 관심을 가지며 불교 경전을 연구했고, 이국적인 동양 댄스도 배우게 되었다. 그곳 생활에 적응하며 살아가기 위해 노력했던 그녀와 달리 남편은 자주 바람을 피우고 아편에 중독되기도 했다. 게다가 어느 날 아들이 갑작스럽게 약물 중독으로 사망까지 하게 되었다. 그러자 남편은 그녀가 어머니로서 책임을 다하지 못했다고 원망하며 이혼을 요구했다. 그녀는 이혼하면서 딸의 양육권을 인정받았지만, 법원 판결에 굴복하지 않던 남편은 끝내 딸을 납치해 가버렸다.

그녀는 절망에 빠진 채 쓸쓸히 네덜란드로 돌아왔지만, 이웃들

··· 발리 댄스로 유명했던 마타 하리

의 눈초리가 따가워 부모님과 함께 살 수도 없었다. 결국 그녀는 어둑해진 밤에 식구들 돈을 훔쳐 집을 나왔다.

1904년 이혼녀가 된 마타 하리는 무작정 파리에 갔다. 화려한 불빛이 가득한 파리에 도착한 그녀는 어느새 가지고 왔던 돈을 몽땅 다 써버렸다. 그 후 그녀는 먹고살기 위해 이를 악물고 웃음을 팔기로 결심했다. 그녀는 파리의 물랭루주Moulin Rouge 극장 지배인 앞에서 섹시한 스트립 댄스를 선보였다. 당시에는 대담하게 옷을 벗고 춤을 추는 이른바 스트립 댄스가 흔하지 않았다. '신비로운 동양적 춤'에 홀딱 빠져든 지배인은 곧장 그녀를 댄서로 채용했다. 그리고 그녀에게 말레이어로 '여명의 눈동자'라는 뜻의 '마타 하리'란 예명을 지어주었다.

1905년 4월의 어느 날 저녁에 마타 하리는 동양 예술 박물관 Oriental Arts Museum에서 특별 공연을 했다. 공연장을 가득 메운 관객들 앞에서 그녀는 오묘하면서도 관능적인 발리 댄스를 선보였다. 춤이 절정에 달할수록 관객들은 무언가에 홀린 듯이 이 매력적인 댄서에게 깊이 빠져들었다.

그날 이후로 마타 하리는 금세 유명해졌다. 다음 날 그녀의 기사와 사진이 거의 모든 신문의 헤드라인을 장식했다. 그녀는 한순간에 유럽을 뒤흔드는 유명인사로 떠오른 것이다. 이때부터 그녀는 유명한 댄스홀이나 음악 감상실, 귀족들의 살롱, 대기업의 사적인 모임 장소 등에서 자주 공연을 했다. 마타 하리는 섹시한 매력뿐만 아니라 지성미도 발산했다. 그녀의 영향력은 곧 유럽 전역으로 퍼져 나갔고, 상류사회는 앞다투어 마타 하리와 가진 사적인 만남을 자랑처럼 여겼다. 정치가, 백만장자, 사회 인사 등 고위급 인사들은 그녀의 붉은 치마폭에 싸여 쩔쩔맸다. 일약 파리 사교계의 스타가 된 마타 하리는 춤을 출수록 더 큰 인기를 누렸다. 1905년 출판된 〈르파리지앙Le Parisien〉은 그녀를 이렇게 평가했다.

"그녀가 춤을 추기만 하면 공연장의 관객들은 모두 미친 듯이 흥분했다."

그녀의 열성팬들은 하룻밤을 즐기는 데 수천 프랑도 아까워하지 않았다. 더욱이 순회공연을 하면서 그녀의 인기는 전 유럽으로 퍼져갔다.

동양풍 의상을 입은 이 절대 미인은 호텔 스위트룸을 찾아오는 많은 열성팬들에게 자신의 이야기를 속삭였다. 그녀는 자신을 인도 말라바Malabar 해안의 귀족 집안에서 태어난 공주라고 소개하면서 까무잡잡한 피부와 반짝이는 눈동자가 그 사실을 증명해준다고 말했다. 또 어렸을 때 어머니를 여의고 나중에 현지 사원의 무용수가 됐다며 사람들을 현혹시켰다.

그녀는 자신의 공연을 '사랑의 댄스', '죄악의 댄스', '죽음의 댄스'로 구성했다. 그녀의 아이디어는 정말 성공적이었다. 팬들은 그녀의 섹시한 공연을 보려고 여기저기서 돈을 싸들고 몰려들었다. 덕분에 그녀는 느베르Nevers에 있는 호화 별장을 구입하고, 몽마르트에서 고급 아파트를 빌릴 수 있게 됐다. 그녀의 하인인 인도인들은 모두 인도 전통 의상을 입고, 머리에는 사슴 모양 장신구를 했다. 그녀의 마차도 역시 동양적인 분위기를 풍겼다.

그녀는 런던London, 빈Wien, 로마Roma 등에서 자주 공연을 하면서 기세등등해졌다. 베를린Berlin 공연에서 독일 윌리엄William 황태자는 그녀의 이국적인 발리 댄스에 푹 빠졌다. 그는 마타 하리에게 다이아몬드를 선물했을 뿐만 아니라 도도한 그녀가 군대사열까지 할 수 있도록 해주었다. 이 밖에도 프랑스 외교관, 프랑스에 거주하던 소련 공작 겸 작곡가 역시 마타 하리에게 반해 사랑의 바다에서 빠져 쉽게 헤어 나오지 못했다.

그러던 어느 날 산업계 인사들을 위한 즉석 공연에서 마타 하리는 독일 정보국의 눈에 들게 되었다. 정보국은 보기 드문 그녀의 스파이 재능을 발견하고 바로 독일 스파이로 포섭했다.

그들의 예상대로 마타 하리는 타고난 스파이였다. 그녀는 새로운 인생에 빠르게 적응하면서 자신의 공연 재능을 직업에 적극적으로 이용했다. 이렇게 해서 그녀의 스파이 활동은 순조롭게 진행되었다. 마타 하리는 자신의 최대 무기인 매력적인 몸매를 이용해 쾌락과 여색에 빠진 고위층 관리와 장군들에게서 정보를 캐냈다.

완벽한 스파이…

마타 하리는 성공적으로 소련의 작전 계획을 빼냈다. 바로 제1차 세계대전이 발발하기 전 어느 날 밤이었다. 그날 밤에 젊고 잘생긴 한 소련 군인이 베를린행 열차에 올랐다. 그의 이름은 르뵈프Leboeuf였다. 서류 가방을 든 그는 긴장한 모습이 역력했다. 그 가방 안에는 소련 병사 수십만 명의 목숨이 달린 작전 계획이 들어 있었다.

그는 맞은편 자리에 앉은 빼어난 미모의 우아한 귀부인을 발견했다. 귀부인은 열차 칸 문을 잠그고는 그에게 적극적으로 다가갔다. 두 사람은 내내 즐겁게 대화를 나누었다. 자신을 백작 부인이라고 소개한 그녀는 일 년 내내 출장 다니는 남편을 탓하며 혼자 쓸쓸히 지낸다는 말을 흘렸고, 베를린 집 주소를 알려주면서 그를 초대했다.

르뵈프는 유혹에 빠져 그녀의 집에 가고 싶다는 생각이 간절했다. 열차가 베를린에 도착한 시각은 17시 20분. 그는 17시 45분에 출발하는 파리행 열차로 갈아타야만 했다.

베를린에 도착한 후 그는 아쉬워하며 백작 부인과 작별을 했다. 그는 무언가를 잃어버린 것처럼 심란한 마음으로 플랫폼을 몇 바퀴나 돌다가 파리행 특급 열차에 올랐다. 그런데 이상하게 시간이 다 됐는데도 열차는 출발하지 않았다. 그때 열차 기장이 죄송하다는 안내 방송을 했다.

"손님 여러분, 앞에 가던 열차가 고장이 나 이번 열차는 오늘 밤 운행할 수 없게 되었습니다. 죄송합니다."

"역시 하늘도 나를 도와주시는구나!"

르뵈프는 들끓는 감정을 채 진정시키지도 못하고 재빨리 열차에서 내려 택시를 잡아타고서 그녀의 집으로 향했다.

그의 방문에 귀부인은 매우 기뻐했다. 그와 뜨겁게 포옹을 나눈 그녀는 부드럽게 속삭였다.

"그이는 지금 집에 없어요."

백작 부인은 어두컴컴한 불빛 아래에서 그를 대접했다. 르뵈프는 그녀의 사랑이 계속될 거라고 착각했다. 그녀는 그에게 입으로 술을 넘겨주면서 은근슬쩍 자신의 풍만한 가슴을 그의 어깨에 밀착시켰다. 르뵈프는 술을 마시고 즐기면서 슬슬 긴장이 풀어지기 시작했다. 그는 몽롱한 상태에서 백작 부인과 함께 침대로 갔고 그의 옷단추는 자연스레 풀어졌다.

얼마의 시간이 흐른 후 잠에서 깬 르뵈프는 서류 가방을 먼저 떠올렸다. 다행히 가방은 침대 옆 탁자에 고스란히 올려져 있었고 사라진 서류도 없었다. 그는 안심하며 백작 부인과 작별했다.

6개월 뒤, 르뵈프는 갑자기 소련 비밀요원에게 체포되었다.

"당신이 그녀와 자고 있을 때, 문서는 이미 독일 스파이에게 촬영됐단 말이오!"

요원은 영문을 몰라 하는 그에게 차가운 말투로 사실을 알렸다. 그제야 자신이 백작 부인의 술책에 넘어갔다는 사실을 깨달은 르뵈프는 그만 바닥에 털썩 주저앉았다.

누가 키치너를 죽였는가? …

1916년 여름, 제1차 세계대전이 시작된 지도 벌써 2년이 흘렀다. 지루하게 이어지는 전쟁 탓에 교전 양측은 모두 에너지가 거의 소모된 상태였다. 결국 영국과 프랑스는 소련과 연합하여 독일이 이끄는 동맹국을 공격하기로 했다. 이를 위해 그들은 영국군 총사령관이었던 키치너Horatio Herbert Kitchener를 비밀리에 소련으로 보내기로 했다.

하지만 이 소식을 입수한 독일 정보국은 키치너의 입국 시간과 타게 될 군함, 노선에 관한 정보를 조사해 비밀리에 그를 처치하기로 계획을 세웠다. 키치너는 소련을 방문하기 전에 남모르게 파리에서 프랑스 측과 만났다. 독일 정보국은 그의 행적을 빠르게 파악하고서 가장 뛰어난 비밀요원을 그쪽에 보내 일의 경위를 자세히 조사하도록 지시했다. 여기에 투입된 요원이 바로 마타 하리였다.

마타 하리는 확실히 달랐다. 어떤 남자든 그녀의 매력적인 유혹을 뿌리칠 수 없었다. 그래서 그녀는 키치너를 만나기만 하면 독일 정보국이 원하는 정보를 캐낼 수 있을 거라는 확신에 차 있었다. 그녀는 독일 정보국에서 준 거액의 돈으로 파리의 힐튼 호텔Hilton Hotels에 스위트룸을 빌려놓고, 고위층에 미인계를 동원해 키치너의 숙소를 알아냈다.

마타 하리의 예상과 달리 영국 육군 총사령관인 키치너는 파리에 온 뒤, 고급 호텔이 아닌 프랑스 국방 장관의 집에 머물렀다. 아름답게 차려입은 마타 하리는 장관 집에 초대된 손님들 앞에서 뇌쇄적인 스트립 댄스를 추었다. 사실 그녀는 키치너 역시 다른 남자들과 마찬가지로 자신의 매력에 빠질 거라고 생각했다. 하지만 말끔한 외모의 영국 신사는 시종일관 근엄한 표정으로 공연을 보며 조금도 흔들리지 않았다. 이렇게 첫 번째 계획은 실패로 돌아갔고, 마타 하리는 매우 실망했다. 하지만 그것이 오히려 그녀의 승부욕을 자극하는 계기가 되었다. 그녀는 다시 새로운 대상을 물색해 정보를 손에 넣기로 결심했다.

얼마 지나지 않아 그녀는 손쉽게 새로운 사냥감을 찾아냈다. 그는 바로 총사령관의 의식주를 담당하는 수행원 해리스Harris였다.

당시 해리스는 파리 히비스커스 호텔Hibiscus Hotel Paris의 고급 룸에서 묵었다. 호텔 지배인은 해리스에게 적극적으로 그녀의 공연을 소개했다.

"저희 호텔에는 아주 인기 있는 스트립 댄서가 있습니다. 그녀의 뛰어난 공연을 본 이들은 하나같이 그 매력에 흠뻑 취하고 말지요."

"그래요?"

"그녀가 얼마나 섹시한지 모를 겁니다. 만약 관심이 있으시다면 제가 소개해 드리지요."

이 말을 들은 해리스는 흥분되는 감정을 억누르지 못했다. 결국 그는 지배인의 세심한 배려로 최고의 인기를 누리는 여성 댄서와 만나게 되었다. 해리스는 마타 하리를 보자마자 그 매력에 사로잡혔고, 그날 저녁 자신의 방으로 그녀를 불러들였다. 마타 하리는 그가 샤워하는 사이를 틈타 그의 서류 가방을 뒤졌지만 쓸 만한 정보가 없었다. 외투 주머니에서 열쇠 하나를 발견했으나 방을 아무리 둘러봐도 그것으로 열 만한 곳은 없었다. 마타 하리는 멍한 표정으로 쓸모없는 열쇠를 바라보았다. 결국 그녀는 파리에 있는 독일 정보국 기술 전문가인 알파Alpha에게 전화를 걸었다. 알파는 그녀에게 비밀 번호로 잠그는 자물쇠의 열쇠일지도 모른다며 순서에 따라 반 정도 돌리면 열 수 있을 거라고 알려주었다.

다음 날 저녁 호텔방에서 해리스를 만난 마타 하리는 그의 손에 들린 문서 가방을 유심히 살펴보았다. 그는 가방을 급히 탁자 위에 올려놓고, 두 팔을 벌려 그녀를 안았다. 마타 하리는 그의 품에 다정히 안기면서도 여전히 탁자 위에 올려진 가방에서 눈을 떼지 못했다.

"난 내일 다른 곳으로 가야해."

그는 그녀를 어루만지면서 조용히 속삭였다.

"너랑 정말 헤어지기 싫어."

"저도 당신이랑 헤어지기 싫어요."

마타 하리는 은근한 눈길을 보내며 대답했다.

"헤어지기 전에 우리 술 한 잔 하지."

··· 독일의 스파이로 활약했던 마타 하리

그들은 헤어지는 아쉬움을 달래고자 호텔 바로 갔다. 두 사람은 계속 술을 마셨다. 해리스가 술에 취하자 마타 하리는 재빨리 그의 술잔에 수면제를 탔다. 해리스는 잠시 후 깊은 잠에 빠졌다.

"여기요! 이 분 좀 부축해서 휴게실로 옮겨주세요."

종업원이 그를 데리고 나간 사이에 그녀는 방으로 돌아와 떨리는 마음으로 가방을 열었다. 그 속에는 영국 육군 총사령관이 군함 '햄프셔Hampshire'호를 탄다는 일정표가 있었다. 그 군함의 배수량은 1만 9천 톤이고 항속 거리는 27해리로 280밀리미터 대포가 여덟 개 장착된 것이었다. 또 키치너가 6월쯤 비밀리에 소련을 방문할 계획이 적혀 있었다. 마타 하리는 재빨리 사진을 찍은 뒤 원본을 제자리에 놓고 휴게실로 돌아갔다.

"해리스 씨, 너무 많이 마셨어요."

그녀가 그를 깨우며 속삭였다.

그 사이에 독일군은 이 중요한 정보를 입수했다. 독일 해군은 즉시 잠수함을 파견해 영국에서 소련으로 향하는 항로마다 키치너를 처치할 만반의 준비를 했다.

어느덧 6월의 그날이 왔고, 해리스는 키치너 총사령관을 수행하고서 햄프셔호에 탔다. 그는 거친 파도를 바라보며 마타 하리와 함께 보낸 아름다운 기억을 떠올렸다. 그때 갑자기 '쿵'하는 소리가 나더니 군함이 격침당했고 그의 아름다운 상상도 한순간에 깨졌다. 그와 키치너 그리고 함께 배에 탔던 병사 천여 명도 차가운 바다 속으로 영원히 사라져버렸다.

물론 키치너의 죽음에는 다른 이유도 있었겠지만, 마타 하리가 몰래 건넨 정보가 결정적인 역할을 했다는 사실은 틀림없었다.

정보를 얻으려는 치열한 두뇌 싸움…

마타 하리는 프랑스, 벨기에, 네덜란드 등을 넘나들며 공연을 선보였다. 공연마다 대박이 났고 공연 요청이 쇄도했다. 마타 하리는 그 인기에 보답이라도 하듯 파리에 있는 자신의 집에서 자주 파티를 열었다. 손님들이 취기가 올랐을 때쯤 그녀는 은근슬쩍 정치 이야기를 꺼냈다. 아름답고 가냘픈 꽃잎이 떨리듯이 그녀는 전쟁이 무섭다며 훌쩍거렸다. 그러면 손님들은 앞다투어 마타 하리를 위로하면서 프랑스의 계획들을 떠벌리며 그녀를 안심시켰다.

얼마 후, 영·프 연합군의 고위층에 잠복해 있던 독일 스파이들은 중요한 정보를 입수했다. 영국의 19형 탱크 설계도가 모건

20

Morgan 프랑스 최고사령관 집 비밀 금고에 있다는 것이었다. 이 설계도는 프랑스군이 특별 제작한 것이어서 독일군 정보국은 이를 매우 중요하게 생각했다. 그리고 마타 하리에게 그 설계도를 훔쳐 오라는 명령을 내렸다. 임무를 받은 그녀는 바로 치밀한 계획을 세워 행동에 옮겼다.

마타 하리는 그녀의 오래된 연인인 프랑스 해군 장관의 생일을 축하한다는 핑계로 특별한 파티를 열었다. 이 자리에는 해군 장관의 초대를 받아 모건 총사령관도 참석했다. 그날 저녁 마타 하리는 특별히 더 신경을 써 치장해 도도하면서도 청순한 모습을 보여주었다. 파티 분위기가 무르익자 손님들은 하나둘씩 춤을 추기 시작했다. 마타 하리도 이전부터 알고 지내던 장군들과 함께 춤을 췄고, 처음 만나는 모건에게도 춤을 청했다. 모건은 파리 전역을 뒤흔드는 이 절세미인과 춤을 추다보니 그만 넋이 나갔다.

파티가 끝난 뒤, 다음 날부터 모건은 온통 마타 하리에게 빠져 종일 그녀만 생각하며 다시 만날 날을 고대했다. 며칠 후 그들은 드디어 재회했다. 함께 노래를 몇 곡쯤 들었을 때 마타 하리는 더운 날씨를 탓하며 외투를 벗었다. 모건은 얇은 천만 걸친 그녀의 몸을 뜨거운 눈빛으로 쳐다보다가 그만 욕정을 참지 못하고 그녀를 끌어안았다. 진하게 입을 맞췄고, 자신의 침실로 향했다. 하룻밤 사이에 사랑을 확인한 그들은 동거에 들어갔다. 그날 이후로 마타 하리는 모건에게서 비밀 금고의 위치와 비밀 번호를 알아내고자 고심했지만, 아무런 소득이 없었다. 교활하고 약삭빠른 모건은 비록 사랑의 바다에 깊이 빠지긴 했지만 비밀 금고에 관해서는 철저히 함구했다.

하지만 마타 하리는 쉽게 포기하지 않았다. 그녀는 모건 부인이 이미 오래 전에 세상을 뜬 사실을 알아내고는 함께 있고 싶다며 그의 집에서 같이 살자고 제안했다. 다행히 모건은 그녀의 부탁을 흔쾌히 받아들였다. 이때부터 마타 하리는 모건의 고상한 아내 역할을 했다. 그러나 모건이 집을 비울 때마다 그녀는 비밀 금고를 찾았다. 또 날마다 방 청소를 한다는 핑계로 서재를 들락거리며 비밀 금고가 어디에 있는지 알아내려고 애썼지만 매번 실패에 그쳤다. 그러던 어느 날 그녀는 모건의 회전의자에 앉았다가 우연히 벽에 걸린 유화를 발견했다. 역시 그녀의 예상대로 그림 뒤에는 밀실이 있었다. 밀실 문은 비밀 번호로 잠겨 있었는데, 윗부분에는 숫자가 0에서 9까지 있었다.

'이게 바로 모두가 찾던 비밀 금고일 거야!'

그녀는 이 비밀 번호를 풀려고 여기저기 찾아봤지만, 결국 아무런 단서도 건지지 못했다.

그녀가 이번 일을 베를린에 보고하자 다음 날 바로 연락이 왔다.

'믿을 만한 소식통에 따르면 금고의 비밀 번호는 총 6자리임. 24시간 안에 정보를 보내기 바람!'

한참을 고민하던 마타 하리는 그날 밤 작전에 들어갔다. 모건과 함께 저녁 식사를 할 때 그의 술잔에 수면제를 몰래 넣은 것이었다. 모건은 이 사실을 전혀 알아차리지 못하고 아무런 의심 없이 술을 마시고는 바로 잠자리에 들었다. 마타 하리는 이 틈을 타 몰래 빠져나와서는 비밀 금고를 열려고 계속 시도했다. 하지만 비밀 번호를 알아내기란 역시 쉽지 않았다. 시간이 지날수록 초조해진 마타 하리는 문득 벽에 걸린 오래된 괘종시계를 쳐다보았다. 그리고는 모건이 전에 이 시계가 고장이 나서 9시 35분 15초에 멈추었다고 한 말이 떠올랐다.

'참 이상하네? 왜 고장 난 시계를 아직도 여기에 두는 거지? 그렇다면 혹시……. 이게 바로 비밀 번호가 아닐까?'

그녀는 모건이 밤마다 서재에 들어가 문서를 가지고 나오던 것이 생각났다.

'밤 9시면 21시! 그리고 비밀번호는 6자리. 그렇다면 비밀 번호는 213515일지도 몰라!'

그녀는 떨리는 마음으로 숫자를 하나하나 눌렀다. 드디어 금고 문이 열렸다. 그녀는 잽싸게 영국의 19형 탱크 설계도를 찾아 소형 카메라로 찍고, 그 필름을 곧바로 베를린에 보냈다.

이렇게 마타 하리는 자신의 미모뿐만 아니라 기지를 발휘해 비밀 금고를 열었고 중요한 정보를 손에 넣었다. 이 사건은 스파이 역사에 길이 남을 한 페이지를 장식하게 되었다.

입국을 거부당한 마타 하리 …

마타 하리는 소련계 장교 블라디미르 드 마슬로프Vladimir de masloff와 사랑에 빠졌다. 어느 날 그녀는 연인 블라디미르가 제1차 세계대전에 참전해 부상당했다는 소식을 접하고 바로 그의 곁으로 가려고 했다. 하지만 블라디미르는 전선의 경계 구역에 있는 군병원에 입원한 터라 그를 만나려면 프랑스 육군 부대의 허가를 받아야 했다. 육군 부대는 프랑스 보안부 건물에 있었다. 하지만 이 사실을 전혀 몰랐던 마타 하리는 그저 급한 마음에 대책 없이 그곳을 찾아갔다.

마타 하리는 그곳에서 쉰 살 정도 되어 보이는 한 남자를 만났다. 그곳은 공교롭게도 외국 스파이를 전문적으로 조사하는 기관이었고, 담당자가 바로 조르쥬 라두Georges Radu 대위였다. 마타 하리는 이곳이 프랑스 방첩(防諜 나라의 기밀이나 정보가 새어나가지 않게 하고 적국의 간첩·파괴 행위에서 나라를 보호함−옮긴이) 사령부 사무실인지 미처 몰랐다고 그에게 말했다. 조르쥬 라두는 마타 하리의 진술을 듣고도 여전히 그녀를 의심했지만, 결국에는 그녀를 소련 군병원으로 보내주었다. 그리고는 몰래 요원 몇 명을 붙여 그녀를 미행하라고 지시했다. 조르쥬 라두는 그녀를 대신해 통행에 필요한 수속까지 처리해 주었다. 마타 하리는 급히 그의 연인에게 달려갔다. 그런데 프랑스에 오자 그녀는 어느새 감시 대상이 되어 있었다. 하지만 프랑스 특수 요원들은 그녀에게서 의심스러운 점을 전혀 발견하지 못했다. 결국 그녀의 뒤를 수개월 동안 추적해온 것은 모두 헛수고가 되었다. 그녀의 모든 사교 활동은 흠잡을 데가 없었고, 그녀와 자주 교류하는 사람들은 대부분 프랑스 정·관계의 거물급 인사들이었다.

마타 하리는 그 사이에 프랑스가 곧 공격에 나설 것이라는 정보를 몰래 독일에 건넸다. 그리고 프랑스 군대가 공격하려 했을 때는 이미 잠복해 있던 독일군이 먼저 공격을 시작해 프랑스는 손쓸 틈도 없이 당하고 말았다. 이로써 프랑스 군인 20만 명이 순식간에 전멸했다.

일각에는 그녀가 몰래 빼낸 정보를 독일군에게 전달해서 프랑스 군이 참패했다는 설도 있지만, 사실 현재까지 정확한 증거는 없다. 하지만 이번 작전이 시작되기 전부터 조르쥬 라두가 속한 프랑스 정보국 장교들은 혹시 그녀가 독일 측 스파이가 아닌가 하는 의심을 품고 있었다. 나중에 조르쥬 라두가 마타 하리에게 프랑스를 위해 일해 줄 수 있느냐고 물었을 때, 그녀는 100만 프랑이라는 거액을 요구했다. 크게 놀란 조르쥬 라두에게 마타 하리는 도도한 표정으로 말했다.

"저는 그만한 가치가 있는 여자예요. 크레머라는 자를 알아요. 독일에선 그가 못하는 일이란 없죠."

조르쥬 라두 역시 크레머가 누구인지 잘 알고 있었다. 마타 하리는 조르쥬 라두 앞에서 아주 도도한 태도로 자신은 독일 고위층 인사들을 많이 알고 있으니 그런 조건이라면 프랑스 스파이 역할을 완벽하게 해낼 수 있다고 호언장담했다. 그러자 그녀가 혹시 독일 측 스파이일지도 모른다고 생각했던 조르쥬 라두는 결국 그녀를 네덜란드로 보내면서 그녀가 파리에서 정보를 빼내는 것을 막으려 했다.

마타 하리가 네덜란드로 향했을 때, 영국 해협English Channel에서 배가 저지당했다. 군인들이 해상에서 클라라 베네딕스Clara Benedict라는 독일 스파이를 찾고 있었기 때문이다. 그들은 그 여인의 사진을 가지고 있었는데, 흥미로운 것이 공교롭게도 마타 하리가 그 여인과 매우 닮았다는 점이었다. 그녀는 그 자리에서 바로 체포되었다.

영국 정보국MI5은 마타 하리를 밤새도록 취조했지만, 돌아오는 답은 오직 자신은 클라라 베네딕스가 아닌 유명한 댄서 마타 하리라는 것이었다. 하지만 영국 정보국은 그녀를 바로 풀어주지 않았다.

"우리는 당신이 독일 스파이라는 확실한 정보를 입수했어."

··· 이중 스파이였던 마타 하리

하지만 마타 하리는 여전히 발뺌하고 있었다.

"난 독일 스파이가 아니에요. 조르쥬 라두 대위님을 위해서 일한다고요!"

영국 측은 그 주장의 진위를 가리기 위해 바로 조르쥬 라두에게 연락을 취했다.

"무슨 소리야? 그녀의 허튼 거짓말에 넘어가지 말게!"

결국 영국은 마타 하리를 풀어주긴 했지만 네덜란드로 보내지는 않았다. 그녀는 스페인 마드리드Madrid로 갈 수밖에 없었다.

독일에게 버림받은 여인···

저녁이 되면 스페인 수도 마드리드에 있는 유명한 나이트클럽 로카데로Locadero에는 젊은 남자가 나타났다. 그는 훗날 독일군 정보 장교가 된 카나리스Canaris였다. 그는 클럽에서 한 젊은 여인이 춤추는 모습을 보고 한눈에 반했다. 그녀의 미모와 춤추는 모습은 잊으려고 해도 잊을 수가 없을 정도로 매혹적이었다. 카나리스를 유혹해 사랑의 바다로 빠뜨린 여인은 바로 마타 하리였다. 카나리스는 그녀를 저녁 식사에 초대했다. 사실 그는 외모가 뛰어나지 못해서 평소 여자들의 주의를 끌지는 못했다. 하지만 그는 특유의 대범한 기질과 커다란 야심으로 자신을 어필하면서 여자들을 유혹했다.

어느 날부터인가 카나리스는 날마다 저녁만 되면 나이트클럽을 들락거리면서 그녀와 몇 번 만났다. 그리고 그들의 우정은 어느새 뜨거운 사랑으로 발전했다.

스페인에 온 카나리스의 신분은 마드리드 주재 독일 대사관의 장교였지만, 실제 그의 임무는 스페인에 대규모의 해군 첩보망을 구축하는 것이었다. 카나리스의 상관은 스페인 주재 독일 대사인 에버하르트 폰 스토르Eberhardt von stoer였다. 스토르는 카나리스와 마타 하리의 사랑이 뜨거워진 시기에 때마침 카나리스에게 여성 스파이를 프랑스로 보내 중요한 임무를 수행하게 하라고 지시했다. 그 미션은 과연 누가 맡게 되었을까? 스페인에 온 지 얼마 안 된 카나리스는 결국 스파이로 보낼 만한 적당한 여성을 찾지 못했다. 그의 주변에는 오직 마타 하리 그녀뿐이었다. 카나리스는 이미 그녀가 프랑스 정보기관에 쫓기고 있다는 것을 잘 알고 있었다. 만약 그가 그녀를 프랑스 국경에 접한 피레네Pyrenees산 북부로 보낸다면 그것은 죽음으로 내모는 것이나 마찬가지였다.

하지만 야망이 컸던 그는 결국 마음을 모질게 먹고 열렬히 사랑하는 스파이 여왕 마타 하리를 파리에 보내기로 했다. 한편 마타 하리는 체격은 작지만 카리스마가 있는 카나리스를 정말 사랑했기에 도저히 그의 곁을 떠날 수가 없었다. 그러자 카나리스는 달콤한 말로 그녀를 달래며 다시 만나게 될 거라고 약속했다. 심지어 그녀가 스페인에 돌아오면 바로 결혼하겠다는 맹세까지 했다. 마타 하리는 결국 카나리스의 달콤한 유혹에 넘어가 마음을 돌렸다. 이렇게 해서 그녀는 마드리드를 떠나 수많은 위험이 도사리고 있는 파리로 떠났다.

프랑스 당국은 마타 하리가 이중 스파이라는 정보를 입수하고 체포하기로 했다. 그리고 독일은 이미 그녀에 대한 믿음이 없어진지 오래였기에 서서히 그녀를 멀리하기 시작했다. 심지어는 그녀를 죽일 계획까지 세우고 있었다.

마타 하리가 쪼들리는 생활비를 걱정하고 있을 때, 카나리스는 마드리드 주재 독일 대사관으로 암호를 보냈다. 카나리스는 이 정보가 누설되리라는 것을 이미 예상했다. 그 암호에는 'H-21 조만간 프랑스 도착. 생활비가 필요하니 중립국 대사관을 통해 3만 마르크를 보내기 바람'이라고 적혀 있었다.

카나리스의 예상대로 프랑스는 매우 빠르게 이 정보를 입수했고, 'H-21'이 바로 마타 하리의 암호명이라는 사실을 알게 되었다. 그리고 프랑스는 돌아온 그녀를 주시했다. 줄곧 그녀를 미행하면서 중립국 대사관과 그녀의 파리 아파트를 감시했고, 결국 마타 하리를 체포했다. 그녀의 아파트에서는 3만 마르크가 발견되었다.

뜻밖에 마타 하리는 체포된 후에도 상당히 침착하고 태연했다. 심지어 그녀는 자신을 체포한 경찰에게 눈웃음을 치며 탁자 위에 놓인 꽃병에서 꽃 한 송이를 집어 건네기까지 했다.

1917년 7월 24일 화요일 군사 법정에서 그녀를 심문했다. 그리고 법원은 그녀가 오랫동안 독일 스파이로 활동하면서 독일군에 넘긴 군사 정보가 협약국의 배 17척을 침몰시키고 프랑스 병사 5만 명의 목숨을 잃게 했다는 판결을 내렸다. 이밖에도 '마타 하리는 프랑스 스파이 6명을 외국에 넘겼으며 적국에 영국 · 프랑스 연합군과 관련된 정보를 보고했다. 또 미군 장교가 작성한 연합군 탱크 응용 방안을 갈취했고 오크니 섬Orkney Islands에서 영국 함선을 격침해 키치너 육군 총사령관의 목숨을 앗아갔다'라는 내용도 있었다. 다음은 심문의 일부 내용이다.

"공식적으로 전쟁을 선포한 당일, 당신이 베를린 경찰청장과 함께 아침 식사를 하고 그 경찰청장의 차에 타는 것을 본 사람이 있습니다. 이것을 어떻게 설명하시겠습니까?"

"그것은 사실입니다. 음악 감상실에서 공연할 때 처음으로 그를 알게 됐습니다."

"카나리스가 당신에게 준 3만 마르크는 스파이 활동 경비였습니까?"

"카나리스는 제가 사랑하는 사람이었습니다. 그가 제게 3만 마르크를 준 것은 그저 애인에게 주는 선물 같은 거였어요."

"경계 지역 부근인 비텔Vittel에서 당신은 무슨 일을 했습니까?"

"간호사였던 저는 제가 사랑했던 블라디미르 드 마슬로프를 돌보는 데만 신경 쓰느라 정신이 없었어요. 그는 소련 군인이고, 휘발유 때문에 한쪽 눈을 실명했어요. 당시 그는 제 아들 마냥 저 없이는 하루도 살아갈 수 없었답니다. 저 역시 진심으로 그를 사랑했고요."

"듣자하니 많은 조종사가 당신에게 편지를 썼다더군요. 왜 그렇게 많은 시간을 그들과 함께한 겁니까?"

"군인은 나라를 지키는 중요한 일을 하는 데 자신의 목숨도 바칠 수 있다고 해요. 그래서 저는 이런 그들의 사명감과 생명이 무척 숭고하다고 생각합니다. 또 저는 어느 나라 군인이던 간에 모든 군인을 좋아했어요. 그래서 일반인보다 그들에게 특별 대접을 해준 것뿐입니다."

"독일인 역시 당신에게 많은 돈을 썼겠군요?"

"네. 하지만 저는 그저 애인일 뿐 아무것도 아니에요. 스파이는 더더욱 아니고요. 고급 창녀? 네. 저는 그저 그 정도의 여자이지, 무슨 반역을 저지를 만한 위인은 못돼요."

"똑똑한 사람이라면 당신처럼 자발적으로 아무 거리낌 없이 스파이가 되겠다는 말은 못하죠. 다시 말해서 당신은 이미 스파이 활동에서 많은 것을 파악하고 있는 사람이라고 할 수 있지요."

"제가 그렇게 한 건 그저 저의 인맥을 이용하려 한 것뿐이에요. 그 인맥을 통해서 독일 잠수정이 모로코 해안에 있다는 정보를 프랑스에 알려주었지요."

"독일은 당신에게 스파이 활동 경비로 3만 마르크를 주었습니다. 그리고 이 돈을 'H-21' 암호명 앞으로 송금했습니다. 'H-21', 이건 바로 독일 스파이의 암호명이죠. 다시 말해 그 스파이가 바로 당신이라는 것을 증명한다는 말입니다."

"그 돈은 애인에게서 받은 거예요. 밤마다 제 몸값으로 마땅히 받아야 할 대가였다고요. 제게 이 돈을 건넨 마드리드 주재 독일 정보국장 카나리스가 바로 제 애인이에요. 저는 정말 당신들이 주장하는 'H-21'이 아녜요! 법정에서 다시 분명히 말하겠지만 저는 프랑스인이 아니니 어떤 사람과도 자유롭게 감정을 나누고 관계가 발전하면 사랑할 수도 있는 권리가 있어요. 만약 저의 이런 대답이 마음에 들지 않는다면 당신들 마음대로 하세요."

마타 하리는 생 라자르Saint Lazare 감옥으로 이송된 뒤에도 여전히 당당한 모습으로 자신감에 차 있었다. 그녀를 지지했던 권력가들이 자신의 생명을 지켜줄 것이라 생각했기 때문이다. 심지어 총살

집행 날짜가 1917년 10월 15일로 잡혔다고 말해도 그녀는 조금도 긴장하거나 두려워하는 모습을 겉으로 드러내지 않았다. 사형대에 올라서서 총과 마주해야 할 자신의 운명을 받아들이지 않았던 셈이다.

"말도 안 돼!"

그녀는 침착한 목소리로 말했다. 그리고는 사형 집행을 앞두고 상소를 요청했다. 법원은 이것을 받아들였고, 법정을 나와 교도소로 끌려가는 와중에도 그녀는 미소를 잃지 않았다. 한편, 마타 하리의 사형 선고 소식을 접한 상류 사회의 수많은 남성은 안절부절못했다. 그들은 마타 하리의 형을 늦추려고 여기저기 수소문을 하고 뒷거래도 서슴지 않으며 안간힘을 썼다. 솔직히 마타 하리가 어려울 때 만약 그녀를 돕지 않으면 그녀와 맺은 관계가 모두 폭로될까 봐 두려웠던 것이다. 한 예로 그녀의 고향에서는 그녀의 옛 애인이었던 네덜란드 대사가 빌헬미나Wilhelmina 여왕을 찾아가 마타 하리를 구명해 달라고 도움을 요청했지만 거절당했다.

당시 많은 사람들은 마타 하리가 남성 편력이 심하고 쉽게 놀아나는 문란한 여자 혹은 모험을 즐기는 여자로만 생각했지 설마 스파이일 거라고는 전혀 생각하지 못했다. 하지만 한편으로는 마타 하리라면 이중 스파이 역할도 충분히 해냈을 거라고 추측하는 이들도 있었다. 어찌 됐건 1917년에 한 비밀요원이 또 붙잡히면서 프랑스는 마타 하리가 스파이였다는 사실을 확실히 믿게 되었다. 결국 마타 하리는 반역죄 판결을 받았다. 그녀는 계속해서 자신의 죄를 부인하며 법정에서 해명을 늘어놓았다.

"저는 창녀일 뿐입니다. 반역죄를 저지른 스파이가 아닙니다. 이것은 예전에도 그렇고 앞으로도 그럴 것입니다."

그러나 프랑스군은 자신의 무능함을 감추고자 마타 하리를 최고의 스파이로 만들었다. 이것은 세기의 재판으로, 오늘날 '심슨Simpson 재판'에 해당한다고 할 수 있다.

당시 재판을 담당했던 판사는 법을 공평하게 집행하는 것으로 유명한 아주 존경받는 법관이었다. 하지만 이상하게도 마타 하리의 사건에서만큼은 그도 냉정했다. 변호사가 프랑스를 위해 소련 군 정보를 탈취한 그녀의 프랑스 스파이 활동 사실을 호소하며 그녀를 변호했지만, 판사는 이를 받아들이지 않았다. 그리고 마타 하리는 결국 유죄가 인정되어 사형을 선고받았다.

사형이 집행되기 전날, 한 의사가 마타 하리를 찾아왔다. 그는 15년 전쯤에 마타 하리의 성병을 치료해주었던 사람이었다. 당시에 그는 이 똑똑한 여인에게 깊은 인상을 받았다. 그는 마타 하리에게 자바로 돌아와 부자와 결혼해서 새로운 삶을 살라고 권했다. 그리고 마타 하리의 고통을 조금이라도 덜어주고자 지난날 그녀의 화려한 춤에 대해서도 이야기했다. 교도소에서는 마타 하리가 혹시 자살할까 봐 수녀 레오니트Leonit에게 그녀와 함께 있어 달라고 부탁을 했다. 수녀는 마타 하리에게 말을 걸었다.

"우리도 당신 춤을 볼 수 있을까요?"

마타 하리는 미소를 지으며 고개를 끄덕였고, 서서히 옷을 벗으며 생애 마지막 춤을 추었다.

마타 하리 결국 사형되다…

다음 날 새벽 4시, 교도소장은 수녀에게 죽음의 문턱에 들어선 그녀를 깨우라고 지시했다. 그러자 레오니트 수녀는 소리를 내며 울기 시작했다. 결국 교도소장이 직접 마타 하리를 깨웠다.

"용감하게 맞서라!"

그는 마타 하리에게 알렸다.

"네가 신청한 상소는 기각되었다. 이제 곧 사형이 집행될 거다."

"말도 안 돼!"

그녀는 인정할 수 없다는 듯이 이 말만 계속 되풀이했다. 하지만 그녀는 곧 몸을 돌려 옆에서 울고 있는 레오니트 수녀를 달랬다.

"저는 의연하게 이 죽음을 맞이할 거예요."

그녀는 옷을 갈아입겠다며 교도소장에게 뒤돌아 있으라고 한 뒤, 투덜거리는 말투로 혼자 중얼거렸다. '새벽에 사형을 집행하는 건 비정상적이야. 인도에서는 보통 점심때나 하는데 말이야.' 그녀는 점심이라도 배불리 먹고서 죽음에 맞서고 싶었다.

"제 예쁜 신발 좀 가져다주시겠어요? 저는 항상 옷차림에 신경을 많이 쓰거든요."

그녀는 수녀를 통해 다른 교도관에게 이런 부탁을 하고서 아주 느긋하게 장갑을 끼며 당당하게 말했다.

"교도관님, 이제 준비 다 됐어요."

교도소장은 그녀에게 임신 여부를 물었다. 만약 그녀가 임신했다면 사형 시기를 출산 이후로 늦추도록 해주겠다면서 말이다. 이 말을 들은 마타 하리는 크게 웃어댔다. 그녀는 이미 아홉 번이나 낙태 수술을 했기 때문이다. 하지만 그녀는 빠르게 교도소에서 끌려 나와 그 이야기를 할 겨를이 없었다.

교도소장은 그녀에게 마지막으로 하고 싶은 말이 있느냐고 물었다. 잠시 생각에 잠긴 그녀는 사랑하는 이들에게 쓴 작별 편지를 건넸다. 수신자는 모두 남자였고 그중에는 소련 장군 블라디미르도 있었다.

교도소 복도를 통과할 때 그녀는 자신의 손을 꽉 쥔 교도관들의 손을 힘껏 뿌리치며 발악했다.

"나는 반역자가 아니에요. 나한테 왜 이렇게 대하는 거죠?"

결국 교도소장은 그녀 혼자 가도록 해주었다. 마타 하리는 천장 위에 걸린 줄을 보더니 힘껏 뛰어올라 줄을 만졌다. 그리고는 무척 재미있다는 말투로 수녀에게 말했다.

"우리 내기 하나 할까요? 수녀님은 저 줄에 손이 닿지 않을 걸요? 저보다 키가 작으시잖아요."

교도소 밖에는 이미 많은 사람이 몰려와 있었다. 그들은 뱅센 Vincennes에서 총살당할 마타 하리를 직접 보려고 온 사람들이었다.

"어머나! 이렇게 많은 사람이 왔단 말이야? 정말 시끄럽네."

인생의 마지막 길을 걸으면서도 그녀는 여전히 웃었고, 얼굴색 하나 바뀌지 않았다. 의사는 매우 친절하게 땅에 유리 조각들이 흩어져 있으니 밟지 않도록 조심하라고 그녀에게 일러주었다. 그러자 그녀는 그에게 고마움의 표시로 미소를 보내며 치마를 걷어올리고 웅덩이를 건넜다. 사형 집행대 맞은편에는 병사 열두 명이 총을 겨누고 있었다. 그녀는 서 있는 자세를 선택했다. 그리고 레오니트 수녀가 자기와 가깝게 서 있는 것을 보고는 자리를 옮겨 수녀와 거리를 두었다. 그녀는 죽음에 당당하게 맞서겠다며 결국 눈가리개도 거부했다.

1917년 10월 15일 새벽, 마타 하리는 자신을 방탕하고 문란한 인생으로 빠뜨린 세상과 영원히 작별했다. 총성이 가을 새벽의 정적을 깼다. 마타 하리는 너무나도 매력적인 댄서이자 사교계의 스타, 프랑스인의 총아였다. 그리고 인류 역사상 보기 드문 여성 스파이였다. 이런 그녀가 사형장에서 싸늘한 죽음을 맞이했다.

"이 시체 거둘 사람 있어요?"

안타깝게도 그녀의 시신을 거두려는 사람은 아무도 없었다. 할 수 없이 새벽안개가 가신 뒤, 그녀의 시신은 의학용으로 쓰이도록 싸구려 관에 담긴 채 의대 해부학 교실로 옮겨졌다. 의대생들은 그녀의 시신을 맹장 수술 실습용으로 사용했다. 나중에 알려진 바에 따르면 당시 마타 하리의 몸에 총알은 단 네 발만 박혀 있었다고 한다. 8년이 지난 뒤 총살에 참여했던 한 병사는 일부러 그녀를 조준하지 않았다고 고백했다.

마타 하리의 죽음에는 여러 가지 설이 있다. 최근에는 당시 마타 하리의 담당 판사가 실은 일종의 복수심에서 사형을 선고했다는 설이 제기되었다. 자신의 아내가 한 번 바람을 피운 뒤로 그는 모든 여성, 특히 몸을 함부로 굴리는 음탕한 여성에게 강한 증오심을 품었다는 설이다. 실제로 드러난 그의 복수심은 거의 병적이었다. 독기를 품고 쓴 그의 사적인 쪽지에 이런 대목이 있다.

"마타 하리가 어떻게 정보를 빼냈을지는 안 봐도 뻔하다. 근엄한 고위 장교들이 제아무리 경계한다고 해도 그녀의 유혹 앞에서는 방어선도 철저히 무너졌을 테니까."

마타 하리에게 유죄를 내린 것도 섹시한 미인인 그녀가 지나치게 자유분방하고 사치스러운 향유만 추구했기 때문이었다. 이것이 바로 담당 판사가 그녀에게 총살형을 내린 이유의 전부였다.

··· 마타 하리는 전세계적으로 유명한 스파이 가운데 한 명으로 인정받았다.

마타 하리를 심문하는 동안 프랑스는 1914년 제1차 세계대전 초에 인기 댄서였던 그녀가 독일을 위해 프랑스 정보를 빼냈다는 죄는 확대하면서 1917년에 독일군 정보를 빼내 프랑스에 제공한 사실은 단 한 마디도 언급하지 않았다. 사실 제1차 세계대전이 시작된 뒤 3년 동안 계속해서 독일군의 맹공에 패배한 프랑스 정부는 국내 여론의 비난을 피하려고 대중의 관심을 마타 하리의 사형으로 돌렸던 것이다.

마타 하리가 총살된 후 그녀의 머리는 파리에 있는 아나토미 박물관Anatomy Museum에 옮겨졌다. 그곳에서 특수 처리를 거쳐 그녀의 붉은 입술과 윤기 나는 머릿결은 생전 모습 그대로 보존되었다. 그러나 2000년에 마타 하리의 머리가 온데간데없이 사라졌다. 그리고 지금까지 아마 그녀의 팬이 훔쳐갔을 거라는 소문만 나돌고 있다.

1996년 네덜란드 정부는 마타 하리의 누명을 벗기고 명예를 회복시켜주었다. 또 그녀의 고향에 그녀를 위한 기념관을 세웠다. 이 관능적인 스파이는 독일과 프랑스 모두에게 버림받았지만, 네덜란드인의 마음속에는 아름다운 여신으로 남게 되었다.

마타 하리는 스파이 역사상 가장 신비롭고 화려한 인물이었다.

일각에서는 그녀가 제시한 정보가 연합군 수만 명의 목숨을 앗아 갔다고 보았다. 물론 이 견해를 뒤집는 설도 있다. 이중 스파이였던 마타 하리가 프랑스를 위해 독일에 수많은 가짜 정보를 제공해 오히려 독일이 크게 피해를 보았다는 설이다. 그녀의 활동이 업적이냐 반역이냐는 이렇듯 여전히 의견이 분분하다. 하지만 마타 하리의 스파이활동만을 생각하면 그녀는 분명 완벽한 스파이의 여왕이었다. 그리고 그녀의 살상력은 전면전보다 훨씬 강했다고 할 만하다.

마타 하리의 이야기는 이미 책으로도 여러 권 출판되었고, 많은 사람이 그녀의 인생을 전문적으로 연구하기도 했다. 또 마타 하리의 사진은 엽서로도 제작되었으며 그녀의 일대기는 여러 차례 스크린에 옮겨졌다. 영화에서는 당시 최고의 여배우 그레타 가르보Greta Garbo가 마타 하리 역을 맡았다. 마타 하리는 시간이 지나면서 그 인지도가 줄어들기는커녕, 오히려 전세계인이 인정하는 유명한 스파이 중 한 명으로 추앙받고 있다. 그리고 그녀의 매력적인 미모와 떠들썩했던 로맨스는 영원한 이야깃거리로 남았다.

독일 군사정보국 압베르
Abwehr, Amt Ausland Nachrichten und Abwehr

독일의 스파이 활동은 그 역사가 이미 오래됐을 뿐만 아니라 세계 각국 스파이 세계에서 가장 모범적인 사례로 꼽힌다. 그들의 스파이 역사는 1740년으로 거슬러 올라간다. 당시 '독일 스파이의 아버지'라고 불리던 프로이센Preussen 국왕 프리드리히Friedrich는 세력을 넓히고자 여러 차례 대외 작전을 펼쳤다. 이를 위해 적국의 정치, 경제, 군사 정보에 대한 이해가 필요해지자 그는 정보기관을 만들었다. 그가 세운 정보기관은 독일인의 뛰어난 재능을 보여주었고, 각국 정보기관은 앞다투어 이를 모방했다.

제1차 세계대전 동안 독일 정보국의 기술력은 더욱 새로워져 트랜시버transceiver(단일 몸체에 송신기와 수신기를 결합한 것-옮긴이)를 발명했다. 1914년에는 무선 도청실과 적국의 암호를 해독하는 사무실을 개설하는가 하면, 1915년에는 도청 장치를 발명했다. 이밖에도 독일은 스파이 활동에 정찰기와 공중 촬영 등의 기술을 사용했다.

제1차 세계대전 동안 독일의 주요 정보기관은 육군참모부 군사정보국이었다. 그리고 니콜라Nicola 대령이 이끄는 군사정보국 산하에 비밀정보국이 설립되었다. 당시 정보국에 대한 투자액도 소련을 제외한 유럽 국가 가운데 독일이 가장 많았다. 독일은 1938년에 군사정보국을 개편하면서 최강의 무력을 갖춘 최고 지휘부로 거듭나게 되었다. 이때 군사정보국은 이미 거대한 규모의 군사스파이 기관으로 발전하면서 독일 육·해·공군의 스파이 정보 업무를 일괄적으로 관리하기 시작했다.

군사정보국 산하에는 군사정보 수집 담당, 심리 작전·전복 활동·파괴 활동 담당, 방첩과 안보 담당 등 각기 담당하는 부서 세 개가 있었다. 게다가 각 군사 지역, 군대마다 정보 기지를 구축해 놓고 제3국가에서 스파이 활동을 펼쳤다. 또 유럽, 아시아, 아프리카, 미국 등 각국에도 스파이망을 대규모로 구축했다. 게다가 독일과 독일군 점령지에 전신 우편물 검열소를 320여 곳 세우고 이를 통해서도 많은 정보를 수집했다.

신비로운 카나리스

카나리스는 1887년 독일 북부 도르트문트 Dortmund의 한 중산층 가정에서 태어났다.

그는 1916년 여름부터 스파이 활동을 시작해 1933년에는 독일 군사정보국 국장을 맡았다. 그는 작은 몸집의 꼽추이면서도 뱀의 눈처럼 차가운 파란 눈을 가졌다. 또한 호기심이 강해 일찍이 하급 장교를 맡았을 때 '소식통'이라는 별명을 얻기도 했다. 그리고 언어 감각이 매우 뛰어나서 외국어를 일곱 개나 구사할 수 있었다. 또 아주 상냥하고 친절했지만 한편으로는 위선적이고 잔인한 성격의 소유자였다.

한편 카나리스는 한 측근에게 "만약 독일이 이 전쟁에서 패한다면 이는 큰 재난이 닥친 것이나 마찬가지이다. 하지만 반대로 히틀러가 승리한다면 그것은 패배보다 더 큰 재난이 될 것이다. 따라서 스파이국은 하루라도 빨리 전쟁을 끝내야 한다"고 말해 주위 사람을 놀라게 한 적도 있다고 한다.

30여 년 스파이 인생 동안 그는 누구보다 부지런하고 성실하게 자신의 일을 수행하면서 나치스 우두머리의 신임을 샀고, 마침내는 독일 군사정보국 국장을 10년이나 역임했다. 부임한 뒤에는 히틀러가 부여한 절대 권력과 막대한 자금을 이용해 세계 각지에 정보망을 구축했고 각종 정찰 수단을 응용해 정보 수집 활동을 벌여 연합국 특히, 영국군에 큰 위협을 가했다. 하지만 카나리스는 여러 가지 복잡한 이유로 나치스의 견해를 완전히 지지하지는 않았기에 결국 히틀러와 영원히 뜻을 같이하는 나치 핵심 요원이 될 수 없었다. 게다가 전쟁 후반에는 독일군 내부의 반(反)히틀러 비밀 단체에 가입하는 등 히틀러의 제도에 강한 불만을 품었다. 7월 20일에 히틀러 암살 미수사건이 발생한 뒤에 힘러Himmler가 수사한 문서와 일기에서 카나리스가 범행에 연루되었다는 사실이 발각되었고, 그는 바로 체포됐다. 그리고 1945년 4월 8일 저녁 카나리스는 결국 교수형에 처해졌다.

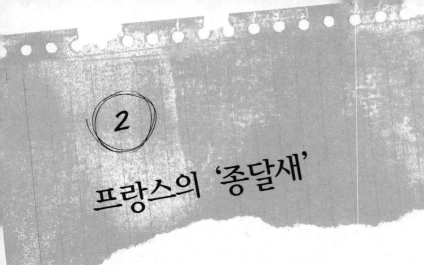

2

프랑스의 '종달새'

붉은 외투를 입은 한 여인이 짙은 갈색의 야생마를 타고 그의 옆을 휙 스쳐 지나갔다. 폰 크룬Von Kroon 중령은 불꽃이 튀는 속도로 말을 달리는 여인의 모습을 보고 놀라 입이 다물어지지 않았다.

제1차 세계대전이 벌어지는 동안 프랑스의 특수 요원 수는 다른 참전국보다 훨씬 많았다. 마르트 리샤르Marthe Richard 역시 그중의 한 명으로, 이중 스파이 가운데 가장 영리한 요원이었다.

마르트는 프랑스 기마병 대위의 딸이었다. 그녀는 부친의 영향을 받아 어렸을 때부터 운동을 좋아하고 아주 대담했으며, 특히 기마 실력은 수준급이었다. 마르트는 뛰어난 외모에 꽤 영리한 여인이었다. 그녀는 열아홉 살에 젊은 프랑스 군인과 결혼해 행복한 생활을 시작했는데, 아쉽게도 제1차 세계대전이 발발한 지 1년도 채 지나지 않아 남편이 전투에서 전사했다. 당시 그녀의 나이는 겨우 스무 살이었다. 남편의 죽음으로 깊은 슬픔에 잠긴 마르트는 결국 국가를 위해 자신을 희생하겠다고 굳게 결심했다. 그 시기에 프랑스 정보2국의 조르쥬 라두 대위가 그녀를 스파이로 키우려고 접근했다. 그리고 마르트는 오직 남편을 위해 복수를 하겠다는 생각으로 라두 대위의 제안을 받아들였다. 그때부터 그녀는 '종달새'라는 암호명으로 스파이 생활을 시작했다.

지브롤터Gibraltar 해협은 지리적, 전략적으로 매우 중요한 교통의 요충지이다. 동맹국이나 연합국 모두 함대를 대서양에서 지중해로 보내거나 전략 물자를 전달할 때 반드시 이 좁은 지브롤터 해협을 지나야만 했다. 하지만 당시에 스페인이 이 해협의 북쪽을 지키고 있었다. 그리하여 스페인은 각 교전국의 스파이들이 적극적으로 활동하는 주무대가 되었다.

1916년에 마르트는 스페인으로 가서 귀부인의 신분으로 산탄데르Santander에 있는 이탈리아식 별장에서 지냈다. 그녀는 짧은 시간에 아주 매력적인 사교계의 꽃으로 다시 태어나 가는 곳마다 모든 시선을 사로잡았다.

중령의 연인 '종달새' …

어느 날 저녁, 해군 중령 폰 크룬은 경마장을 찾았다. 그는 독일군 참모장 루덴도르프Ludendorff의 조카였다. 자칭 유럽 최고 기사였던 그는 승마를 좋아해 자주 경마장을 찾았다. 이때 붉은 외투를 입은 한 여인이 짙은 갈색의 야생마를 타고 그의 옆을 휙 스쳐 지나갔다. 폰 크룬 중령은 불꽃이 튀는 속도로 말을 달리는 여인의 모습을 보고 놀라 입이 다물어지지 않았다. 폰 크룬은 이렇게 대담하게 야생마를 잘 다루는 여인을 한 번도 본 적이 없었다. 게다가 그

녀의 기마술은 가히 최고였다. 그의 시선을
한순간에 빼앗은 여인은 바로 마르트.

폰 크룬 중령은 이 대담하고 매력적인 외
모의 젊은 여인과 가까이하고 싶은 욕심이
생겼다. 경마장 주인은 이런 그의 마음을
눈치채고 어느새 말을 대기시켰다. 중령은

… '종달새' 마르트

조금도 주저하지 않고 바로 말에 올라타 채
찍질을 했고, 말은 고개를 들어 몇 번 소리를 내고 제자리에서 몇
바퀴 돌더니 쏜살같이 그 여인을 뒤쫓았다. 야생마 두 마리가 무서
운 속도로 경마장을 내달리자 관중들이 환호를 보냈다. 어느새 두
말은 나란히 달렸다. 중령은 말고삐를 잡아당기며 여인에게 말을
걸었다.

"당신의 기마술은 정말 뛰어나군요. 만나 뵙게 되어 정말 영광입
니다. 저는 폰 크룬입니다."

"네. 저도 영광이네요. 저는 마르트예요."

그녀는 자기 앞에 선 호리호리한 몸매의 이 독일인이 바로 폰 크
룬이라는 사실을 알고 매우 기뻐했다. 폰 크룬이 스페인에서 활동
하는 독일 스파이 책임자라는 사실을 그녀도 잘 알았기 때문이었다.

"혹시 독일인이신가요?"

"네. 저는 벨기에에 사는 독일 교민이에요."

"그럼 스페인에는 무슨 일로 오셨나요?"

"전쟁이 터지고 나서 기마술 교관인 아버지가 프랑스에 잡혀가셨
어요. 저는 결국 전쟁의 불씨를 피해 어쩔 수 없이 이곳에 오게 됐
지요."

42

"스페인에 친척은 있나요?"

"아니요. 저 혼자 와서 스페인에 아는 사람이 없네요."

이 말을 들은 폰 크룬은 마음속으로 매우 기뻤다. 그는 신사답게 그녀에게 말했다.

"당신을 돕고 싶군요."

얼마 지나지 않아 그녀는 스페인 주재 독일 대사관의 여비서에 채용되었고, 스페인에서 활동하는 독일 스파이망에 생각보다 빨리 가입하게 되었다. 게다가 좀 더 편하게 마르트를 만나고 싶었던 폰 크룬이 그녀에게 마드리드에 있는 고급 아파트를 선물했다. 이젠 그의 스파이 활동이 모두 이곳에서 진행되었고, 심지어 부하 스파이를 만날 때도 아무 거리낌 없이 그곳을 이용했다. 덕분에 마르트는 중요한 정보를 얻을 수 있었고, 그것을 라두 대위에게 건넸다. 폰 크룬의 스파이 명단에 적힌 마르트의 암호는 'C-32'였다.

폰 크룬은 그녀에게 완전히 푹 빠져서 한시도 떨어지려 하지 않았다. 스페인 남부 도시 개디스Gaddis에서 임무를 수행할 때도 그녀와 동행할 정도였다.

독일은 프랑스 식민에 대한 모로코인의 원한을 이용해 마을의 지도자가 주축이 된 비밀 조직이 무장 반란을 일으키도록 부추기려 했다. 그러면 프랑스 정부의 군사력을 분산시키고 서부 전선에서 독일군의 부담을 줄일 수 있을 터였다. 마르트는 곧 이 점을 알아차리고 자신이 모르는 어떤 사람이 찾아와 폰 크룬과 나누는 대화를 엿들었다. 그들은 스페인 해역에서 무기를 운반하는 배 여섯 척이 정박할 정확한 지점을 논의했다. 선상에 실은 물품은 장거리 대포를 포함한 독일군의 전쟁 물자였다. 독일에서 파견된 교관은 모로코인들에게 대포 사용법을 알려주고 연합국의 배가 해협에 들어서면 바로 대포를 쏘라고 지시할 계획이었다. 마르트는 이 중요한 정보를 서둘러 파리에 보고했고, 영국과 프랑스가 중간에서 그 무기와 대포를 탈취했다. 결국 프랑스 당국이 미리 행동을 개시하자 무기를 공급받지 못한 모로코인들은 빠르게 무너졌다. 한편 중요한 배 여섯 척을 모두 잃은 독일인은 분노가 극에 달했다.

마르트는 화려하게 차려입고 폰 크룬과 함께 무도회나 고급 레스토랑에 가거나, 아니면 이국적 분위기가 물씬 풍기는 술집이나 어두컴컴한 침실에서 대부분의 시간을 보냈다. 그때마다 중령의 비밀은 '종달새'의 입을 통해 고스란히 프랑스 정보2국으로 흘러들어갔다. 하지만 폰 크룬은 그저 똑똑하고 능력 있는 마르트에게 더 깊이 빠져들 뿐이었다. 이렇게 이불 속에서 새어나온 고급 정보는 모두 라두 대위에게 전달되었다.

보온병 속의 '바구미' 계략…

1917년 제1차 세계대전이 발발한 지 이미 여러 해가 지나 교전국은 모두 경제 위기를 겪었다. 특히 식량 부족 문제가 심각해 영국, 프랑스, 소련 등 연합국은 더 많은 식량이 필요했다. 이때 독일은 악랄한 계략을 세웠다. 독일 정보 센터는 '바구미'라는 해충을 이용해 아르헨티나의 농작 지대에 병해를 전염시키고 연합국으로 운반되는 밀을 못 쓰게 만들어서 그들을 식량 기근에 빠뜨리게 하려고 했다.

폰 크룬은 이 중요한 임무를 자신이 가장 믿는 마르트에게 맡겼고

··· 영화로도 만들어진 매력적인 스파이 마르트

그녀는 바구미를 담은 보온병 두 개와 해충 살포 방법 설명서를 가지고 아르헨티나로 떠나게 됐다. 마르트는 이 사실을 바로 보고했고, 프랑스 정보2국은 오히려 이쪽에서 독일을 패배시키고자 치밀한 계획을 세웠다. 마르트는 배에 올라타면서 이미 배에 잠복해 있던 정보2국 특수 요원 마리Mari와 눈빛을 서로 주고받았다. 마리는 농업 전문가였다. 그들은 함께 아르헨티나까지 살아 있는 바구미가 운반되는 것을 막으려고 계획을 세웠다. 우선 바구미를 물에 적셨다가 말리고, 그 다음에는 마르트가 가져온 벌레 먹은 밀과 이 곤충을 섞어서 병에 다시 담았다. 독일 스파이에게 쓴 문서는 프랑스 요원 마리가 파리로 가져갔다. 그리고 이러한 사실을 감추려고 마르트는 현상 잉크를 이용해 베를린의 명령을 다시 적은 뒤에 일부러 바닷물을 묻혔다.

몇 주가 지나 마르트는 마침내 부에노스아이레스Buenos Aires에 도착했다. 그녀는 바구미가 담긴 보온병과 설명서를 독일 해군에게 전달하면서 미안해하는 말투로 말했다.

"죄송해요. 창문으로 바닷물이 들어와서 문서가 젖어 버렸네요."

독일군은 젖은 서류를 읽지 못하니 그 보온병 두 개를 어떻게 써야 할지도 당연히 몰랐다. 하지만 그렇다고 서류를 함부로 버리지도 못해서 그저 그것을 비밀 금고에 넣어두고, 상급 기관의 지시를 기다렸다.

스파이망 제거 작전…

아르헨티나에서 돌아온 지 얼마 지나지 않아 마르트는 교통사고를 당해서 한쪽 다리를 잃게 되었다. 이때 마르트는 자신의 스파이 인생이 끝나기 전에 조국을 위해 할 수 있는 마지막 임무를 계획했다. 바로 스페인 지부의 독일 스파이망을 제거하는 것이었다. 스파이 요원 모집을 담당한 폰 크룬은 스페인에서 활동하는 모든 독일 스파이의 명단을 가지고 있었다. 그 명단은 비밀 금고에 들어 있었고, 금고 열쇠와 비밀 번호는 늘 폰 크룬이 몸에 지니고 다녔다. 이 사실을 아는 마르트는 비밀 금고에 있는 명단을 **빼낼** 작전을 짰다. 어느 날 마르트는 달게 잠을 자는 폰 크룬을 깨웠다.

"자기야, 금고 좀 열어줘. 보석 사는 데 돈이 필요해."

단잠에서 깨고 싶지 않은 폰 크룬은 귀찮다는 듯 마르트에게 열쇠를 건네고 비밀 번호를 알려주었다. 하지만 막상 비밀 금고를 열어본 마르트는 크게 실망했다. 놀랍게도 금고 안에는 스파이 명단이 없었다. 역시 주도면밀한 폰 크룬은 그 명단을 아무도 모르는 곳에 깊숙이 숨겨뒀던 것이다. 이제 어떡하지? 마르트는 모든 것을 걸고 직접 부딪히기로 했다. 그녀는 혼자 스페인 주재 독일 대사를 만났다.

"저는 폰 크룬의 정부예요. 독일이 스페인에서 벌인 스파이 활동에 관한 자료를 모두 가지고 있어요. 그리고 그 자료를 이미 프랑스에 넘겼습니다."

여기까지 들은 대사는 아연실색하며 아무 말도 하지 못했다. 그는 이 사실을 스페인 정부가 알게 된다면 분명히 엄청난 외교 마찰이 일어날 거라고 생각했다. 법률에 따르면 교전국이 중립국에서 스파이 활동을 하는 것은 중립국의 주권을 심각하게 훼손하는 행위이기 때문이다. 독일 대사는 마르트를 설득해 이 사실을 스페인 정부에게 알리지 말라고 당부했고, 스페인에서 공작 활동을 벌이던 독일 스파이를 모두 철수시켰다. 이렇게 해서 마르트는 마침내 스페인 지부 독일 스파이망을 제거하고 조용히 프랑스로 돌아갔다.

제1차 세계대전

1914년부터 1918년까지 4년간 계속된 세계전쟁이다. 양대 제국주의가 세계를 둘로 나누려고 일으킨 첫 세계적 규모의 전쟁이었다. 이 전쟁은 영국, 프랑스, 소련 등의 연합국과 독일, 오스트리아-헝가리제국, 이탈리아의 동맹국이 양 진영의 중심이 되어 싸웠다.

오스트리아 황태자 프란츠 페르디난트Franz Ferdinand 대공이 세르비아 청년에게 암살된 사건이 도화선이 되어 1914년 7월 28일 오스트리아-헝가리제국이 세르비아에 선전 포고를 했다. 그리고 그 해 8월 독일이 소련, 영국, 프랑스에 선전 포고를 하면서 제1차 세계대전이 시작됐다.

전쟁이 진행되는 동안 미국, 일본, 그리스, 루마니아, 중국이 연이어 연합국에 가담했고 이탈리아, 터키, 불가리아 등 국가가 동맹국에 가담했다. 이 가운데 이탈리아는 다시 연합국 쪽으로 위치를 옮겼다. 총 33개국 15억 인구가 이 전쟁에 참가했다. 전쟁 초기에는 독일 등 동맹국이 주도권을 잡았지만, 시간이 지나면서는 서로 지루한 소모전을 벌였다. 연합군의 병력이 동맹국보다 많았던 제1차 세계대전은 결국 1918년 11월에 불가리아, 터키, 오스트리아-헝가리제국, 독일 등 동맹국이 항복하면서 연합국의 승리로 끝이 났다.

4년 3개월 동안 진행된 이 전쟁으로 3,700만여 명의 사상자가 발생했고 경제적으로는 약 2,700억 달러의 손실을 입었다. 제1차 세계대전은 자본주의 체제를 뒤흔들었고 소련에서 무산계급혁명이 일어나 결국에는 세계 최초의 사회주의 국가가 건설되는 계기가 되었다. 이때부터 역사는 제국주의와 무산계급혁명의 새로운 시대로 접어들었다.

3
전설적인 스파이 학교 교장

제1차 세계대전 동안 엘스베트 슈라그뮐러Elsbeth Schragmueller는 유럽의 전설적인 인물이 되었다. 키가 크고 우윳빛 피부에 금발인 그녀가 날카로운 눈빛으로 서 있는 모습은 마치 로마 여전사같이 거만하고 자부심이 강하며 투지가 넘쳐 보였다고 한다. 그녀는 매우 잔혹한 수단으로 독일 스파이를 양성했다. 제아무리 강한 남자라고 해도 그녀의 차가운 파란 눈빛 앞에서는 굴복할 수밖에 없었다. 수업 시간에 그녀에게 도전하는 자는 가차 없이 권총으로 위협을 당했다. 또 그녀의 명령에 불복종하는 것은 바로 죽음을 부르는 것이나 마찬가지였다. 혹시나 외부인이 그녀의 스파이 학교에 털끝만큼이라도 호기심을 보인다면 바로 잡혀갈지도 모를 일이었다.

벨기에 안트베르펜 안토니에르Antwerpen antonier 10번지에는 아주 비밀스러운 건물이 하나 있다. 이 건물은 눈에 잘 띄지 않았고 안에는 다른 길로 통하는 뒷문도 있었다. 사람들은 이곳에서 수상한 자동차가 후문에 정지한 후 어떤 사람들이 차에서 내리는 모습을 자주 보았다. 하지만 이 건물에 들어간 사람이 나오는 모습은 거의 보지 못했다. 이곳은 도대체 어떤 곳이기에 이토록 비밀스러운 것일까?

이곳은 바로 스파이를 양성하는 학교였다. 이 학교의 교장은 전설적인 인물로, 항상 군복 차림에 허리에는 총을 꽂고 손에는 채찍을 들고 다녔다. 그녀의 눈은 크지 않지만 냉정하고 교활해 보였다. 그녀가 바로 스파이 양성의 어머니 엘스베트 슈라그뮐러이다. 제1차 세계대전이 발발한 1914년 당시 스무 살이었던 그녀는 막 대학을 졸업한 상태였다. 사실 경제학을 전공했지만 그녀는 자기 전공 분야에 관심이 거의 없었다. 열렬한 애국자였던 그녀는 오로지 최전선에서 싸우는 군인이 되고 싶다는 생각뿐이었다. 그래서 군에 자원했지만 거절당했다.

제1차 세계대전이 발발하자 벨기에는 곧 독일에 점령당했다. 당시 4개 국가의 언어를 유창하게 할 수 있었던 슈라그뮐러는 우편 검열국으로 보내졌다. 그곳에서 그녀는 벨기에인들이 친구나 친지에게 보내는 평범한 편지를 검열하는 일을 맡았다. 그녀는 항상 그 편지들 속에 분명히 비밀 정보가 있을 거라고 생각했다. 예를 들면 어떤 농부가 편지에 쓴 돼지, 닭, 말 등의 숫자는 각각 보병, 기마병, 포병 부대의 규모를 지칭한 암호일 거라고 의심하는 식이었다. 이 사실을 알게 된 독일 군사당국은 그녀를 주목하기 시작했다.

그들은 그녀가 스파이 활동에 천부적인 재능이 있다는 것을 알아차리고 그녀에게 벨기에 안트베르펜에 있는 스파이 학교를 관리하게 했다. 교장으로 부임한 그녀는 곧바로 훈련생들이 가장 두려워하는 대상이 되었다. 그녀는 채찍을 내리치며 소리쳤다.

"훌륭한 스파이가 되고 싶다면 규칙을 엄수하고, 명령에 복종하도록! 앞으로 너희는 이곳에서 스파이가 반드시 갖춰야 할 기술을 배우게 될 것이다. 이곳에서 양성된 스파이는 반드시 세계 최고여야 한다. 알았나?"

그녀의 학교 운영과 교육 방식은 다른 나라에도 큰 영향을 미쳤고, 이 학교는 서양 스파이계에서도 인정한 세계 최초의 현대식 스파이 양성 학교였다. 이곳에 들어온 훈련생들은 슈라그뮐러의 환영을 받으며 그녀가 지정한 숙소에서 지냈다. 숙소는 무척 넓고 모든 것이 다 갖춰져 있었다. 그곳에는 도서관뿐만이 아니라 혼자서 시간을 보낼 수 있는 오락 시설도 있었다. 하지만 훈련생들은 일단 이 건물에 들어오면 철저하게 혼자서 생활해야 했다. 방문은 밖에서 잠겼고, 오직 식사 시간에만 열렸다. 새로 들어온 훈련생들은 모두 감시의 대상이었지만 정작 그들은 그런 사실을 전혀 몰랐다. 방마다 벽에 걸려 있는 거울이 바로 그 비밀의 열쇠였다. 사실 그 거울은 방에서 보면 진짜 거울이지만 뒷면은 투명한 여광기(어떤 특정한 파장의 빛만을 투과 또는 차단하기 위한 색유리 판. 사진 촬영, 광학 실험 따위에 쓴다-옮긴이)로, 슈라그뮐러가 이 거울을 통해 훈련생들의 생활을 관찰하면서 특성을 파악했다. 특히 그들이 외로움을 얼마나 잘 견뎌내는지를 관찰했다.

훈련생들이 들어온 지 일주일이 지나면 교관들이 이 건물로 속속 도착했다. 언어학자는 그들에게 스파이 활동의 근거지가 될 국가의 방언과 관용어를 가르쳤고 위장 전문가는 위장술을, 통신 전문가는 특수 잉크 사용법과 연락 방법을 가르쳤다.

이 학교의 훈련생들은 항상 두려움에 떨어야 했다. 슈라그뮐러가 겉으로 보기에는 융통성 있고 능력 있는 여성이지만 속으로는 독

하고 악랄한 인물이었기 때문이다. 학
생들은 모두 혹시나 그녀의 눈 밖에 날
까 봐 몹시 두려워했다.

··· 스파이 학교 교장
슈라그뮐러

신입생들은 이곳에 들어온 순간부터
본명을 버리고 오직 암호명으로만 불
렸다. 슈라그뮐러는 심지어 훈련생들
에게 가면을 쓰도록 지시하기도 했다.
훈련생들은 서로 대화할 수 없었고, 매
일 12시간씩 첩보 훈련을 받고난 뒤 나
머지 시간에는 늘 방에서 혼자 지내야 했다. 그녀는 교육을 잘 따
라오지 못하는 훈련생에게는 한 치의 망설임 없이 채찍을 휘둘렀
다. 그래도 성에 차지 않을 때는 거침없이 총을 뽑아들고 위협까지
했다.

시간이 지나면서 이곳 훈련생들은 스파이가 갖추어야 하는 모든
기술을 습득해 갔다. 이 학교의 졸업 시험은 그동안 단련한 모든 재
능을 보여주며 자신이 스파이 임무를 제대로 수행할 수 있다는 것
을 증명하는 것이었다.

또 슈라그뮐러는 학교에서 쓰는 교재를 책으로 만들었다. 이 책
은 지금까지도 서방 스파이계에서 널리 사용되고 있다. 그 일부를
공개하면 이렇다.

1. 당신의 언어적 재능을 철저히 숨겨라. 그래서 상대가 당신이
   알아듣지 못할 거라고 생각하는 언어로 안심하고 다른 사람과
   대화를 나누도록 만들어라.

2. 외국에서 임무를 수행할 때는 절대로 모국어를 사용하지 마라.

3. 정보를 수집할 때는 정보를 제공해주는 자의 숙소나 자신의 숙소에서 가능한 한 멀리 떨어진 곳에서 만나라. 가장 좋은 방법은 한밤중에 외진 골목에서 접선하는 것이다. 극도로 피곤한 순간에는 정보 제공자의 경계심이 최대한 풀어지고 의심이 줄어들어서 실수를 하거나 솔직해질 확률이 높다. 그리고 이때는 그가 거짓말을 하거나 교활하게 머리를 굴리지 않으므로 당신이 주도권을 잡을 수 있다.

4. 쓸모 있는 정보를 수집할 때는 절대로 그것에 관심이 있다는 티를 내지 마라. 그 정보만 지나치게 쫓거나 과도하게 질문한다면 상대방에게 당신의 정체가 노출될 수도 있다.

5. 당신이 입수한 자료는 특별한 의미가 없는 것으로 위장해 숨겨라. 기록해둔 숫자를 가계부에 옮겨 적는 것도 좋은 방법이다.

6. 당신의 편지나 기타 서류를 태울 때는 흔적을 남기지 말고 철저히 없애라. 태운 종이는 현미경으로 다시 확인할 수 있기 때문이다. 갈기갈기 찢는다고 해서 완전히 폐기되는 것은 아니다. 찢은 종잇조각을 화장실에 버렸다고 해도 역시 안전하지 않다.

7. 말과 행동에서 신비로운 이미지를 풍기지 마라. 단, 꾀어내기 어려운 사람이 그가 아는 사실을 당신에게 말할 때는 제외한다.

8. 남 앞에서 자기를 돋보이게 하는 행동은 자제해라. 자신의 능력을 보인다거나 남들과 다른 행동은 최대한 피해라. 탈레랑Talleyrand은 젊은 외교관에게 이런 말을 했다. "조급해하지 마라! 그것이 바로 핵심이다." 간혹 일의 진행이 늦어질 수는 있

지만, 오히려 그로 말미암아 더 많은 것을 얻을 수 있다. 스파이 가운데 가장 뛰어난 천재는 사람들의 눈길을 끌지 않는 사람이다. 미국의 소설가 겸 비평가 헨리 제임스Henry James가 한 말을 명심해라. "천재! 사람들을 눈부시게 만드는 힘은 위장한 강한 정신에 불과하다."

9. 거처를 정할 때는 출구가 두 개 이상 있는 집을 택해라. 그리고 사전에 도피 연습을 해라.

10. 평소에 당신을 미행하는 이가 없는지 항상 확인하고, 미리 그들을 따돌리는 기술을 습득해두어라.

11. 폭음하지 마라. 그리고 당신을 이해하고 믿을 수 있는 여성하고만 만나라.

12. 정보의 신뢰성이나 가장 중요한 정보는 함부로 믿지 마라.

이상의 규칙에는 스파이가 배워야 할 안전과 기밀의 원칙, 정보의 수집과 탈취 · 식별 방법, 교통 연락 기술 등이 모두 담겼다. 이것이 바로 현대 스파이 요원이 반드시 갖춰야 할 중요한 능력이자 숙지하고 있어야 할 기본내용이다. 슈라그뮐러의 스파이 양성 교재는 오늘날까지도 독일, 영국, 미국 등 서방 국가의 스파이 양성소에서 여전히 쓰이고 있다.

연합군은 슈라그뮐러의 소문을 듣고 그녀의 암호가 '호랑이의 눈'과 '여박사'라는 사실을 입수했다. 하지만 아무리 수소문해도 그녀의 정체를 밝혀내지는 못했다. 학교 내부건 외부건 간에 그녀는 일 처리가 매우 신중했기 때문이다. 다양한 신분으로 위장한 그녀는 가명도, 위장 주소도 여러 개 있었다. 그녀의 위장술은 알고 나면 황당할 정도로 매우 치밀했다.

그녀는 새로운 훈련생을 양성하는 일을 생사가 달린 중요한 문제로 여겼다. 만약 독일 스파이가 되고 싶어 하는 벨기에인이 발견되면 슈라그뮐러의 부하가 칠흑같이 어두운 밤을 틈타 그의 집으로 찾아간다. 그리고는 한참 자고 있던 그를 침대에서 끌어내 양쪽 창문을 모두 가린 차에 태우고서 그가 모르는 낯선 외진 골목을 지나 안토니에르 10번지에 있는 스파이 학교에 데려간다. 그는 이곳에서 특별한 그녀를 만나게 되고, 그 밑에서 3개월 동안 훈련을 받게 된다.

안트베르펜 정보국은 독일 군사 정보국 지부 가운데 성과가 가장 좋았다. 이 정보국은 1915년 초부터 줄곧 엘스베트 슈라그뮐러가 책임자였다. 1915년 12월 중순에 안트베르펜 정보국은 정보국 본부의 스파이 337명 가운데 62명을 관리했다. 3개월 뒤에는 슈라그뮐러 수하의 특수 요원이 두 배로 늘었고, 적극적으로 활동하는 요원은 3분의 2에서 4분의 3으로 늘었다. 정보국 본부에는 그 유명한 스파이 마타 하리도 있었다.

1916년 초에 엘스베트 슈라그뮐러는 쾰른Cologne의 한 호텔에서 마타 하리를 처음 만났다. 슈라그뮐러는 마타 하리를 프랑크푸르트 암마인Frankfurt am Main에 있는 호텔에 머무르게 하고, 그녀를 훈련하기 시작했다. 당시 뒤셀도르프Dusseldorf 군사정보국 책임자는 르페르Lepere 대위였다. 그가 마타 하리에게 정치적 · 군사적 소양을 가르쳤다. 그리고 슈라그뮐러가 정보 수집 요령과 보고 방법을 가르쳤고, 안트베르펜 정보국의 하버자크haperzak는 특수 잉크 사용법을 알려주었다. 그리고 그녀에게 'H-21'이란 암호명을 부여하고 적국에 몰래 침투시켰다. 이후 르페르 대위는 특수 잉크를 사용하여 쓴 편지와 비밀 주소가 적힌 편지를 두세 통 받았지만, 중요한 내용은 없었다. 1917년에 마드리드 주재 독일 대사관 무관이 그녀에게 돈을 지급했다는 정보를 프랑스 정보 당국이 해독했고, 결국 마타 하리는 체포되어 그해 가을 새벽에 총살되었다.

슈라그뮐러는 스파이 분야에 새로운 방식을 도입했다. 그것은 바로 희생양을 만드는 것이다. 다시 말하면 더 중요한 요원을 보호하고자 그다지 중요치 않은 요원을 일부러 희생시키는 방법이다. 다소 냉혹한 방식이었지만 그 효과는 대단했다.

그녀는 또 독특한 방법으로 연합국 부대의 주둔지 위치를 알아냈다. 연합국 부대의 탈영병이 그녀 손아귀에 들어오면 특별대우를 받게 된다. 그녀는 그들에게 거액의 수고비와 가짜 증거 서류 두 통을 주고서 다시 적군에게 돌려보냈다. 서류 한 통은 이 증서를 소지한 병사가 현재 휴가 중이라는 것을, 다른 한 통은 어느 부대 소속인지를 증명했다. 그 부대가 바로 슈라그뮐러가 알고 싶어 하는 부대였다.

슈라그뮐러에게 포섭된 탈영병들은 곧장 근처 기차역으로 가서 마치 길을 잃은 것처럼 가장해 어떻게 하면 부대로 돌아갈 수 있는지 물었다. 그리고 나서 정보를 입수한 탈영병이 슈라그뮐러에게 돌아가 보고하는 식이었다. 연합군은 나중에서야 슈라그뮐러의 계략을 알아챘다. 그러나 이미 그전에도 비록 문맹일지라도 기억력만큼은 놀라울 정도로 좋은 프랑스 탈영병들이 열다섯 차례나 이런 수법을 이용했다.

물론 슈라그뮐러가 항상 성공했던 것만은 아니다. 한번은 그녀가 훈련생 두 명을 영국 남부 포츠머스Portsmouth로 보내 영국 함대 상황을 정찰하도록 지시한 적이 있다. 그들은 담배 판매 상인으로 위장하고, 수집한 정보는 시가cigar 주문서 형식으로 보냈다. 예를 들면 아바나Havana산 시가 5천 대는 전투함 다섯 척을 의미했다. 그러나 검열원이 그들의 편지를 보고서 의심하기 시작했다. 포츠머스에서 일주일 동안 시가를 무려 4만 8천 대나 주문한다는 것은 도무지 상식에 맞지 않았던 것이다. 결국 그 스파이 두 명은 수사 끝에 붙잡혀 총살당하고 말았다.

시간이 지나면서 슈라그뮐러의 방식에 허점이 있다는 사실이 하나둘씩 밝혀졌다. 그녀는 스파이 활동도 다른 학교 수업 과목과 똑같이 가르치면 된다고 생각했지만 실제 스파이가 활동하는 현장에서는 자신의 주관과 융통성이 더욱 중요했다. 슈라그뮐러는 바로 이 사실을 간과해 그녀 수하의 스파이들은 돌발 상황이 생길 때마다 속수무책이었고, 끝내는 현지 경찰이나 군대에 잡히기 일쑤였다.

연합군은 전쟁이 끝난 1919년에야 겨우 슈라그뮐러의 정체를 알았다. 하지만 그때는 이미 그녀가 바이에른Bayern으로 숨어 들어가 은둔한 뒤였다. 이후에 그녀의 소문은 무성했지만, 사실 '호랑이의 눈'은 자신의 거처에서 노모를 돌보며 여생을 보냈다.

미국의 스파이 학교 '농장'

미국 중앙정보국CIA은 버지니아Virginia 주에 비밀스럽게 스파이 학교를 설립했다. 외부에서는 이곳을 '농장'이라고 불렀지만, 내부에서는 '군대 실험 훈련기지'라고 불렀다. 새로 모집한 스파이 정보요원은 아무리 프로라 할지라도 이곳에 들어온 이상 반드시 스파이 기술을 훈련받아야 했다. '농장'에서 훈련을 마치고 나면 훈련생들은 모두 비밀 작전지로 배치되었다.

미국의 '셔먼 켄트Sherman Kent' 정보 분석 학교

이 스파이 학교는 미국 중앙정보국 분석 전문가 셔먼 켄트의 이름과 똑같다. 학생들의 목에 걸린 파란색 메달은 이 학교가 안보 허가를 받았음을 증명한다. 그들은 교실에서 '기밀'이라고 적힌 컴퓨터를 사용할 수 있으며, 그들이 배출한 쓰레기는 반드시 매일 분쇄되거나 소각된다. 교실 근처 곳곳에는 경비원과 경보기가 있어서 '비밀 금고'라고도 불렸다. 그리고 이 건물 외벽은 특수 자재로 짓고 센서를 설치해서 도청을 방지할 수 있었다. 2005년 5월에 개교한 이 학교는 중앙정보국 분석 요원을 위한 최초의 종합 훈련 프로그램을 선보여 주목을 받았다. 분석 요원들은 몰래 입수한 비밀 정보를 정밀 조사하고 위성 촬영 사진을 심층 연구한다. 또한 도청한 문자 기록을 심사하고 국무원 연구 보고를 살펴보며 신문을 포함한 매스컴 보도를 추적한다. 중앙정보국에서 새로 모집한 요원은 일반적으로 이 켄트 학교에서 6개월 동안 스파이 기술 과정을 이수해야 한다.

소련의 200여 개 스파이 학교 가운데 가장 큰 규모와 최고의 교육 과정을 자랑한다. 가장 특별하고 비밀스러운 곳으로 알려져 있는 학교가 바로 가즈나 스파이 학교이다.

KGB 소속인 가즈나 스파이 학교는 외국 환경을 완벽하게 모방해 건설했으며 영국, 미국, 기타 영어권 국가(캐나다, 호주, 뉴질랜드, 인도, 남아프리카 등을 포함)에 잠입할 스파이를 전문적으로 양성했다. 이 학교는 큐비셰프Kuybyshev 남쪽에서 약 160km 떨어진 곳에 있고, 면적이 약 67.2km²로 타타르스탄Tatarstan 남부에서 바쉬키르스Bashkirs까지 뻗어나가 있다. 소련 연방 정부는 각종 교묘한 방법으로 이곳을 보호했기에 소련 지도에서는 이곳을 찾아볼 수 없다. 이토록 비밀스러운 가즈나 학교는 미국, 영국, 캐나다, 호주, 뉴질랜드 등의 구역으로 나뉘어 각 나라와 비슷한 모습으로 배치됐다.

예를 들면 약 10.6km² 정도의 면적을 차지하는 영국 지역은 런던 외곽의 일부 지역 즉 그곳의 거리, 건물, 극장, 식당, 술집, 은행, 우체국 등 모든 환경이 놀라울 정도로 흡사하게 꾸며졌다. 이 모의(模擬) 영국 소도시에서 생활하는 요원은 옷차림부터 생활 습관, 풍속까지도 영국 상황과 완전히 똑같다. 심지어 상점의 물건 가격까지 실제 도시의 물가와 같았다. 이 도시에 배치된 스파이 요원들은 자신이 소련인이라는 사실을 철저히 잊어야 하며, 절대 소련어를 사용해서는 안 된다. 요원들은 이곳에서 5년에서 10년쯤 지낸 후에야 졸업을 했다. 그때가 되면 요원들은 그야말로 토박이 영국 시민이라 해도 될 정도가 되었다.

이 밖에도 모의 도시는 여러 곳이 있다. 체카이스카야Chekaescaya는 바이칼Baikal호와 몽고 사이에 있고, 이르쿠츠크Irkutsk의 남쪽에서 120km 떨어진 곳에 위치했다. 체카이는 '중국'이라는 뜻으로, 말 그대로 중국의 일부 도시를 그대로 옮겨 놓았다.

보스토즈나야Vostoznaya는 하바로프스크Khabarovsk의 동남쪽에서 160km 떨어진 곳에 있고, 중국 외 아시아 국가와 중동 국가에 파견될 스파이를 전문적으로 양성했다.

파라호프카Palahoffka는 벨로루시의 민스크Minsk 동북쪽에서 112km 떨어진 곳에 있다. 기지는 네 곳으로 나뉜다. 북부는 노르웨이, 스웨덴, 덴마크, 핀란드였고 남부는 스위스, 오스트리아였으며 서부는 네덜란드, 동부는 독일로 나뉘어 각각 이들 국가에 파견할 스파이를 양성했다.

4

'달의 여신' 신시아

제2차 세계대전이 벌어지던 때, 각국 기관 중에서 미인계를 가장 많이 쓴 곳이 바로 영국 정보기관이다. 오늘날 영국 비밀정보국 사건 파일 중에서 이런 문구를 찾아볼 수 있다. "비밀정보국 지휘를 받는 한 여성 특수 요원이 뉴욕에서 중요한 임무를 성공리에 마쳤다. 그녀의 성과가 영국과 그녀의 고향인 미국에 미친 효과는 어떠한 가치로도 환산할 수 없을 정도였다. 담력만 봐도 제2차 세계대전의 스파이 역사상 그 누구도 그녀와 비교할 수 없다." 제2차 세계대전에서 뛰어난 활약을 보인 그녀는 바로 영국 스파이 신시아Cynthia이다. 그녀의 본명은 베티 소프 파커Betty Thorpe Parker로, '신시아'는 달의 여신이란 뜻이다. 베티 소프 파커가 마치 달처럼 아름다운 여신 같아 신시아라고 불렸던 것이다. 그녀는 요염하고 매력적일 뿐만 아니라 용기 있고 지혜로운 여성이었다. 혼자 스파이 전쟁에 뛰어들어 적을 상대하면서 독일, 이탈리아, 프랑스의 수많은 군사 정보를 손에 넣었다. 그녀는 영국 정보 역사상 가장 눈부신 성과를 일궈냈다. 특히 연합군이 북아프리카를 침공할 때 뛰어난 공로를 세워 제2차 세계대전의 상황을 역전시킨 매우 우수한 여성 스파이로 인정받고 있다.

첫 번째 스파이 임무…

1937년 어느 날, 폴란드 외교부의 기밀실 안에 들어선 외교부장의 기밀 부관 딕Dick은 서둘러 문을 닫고서 한 아름다운 여성의 어깨를 꽉 쥐며 거친 숨소리로 말했다.

"오늘은 당신을 가지고야 말겠어."

그녀는 마치 첫사랑에 빠진 순진무구한 소녀처럼 사랑스러운 눈길로 그를 바라보았다. 그녀 역시 가쁘게 숨을 몰아쉬며 방 여기저기를 두리번거렸다.

"술 없어요?"

딕은 명령을 받은 양 흥분해서는 "술? 물론 있지"라고 대답했다. 그는 그녀의 어깨에 둘렀던 손을 풀고 부엌 찬장을 열어서 독한 위스키를 꺼냈다. 술을 들고 온 그는 순간 굳어버렸다. 그녀가 블라우스와 플란넬 치마를 벗고 연분홍색 속옷만 입은 채 서 있었던 것이다. 속옷 사이로 살짝 비치는 풍만한 가슴과 새하얀 속살을 본 딕은 마치 미의 여신 비너스가 눈앞에 서 있는 듯한 착각에 빠졌다. 무엇엔가 홀린 것처럼 눈의 초점이 풀리면서 행복감이 온몸을 감쌌다. 그는 떡 벌어진 어깨를 펴고 격정적으로 그녀를 껴안고는 소파에 사뿐히 내려놓았다. 그녀는 딕의 목을 감싸쥐고 술병을 그의 입가에 갖다 대더니 한 방울씩 떨어뜨렸다. 그러다가 자신도 술로 목을 좀 축이고는 다시 크게 한 모금 들이켜서 자신의 입 안에 머금은 술을 딕의 입으로 전달했다. 딕은 온몸이 짜릿해지고 취기가 돌면서 눈앞이 흐릿해졌다. 그녀는 딕의 품으로 와락 뛰어들더니 애교 섞인 목소리로 그를 유혹했다.

"여기는 교도소처럼 음산한 게 별로 마음에 안 들어요. 우리 호텔로 가서 즐겨요!"

딕은 술기운이 올라오는지 눈이 풀린 상태로 대답했다.

"그건 안 돼. 반드시 여기를 지켜야 해. 그게 내 일인걸."

"저도 당신이 돈 때문에 그러는 게 아니라는 거 알아요. 설마 여기에 저보다 더 중요한 거라도 있는 거예요?"

그녀는 일부러 정색을 하며 말했다.

딕은 어떻게 말해야 좋을지 몰랐다. 너무 조급한 나머지 그는 소파 옆에 있던 검은색 금고를 정신없이 열고는 어떤 문서를 꺼내 혀가 잔뜩 꼬인 상태로 말했다.

"이게 내 목숨보다 더 중요해. 절대 당신을 속이는 게 아니야."

그녀는 문서 봉투에 쓰인 '독일 국방 군사 기밀 색인'이라고 적힌 걸 힐끗 쳐다보았다. 그녀가 그토록 찾던 보물이 바로 눈앞에 있었다. 그녀는 딕이 금고를 잠그기라도 할까 봐 얼른 그의 품에 달려들어 꽉 껴안고는 뜨거운 키스를 퍼부었다. 그녀는 흥분해서 거칠어진 숨소리로 딕의 귀에다 대고 속삭였다.

"딕, 사랑해요! 당신을 가지고 싶어요!"

딕 역시 더는 참지 못하고 그녀의 유혹에 넘어가 술기운에 그녀와 함께 카펫 위를 뒹굴었다.

딕은 그녀와 사랑을 나누고서 깊은 잠에 빠졌다. 그리고 이 시간이 오기만 목이 빠져라 기다리던 그녀는 그 기밀 색인을 소형 카메라에 담았다. 이 여성이 바로 영국 비밀정보국의 스파이 신시아이다. 그녀는 스파이라면 누구나 간절히 바라는 이니그마Enigma 기밀 색인을 손에 넣었다.

이니그마는 독일 군대가 제2차 세계대전이 발발하기 전에 막 쓰기 시작한 새로운 암호기였다. 이니그마의 작업 원리는 먼저 정보를 이해하기 어려운 주파수 신호로 바꾼 다음에 각종 모스 부호를 이용해서 내용을 발송하는 것이다. 이니그마는 자모를 마음대로 조합할 수 있고 전보에 글자를 무제한으로 빽빽이 채워 넣을 수도 있으며, 비밀 번호도 아무 때나 바꿀 수 있다. 또, 암호기의 자모는 어지럽게 섞이며 절대 중복되지 않는다. 통계에 따르면 이니그마 암호기의 숫자 조합은 무려 이천억 개에 달한다고 한다. 혹 모든 조합을 인위적으로 해독하려 한다면 아마도 4천 년은 족히 걸릴 것이다. 그렇기에 히틀러가 독일인의 도움 없이는 이니그마의 수수께끼를 풀 수 있는 사람이 세계에서 아무도 없을 거라고 단언했을 정도였다.

세계대전 당시에 각 국가는 적군의 수수께끼를 해독하는 일이 얼마나 중요한지 인식했다.

"사실 우리도 처음에는 자신의 눈을 믿을 수가 없었어요. 이게 바로 암호기에서 우리가 알고자 했던 부분이에요."

나치의 새로운 암호기 이니그마를 연구하고 해독한 영국 비밀정보국의 한 특수 요원은 이렇게 말했다.

그동안 많은 사람과 기관에서 이 비밀을 풀고자 많은 노력을 기울였다. 심지어 미국과 영국은 이를 위해 연합 작전까지 펼쳤지만, 별다른 효과를 거두지는 못했다. 사실 영국은 당시에 기밀 색인이 시급히 필요했다. 그런데 때마침 첫 스파이 임무를 맡은 신시아가 영국에 생각지도 못한 성과를 안겨주었다.

신시아는 미국인 베티 소프의 가명이다. 전설 속 인물로 여겨지는 '신시아'라는 가명과 비교하면 베티 소프라는 이름은 개성도 없고 그다지 특별한 의미도 없었다.

베티 소프는 1910년 11월에 미국 미네소타Minnesota 주 미니애폴리스Minneapolis의 유복한 해군 가정에서 태어났다. 베티는 미국에서 태어났지만 어린 시절 대부분을 쿠바에서 보냈다. 그곳에서 스페인어를 배웠는데, 시간이 흘러 생각해 보니 그녀는 자신이 스파이가 될 것을 미리 예측이라도 한 듯하다. 몇 년 뒤, 베티 소프는 스위스 제네바Geneva의 한 호숫가 근처에 있는 여학교로 전학을 가 공부를 계속했다. 그러고 나서 워싱턴Washington으로 돌아와 다시 매사추세츠Massachusetts 주의 다나 홀 학교Dana Hall School에서 공부했다. 그리고 1921년에 온 가족은 또다시 아버지를 따라 하와이Hawaii로 이사를 갔고 그녀의 아버지 소프Thorpe 소령은 당시 진주만Pearl Harbor의 미 해병대에서 근무했다.

1928년 여름, 베티 가족은 다시 미국의 미네소타 주로 돌아왔다. 당시 열여덟 살이었던 베티는 미네소타 주 여자대학교에 입학했고 주말이 되면 친구들과 근처 영국 영사관에 가서 영화를 봤다. 이렇듯 자주 놀러가면서 영사관 사람들과 자연스레 친해졌고, 어떤 남자 직원은 그녀에게 영사관에서 열리는 파티에 놀러오라고 초대하기도 했다. 그중에 미국 주재 영국 대사관 직원이자 상무 부처의 제2비서인 아서 파커Arthur Parker라는 남자는 베티를 보고 첫눈에 반해 쫓아다니기 시작했다.

사실 그 당시 베티는 아름다운 미모로 이름을 날렸다. 혼혈아였던 그녀는 태어났을 때부터 예뻤다. 황갈색 머리카락, 호수처럼 깊은 아름다운 눈동자, 요염하고도 날씬한 몸매 등 아름다운 요소를 두루 갖춘 그녀는 주위에 쫓아다니는 남자들이 끊이질 않았다.

아서 파커는 아일랜드Ireland 천주교도로, 제1차 세계대전에서 다친 뒤로 건강이 좋지 않았다. 게다가 자존심이 세고 겉멋이 잔뜩 든 그는 반응이 느리고 이해력도 떨어졌다. 그런데 희한하게도 베티는 꽃다운 젊은 나이에 스무 살도 더 차이나는 파커에게 시집을 가겠다고 선포를 했다. 사실 그녀가 파커와 결혼하려는 진짜 이유는 바로 그의 아이를 가졌기 때문이었다. 보수적이었던 당시 미국 사회는 결혼도 하지 않은 처녀가 아이를 가졌다는 것은 매우 부끄러운 일이라고 여겼던 탓에 그녀는 어쩔 수 없이 파커와 결혼하는 수밖에 없었다.

1931년 그녀는 남편을 따라 스페인으로 갔다. 그리고 스페인에 내전이 발발한 뒤로 베티는 영국 비밀정보국을 적극 도왔다. 그녀는 온갖 방법을 동원해서 천주교 목사를 감옥에서 빼내거나 감옥에 갇힌 일부 비행기 조종사들이 석방될 수 있도록 애썼으며, 당시 문제가 되었던 프랑코Franco 장군을 지지하는 사람들의 도피를 도와주었다.

이러한 베티의 친(親) 프랑코 행동이 문제를 일으키자, 영국 대사관은 파커에게 스페인을 떠나 바르샤바Warszawa로 가서 일하라고 명령을 내렸다. 베티는 이를 전환점으로 스파이계에서 두각을 드러내기 시작했다. 다재다능한 아마추어 스파이가 이때부터 역사의 한 페이지를 장식한 것이었다.

1937년 그녀는 남편과 함께 바르샤바로 갔다. 역시나 뛰어난 미모 덕분에 그녀는 어딜 가나 상류 사회의 사교 장소에서 주목을 받았다. 당시 베티는 스물일곱 살이었다. 황갈색 머리카락과 커다란 청록색 눈동자는 그녀에게서 더욱 성숙하고 우아한 분위기를 풍기게 했고, 날씬한 몸매와 아름다운 외모는 여전했다. 또 상류 사회 문화의 영향을 받아 박학다식한데다 유머 감각까지 갖춰 더 매력적으로 보였다. 그녀는 항상 위험에 정면으로 도전하는 놀라운 용기와 남자를 유혹하는 자신만의 매력을 십분 발휘했다. 그리고 스페인에서처럼 폴란드에서도 스파이 활동에 푹 빠져 열정적으로 임무를 수행했다.

폴란드에서 그녀는 외교부에 근무하는 젊은 남성들의 사랑을 독차지했다. 한번은 그녀가 우연히 폴란드인에게서 얻은 정보를 영국 비밀정보국에 보고한 적이 있었다. 바르샤바 지부 영국 비밀정보국 직원은 그녀의 성과에 크게 만족했다.

"이런 정보는 될 수 있는 대로 많이 모아 오세요. 많으면 많을수록 좋습니다."

이 시기 바르샤바에는 전쟁의 어두운 그림자가 뒤덮었고, 그곳에서 활동하는 영국 스파이는 극소수였다. 그러므로 베티가 어떤 도움을 주든지 간에 모두 환영을 받았다. 하지만 베티는 무슨 일이든 남편에게는 알리지 말라고 지시받은 터라 아주 조심스럽게 행동했다. 때마침 파커가 뇌혈전증으로 다른 지역에 있는 병원에 입원해 있어서 그녀는 쉽게 그 지시를 지킬 수 있었다. 그때 베티가 바르샤바에서 얻은 가장 큰 성과는 영국인이 간절히 바라던, 독일인의 수수께끼라 불리는 암호 체제의 기밀 색인을 손에 넣은 것이었다.

달의 여신 …

베티는 모험을 즐기는 여성이었다. 그녀의 눈에 스파이란 도전의 기회가 무한히 펼쳐진 직업으로 느껴졌다. 그래서 심장이 마구 뛰는 이 매력적인 직업에 자신의 모든 열정을 쏟아부었다. 베티는 스파이가 되고 난 뒤에 영국 정보기관 안보협력국 국장이자 총리인 윈스턴 처칠 아래에서 고문을 맡고 있는 스티븐슨Stephenson의 관심을 끌었다. 그는 베티를 테스트하려고 사람을 보냈다. 지시를 받고 신시

··· 달의 여신 '신시아'

아를 만난 특수 요원은 "미모만큼 개성 있는 사람이었어요. 깜빡이는 자동차 불빛처럼 혼을 쏙 빼놓아 저도 모르게 판단력이 흐려지더군요"라고 스티븐슨에게 보고했다. 스티븐슨은 보고서를 자세히 검토하고 난 뒤, 이렇게 기록했다.

"베티는 중요한 임무를 해낼 수 있는 스파이로, 그만큼의 가치가 있는 여성이다."

그는 즉시 베티가 영국 안보협력국의 외부 조직에 합류할 수 있도록 그녀를 훈련시켰다. 영국 안보협력국BSC은 MI5의 산하기구로, 제2차 세계대전이 발발하기 직전에 MI5에서 분리되어 나온 핵심 기관이었다.

이때쯤 병에 시달리던 파커는 완전히 건강을 회복했고 외교부는 그를 칠레로 파견했다. 칠레는 독일의 영향을 많이 받은 국가였고 베티도 이번에 남편을 따라 다시 칠레로 가게 되었다. 그들이 처음

68

칠레에 갔던 것은 파커와 결혼한 지 얼마 되지 않았을 때인 칠팔 년 전이었다. 그때 그녀가 갓 결혼해 순진무구한 새색시였다면 지금 베티는 경험이 풍부한 사교계의 여왕이었다. 하지만 안타깝게도 그녀는 칠레에서 남편과 갈라서게 되었다.

그 당시 뉴욕의 스파이 업무는 모두 스티븐슨이 담당했다. 전쟁이 터지자 미국의 참전 여부가 모든 나라의 주요 관심사가 되었고, 한때 워싱턴에는 특수 요원이 대거 몰려들어 각국 스파이들이 활동하는 주요 무대가 되기도 했다. 이때 스티븐슨은 공식적으로 베티를 영국 안보협력국의 스파이로 받아들였고, 그녀에게 달의 여신이라는 의미로 '신시아'라는 서정적인 암호명을 붙여주었다. 스티븐슨은 신시아에게 남편과 헤어지고 미국으로 와서 본격적으로 스파이 일에 뛰어들라고 설득했다. 이에 신시아가 승낙하면서 스파이 역사상 가장 전설적인 여성 스파이가 탄생하게 되었다. 떠나기 전에 그녀는 남편에게 끝까지 함께 하지 못해 미안하다는 편지를 남겼다. 그 뒤 두 사람은 각각 제 갈 길을 갔고, 아서 파커는 그들이 헤어진 것을 두고 어떠한 말도 하지 않았다. 다만 "만약 그때 영국의 외교관 부인들이 모두 신시아처럼 방탕하게 살았다면 영국에는 비밀이란 것 자체가 없었을 것이다"라고만 말했다. 사실 아서 파커는 신시아가 비밀 스파이라는 사실을 까맣게 모르고 있었다.

신시아의 대외적인 직업은 신문 기자였고 영국 안보협력국이 그녀에게 워싱턴의 상류층 거주지인 조지타운Georgetown에 2층 집을 하나 빌려주었다.

한 칵테일 파티에서 신시아는 미국 주재 이탈리아 대사관의 알베르토 라이스Alberto Rice 해군 장군과 우연히 재회했다. 그들은 한때 스페인에서 뜨겁게 사랑했던 적이 있었다. 라이스 장군은 여전히 아름다운 신시아의 갑작스런 출현으로 마음이 흔들렸다. 라이스는 키가 작은 중년 남성으로, 일찍이 가정을 꾸려 자식도 여러 명 있었다. 그리고 지금은 해군 일에 싫증이 난 지 오래된 상태였다.

"베티, 어쩐 일로 미국까지 온 거야?"

옛 연인과 재회함으로써 사랑의 불길이 다시 타오른 라이스는 신시아에게 다정스레 이것저것을 물어보았다.

"아, 말하자면 길어요."

신시아는 비련의 여주인공 마냥 눈가에 눈물을 머금은 채 아서 파커와 이혼한 일을 이야기했다. 라이스는 겉으로는 동정하는 척하면서 속으로는 쾌재를 불렀다.

"힘든 일 있으면 뭐든지 다 말해. 내가 할 수 있는 일이라면 있는 힘껏 도와줄게."

그는 신시아의 새하얗고 가느다란 손을 자기 쪽으로 끌어와 가볍게 어루만졌다. 그 뒤로 라이스는 신시아에게 파티에 초대한다거나 커피 한 잔을 하자는 핑계로 매일 전화를 해댔다. 하지만 신시아가 시종일관 애매모호한 태도로 나오자 초조해진 그는 꽃이나 옷 같은 것을 선물하면서 적극적으로 구애했다.

며칠이 지나 신시아는 결국 그의 데이트 신청을 받아들였다. 신시아에게 이미 홀딱 빠져버린 라이스가 두터운 손을 내밀어 그녀를 안으려 하자 신시아가 그를 밀쳐내며 말했다.

"장군님, 우리 잠깐 이야기 좀 해요."

"무슨 이야기? 편하게 말해."

"장군님, 미국 해군 정보국에 아는 친구가 있는데, 저에게 같이 사업을 하자고 하네요. 좀 도와주세요."

"당신 기자잖아? 그런데 어떻게 미국 정보국이랑 같이 사업하려고? 무슨 사업인데?"

"저, 그게……. 일단 장군님께서 관리하시는 그 이탈리아 해군 암호가 필요해요."

"당신이 원하는 건 모두 해줄 수 있지만, 그것만은 안 돼. 국가 기밀 사항이니 내가 만약 당신에게 그걸 알려준다면 나라를 팔아먹는 거나 마찬가지 아니겠어?"

이는 위험한 도박이나 마찬가지였다. 라이스는 이탈리아 군사 기밀을 팔아넘겨 연합국의 스파이 노릇을 하겠다고 한 적이 없으니까 말이다. 하지만 신시아는 자신감에 차 있었다. 그녀는 라이스와 사귀면서 그가 심각한 전쟁 혐오증에 걸렸다는 걸 알아차린 것이었다.

"독일, 이탈리아, 일본 등 파시즘 추축국(제2차 세계대전 당시 연합국에 대항한 국가들—옮긴이)은 이미 전세계 사람들의 원성을 사서 오래 가지 못할 게 분명한데, 왜 침략 전쟁을 일으킨 정부를 위해 목숨 바쳐 일하는 거예요?"

라이스가 담배를 하나 꺼내 물며 그녀에게 불을 붙이게 하고는 대답했다.

"그럼, 생각 좀 해보지."

다음 날 라이스는 꽃다발을 들고 신시아를 찾아왔다. 신시아는 꽃다발을 받아들면서 이미 그가 '예스'라고 대답할 거라는 걸 알아차렸다. 라이스가 주머니에서 암호와 암호용 문서를 꺼내 신시아에게 건네자 신시아는 바로 그를 끌어당겨 뜨거운 키스를 퍼부었다.

"미국 해군도 당신에게 고마워할 거예요."

신시아는 암호와 암호용 문서를 복사한 뒤 재빨리 런던으로 전송했다. 덕분에 영국 해군은 전쟁 막판에 이탈리아 측의 전보를 하나도 빠뜨리지 않고 모두 해독할 수 있었다. 이때부터 이탈리아 해군은 불행의 나날이 계속되었다.

1941년 3월 28일에 신시아가 빼낸 암호를 근거로 지중해 동부 이탈리아 해군의 무선 전보를 모두 해독한 영국 해군은 그리스 연해의 마타판Marta Pan 부근에 있던 함대를 쳐부수고 피우메Fiume, 폴라Ploa, 자라Zara 등 순양함(巡洋艦 전함보다 빠른 기동력과 구축함보다 우수한 전투력을 지닌 큰 군함-옮긴이)을 연이어 격침했다. 영국 총리 처칠은 이를 두고 이렇게 말했다.

"이 전쟁의 가장 큰 성과는 지중해 동부 지역의 영국 제해권을 호시탐탐 노리던 파시즘 국가가 다시는 넘볼 생각조차 하지 못하게 싹을 자른 것이다. 사실 파시즘 추축국과 아프리카는 연락이 두절된 지 오래되었고, 에르빈 롬멜Erwin Johannes Eugen Rommel의 아프리카 군대는 해외에 고립되어서 독일은 지원 부대를 증원할 여력이 없었다. 이 모든 상황은 영국군 총사령관 몽고메리Montgomery, Bernard Law가 엘 알라메인El Alamein에서 승리를 거두는 데 밑거름이 되었다."

프랑스 대사관의 '미녀 뱀파이어' …

안보협력국은 신시아의 성과에 매우 만족해했다. 스티븐슨 국장은 신시아에게 미국 워싱턴 주재 프랑스 비시 정부Gouvernement de Vichy(1940년 6월 독일 나치스와 정전 협정을 맺고 나서 오베르뉴의 온천 도시 비시에 주재한 프랑스의 친독일 정부-옮긴이) 대사관의 기밀을 훔쳐오라는 막중한 임무를 맡겼다. 이는 누가 봐도 어려운 임무인데, 과연 신시아가 해낼 수 있을까? 스티븐슨은 직접 신시아에게 이 임무를 내리기로 했다.

1941년 3월의 어느 날, 신시아는 오랜만의 달콤한 휴식에 푹 젖어 있었다. 그때 하녀가 윌리엄스 스티븐슨Williams Stephenson 씨가 찾아왔다고 알렸다. 신시아는 직감적으로 그가 자신에게 중대한 일을 맡길 거라는 느낌이 들었다. 스티븐슨은 신시아에게 진지한 말투로 이야기를 꺼냈다.

"뉴욕 사무소에서 요구하는 게 있어."

"뭔데요?"

"워싱턴 주재 프랑스 비시 정부 대사관이 유럽과 주고받는 것 전부야. 편지도 좋고, 개인 우편물이나 비밀 전보 등 뭐든 다 좋아. 우리가 원하는 건 하나도 빠트리지 않은 '모든 것'이라는 걸 명심해."

신시아는 깜짝 놀랐다. 한꺼번에 이렇게 많은 것을 요구하다니, 너무 과한 지시가 아닌가! 그녀는 이게 진심일까 싶어서 스티븐슨의 얼굴을 몇 번이나 쳐다봤지만 그의 눈빛은 정말 진지했다. 스티븐슨도 이 일이 성공하기 어렵다는 것을 잘 알고 있었으므로 그녀에게 선택권을 넘겼다. 신시아는 이내 마음을 가라앉히고는 승낙했다.

"불가능한 일이지만 한번 해보겠어요. 저는 불가능한 일에 도전하는 게 좋아요."

이번 임무를 완수하려면 비시 프랑스 대사관에 잠입해 기밀을 훔쳐야 했다. 그러려면 정말 큰 위험을 무릅써야 한다는 사실을 신시아도 잘 알고 있었다. 비시 프랑스 대사관 비밀경찰 조직은 의심 가는 사람을 발견하면 그게 누구든 간에 추호의 망설임도 없이 제거하는 것으로 익히 알려져 있었다. 게다가 미국 연방수사국FBI은 그녀를 아직 완벽하게 파악하지 못해 보호해줄 수도 없었다. 결국 그녀는 혼자 힘으로 적과 동침해야 하는 것이다.

신시아는 그저 미모만 내세워 상류 사회 사람들과 교제하는 부류의 여성은 아니었다. 그녀는 독일 백작과 결혼한 여자 친구와 비시 프랑스 상인의 영국인 부인을 만나기로 했다. 그녀들을 통해 워싱턴 주재 비시 프랑스 대사관 직원의 인적 상황을 속속들이 들을 수 있었다.

신시아는 미국 프리랜서 기자 신분으로 프랑스 대사에게 인터뷰를 요청했다. 프랑스 남성이 여성의 아름다움을 중요시한다는 점을 잘 알고 있던 신시아는 이 중요한 만남을 위해 평소보다 더 공들여 화장을 했다. 꾸미지 않아도 충분히 아름다운 그녀는 옷차림에도 매우 신경을 썼다. 이런 노력 덕분에 그녀는 훨씬 우아하면서도 청순해 보였다.

1941년 5월의 어느 날, 아름다운 신시아는 워싱턴에 있는 비시 프랑스 대사관의 운치 있는 별장에 초대를 받았다. 대사관에 도착한 그녀가 여권을 보여주며 자신의 신분을 밝히자 보도 담당 직원 브루스Bruce가 반갑게 맞아주었다. 브루스는 마흔 남짓으로 풍채가 좋으며 잘생긴 남자였고, 두 사람은 서로 첫눈에 반했다.

대사가 도착하기 전에 신시아는 브루스와 짧은 대화를 나누었다. 브루스는 원래 해군 전투기 조종사로, 복무 기간에 공로를 많이 세웠다고 자신을 소개했다. 또 그동안 결혼을 세 번이나 했지만 모두 행복하지 않았다고 말했다. 하지만 신시아의 눈에는 그가 로맨티

스트로만 보일 뿐이었다.

브루스는 신시아에게 어떻게 대사에게 다가가면 좋을지 성심성의
껏 가르쳐주었다. 그는 대사가 좀처럼 다가가기 어려운 인물이며,
미국인은 유럽과 유럽 문화에 대해 아는 게 하나도 없다는 편견이
있다고 말했다. 신시아가 브루스에게 자신은 이미 여러 나라를 여
행해 본 경험이 있다고 말하자, 브루스는 그녀에게 대사 앞에서 세
계주의적 성향을 드러내지 않는다면 분명 그와 쉽게 친해질 수 있
을 거라고 넌지시 알려주었다.

'드디어 미끼를 물었구나'하고 신시아는 속으로 생각했다. 브루
스는 이미 그녀를 위해서라면 무슨 일이든 할 태세였다. 이는 남자
가 여자에게 잘 보이기 위한 가장 좋은 방법이니 말이다.

드디어 대사와 만날 시간이 다가왔다. 신시아가 인터뷰를 하기
위해 대사의 방에 들어갔을 때 조금 전 미국 국무장관 코델 헐
Cordell Hull을 만나고 온 대사는 무슨 영문인지 화가 잔뜩 나 있었다.

"글쎄, 이 국무장관이 우리가 독일인을 도와준다고 질책하지 뭔
가. 우리가 스파이도 아니고 말이야. 아무것도 모르는 미국놈들 같
으니라고. 아, 물론 당신은 예외요. 아름다운 숙녀 분."

그는 신시아에게 알랑거리며 말했다.

그녀는 노련하게 인터뷰를 진행했다. 또 대사와 함께 이야기를
나눌 때, 남몰래 추파를 던지는 브루스의 시선을 느꼈다.

다음 날 그녀는 브루스가 보낸 장미꽃과 초대장을 받았다. 카드
에는 리츠칼튼 호텔Ritz Carlton Hotel에서 함께 점심을 먹자는 내용이
적혀 있었다. 이때 그녀는 이미 이 직원의 마음을 사로잡았다고 확
신했다.

공범이 된 연인…

처음에 신시아와 브루스는 조심스럽게 교제를 시작했다. 그렇지만 신시아는 브루스의 입에서 쓸 만한 정보를 하나도 듣지 못했다. 브루스는 전쟁에 관해서는 단 한 마디도 하지 않았기 때문이다.

1941년 7월에 비시 정부는 외국 주재 직원을 감축하기로 했다. 브루스도 물론 감원 대상이었다. 하지만 대사는 그에게 현재 월급의 반만 받아도 개의치 않는다면 계속 대사관에 남아 일을 해도 좋다고 했다. 브루스는 곰곰이 생각해 봤다. 만약 월급이 반으로 줄어들면 워싱턴처럼 물가가 비싼 대도시에서 살아갈 수 있을까? 사람 만나는 것을 좋아할 뿐만 아니라 상류 사회의 생활도 포기할 수 없고, 게다가 처자식까지 먹여 살려야 했다. 아무리 생각해 봐도 역시 프랑스로 돌아가는 게 낫겠다 싶은 그는 신시아에게 청혼하면서 함께 프랑스로 가자고 말했다.

신시아는 이 사실을 연락원에게 보고했다. 연락원은 브루스가 월급을 반만 받고 워싱턴에서 계속 일하게 된다면 이는 오히려 아주 좋은 기회가 될 거라고 말했다. 그러면서 브루스에게 신시아 자신이 스파이라고 밝히고 대신 미국을 위해 일한다고 말하라고 일렀다. 만약 브루스가 신시아에게 정보를 제공하면 그에 상응하는 보수를 얻을 수 있을 거라고 덧붙이면서 말이다. 이것은 도박이나 마찬가지였지만 신시아는 한번 해볼 만한 일이라고 생각했다.

어느 날 브루스와 섹스를 끝낸 뒤, 신시아는 그의 품에 안겨 달콤하게 속삭였다.

"브루스, 말할 게 있는데…… 화내지 않을 거죠?"

"사랑스러운 내 천사에게 어떻게 화를 내겠어?"

"브루스, 내 진짜 신분이 뭔지 알고 싶지 않나요? 사실 난 미국 정보국을 위해 일해요."

"뭐라고? 스파이란 말이야? 그럼, 지금까지 나랑 사귄 게 정보를 빼내려고 그런 거였어? 이 사기꾼! 나를 사랑한다는 말도 죄다 거짓말이지?"

브루스는 신시아의 말을 듣고 한순간 멍해졌다. 그는 자신이 신시아에게 속았다는 생각에 불같이 화를 냈다.

신시아는 브루스의 흥분이 가라앉길 기다렸다가 두 눈에 눈물이 가득 고인 채 말했다.

"브루스, 내가 미국 정보국의 사람으로서 정보를 얻으려고 당신에게 다가간 사실은 부인하지 않겠어요. 하지만 난 처음 만난 그 순간부터 당신을 사랑했어요. 당신을 사랑하는 마음만큼은 정말 진심이에요."

신시아의 달콤한 속삭임과 사랑한다는 말에 브루스는 점점 평정을 되찾았다.

"브루스, 우리가 영원히 함께 할 수 있는 방법은 당신이 저와 함께 일하는 것뿐이에요."

"하지만 그렇게 하는 건 나라를 팔아먹는 것이나 마찬가지잖아."

브루스는 처음부터 신시아의 의견에 동의하지 않았지만 곧 그의 태도를 180도 바꾸게 한 사건이 터졌다.

어느 날 브루스는 다를랑Darlan 비시 프랑스 해군 장관이 보낸 4093호 전보를 보게 되었다. 전보를 찬찬히 살펴보니 미국 독 dock(선박을 건조 · 수리하기 위해 조선소와 항만 등이 세워진 시설−옮긴이)에서 수리하는 영국 함대의 상황을 대사관 측에서 알아보라는 지시에 대한 보고 내용이었다. 대사는 '리펄스Repulse 호'는 필라델피아Philadelphia에, 전함 '말라야Malaya'는 뉴욕에, 항공모함 '일러스트리어스Illustrious'는 버지니아Virginia에서 점검 수리 중이라고 보고했다. 이 전보를 본 브루스는 혼란스러웠다. 애국자였던 그는 자신이 사랑하는 것이 비시 프랑스 정부인지, 아니면 샤를르 드골이 이끄는 자유의 나라 프랑스인지 의구심이 생겼다. 눈앞에 있는 이 정보는 독일 정보기관이 비시 프랑스 정부에 요구한 것으로, 대사관이 보낸 이 전보의 내용을 비시 프랑스가 다시 독일에 넘겨준다는 사실이 그의 머릿속을 스쳐 지나갔다. 결국 브루스는 지금껏 자신이 실제로는 독일을 위해 일한 것이라는 생각이 들었다. 이렇게 생각하니 마음이 바뀌기 시작했다. 그가 전보를 들고 신시아를 찾아가 전보의 내용을 미국 정보기관에 넘기라고 하자 그녀가 물었다.

"왜 이 정보를 내게 주는 거예요?"

"프랑스가 전쟁에서 졌다고 해서 독일 스파이 노릇을 할 의무는 없어."

브루스는 이렇게 해서 거대한 소용돌이에 휘말리게 되었다. 그는 아주 성실하게 정보원 노릇을 했다. 신시아가 관심을 보이는 정보라면 뭐든 다 제공했다. 대사관의 서신이나 전보, 데이터베이스의 문서, 심지어 사생활까지 하나도 빠짐없이 신시아에게 보고했다. 그런 그는 신시아에게 더없이 소중한 존재였다. 뉴욕 사무소에서 전보를 보내 묻는 정보에 그가 무엇이든 답해주었기 때문이었다. 일상적인 구두 보고말고도 그는 날마다 신시아에게 서면 보고서를 작성해주기까지 했다.

1942년 3월 신시아는 뉴욕으로 왔다. 매디슨 애비뉴Madison Avenue

가에 있는 리츠칼튼 호텔에 체크인하고 막 짐을 풀려고 할 때, 누군가가 조용히 문을 두드렸다. 문을 열어보니 그녀의 연락원 하워드Howard였다. 하워드는 신시아에게 비시 프랑스 해군의 새로운 암호문이 필요하다고 했다. 신시아는 길게 한숨을 내쉬었다. 암호문은 대사관 기밀실의 금고에 있는데다, 기밀 과장과 그의 조수만 겨우 출입할 수 있어서 브루스는 감히 얼씬도 하지 못했다. 게다가 기밀실은 밤낮으로 경비가 삼엄했다. 그리고 설령 신시아가 대사관 경비를 유혹해서 기밀실에 들어가 금고를 연다고 해도 그 무겁고 두꺼운 암호문을 어떻게 옮길 수 있느냐가 큰 문제였다.

"한번 해볼게요."

사실 신시아와 하워드는 제2차 대전 중에 그들의 이번 작전이 영미 연합군에게 큰 도움을 주리라고는 꿈에도 생각지 못했다. 1941년 말에 개최된 아카디아Acadia 회의에서 영국은 북아프리카 상륙 작전인 '횃불Torch 작전'을 내놓았다. 이 계획은 북아프리카의 적군을 숙청하고 유럽 대륙으로 돌아오는 것이었다. 1942년 7월 8일에 처칠은 공식적으로 연합국이 북아프리카 프랑스령 식민지에 상륙해 11월 8일에 공격할 것이라고 스탈린에게 통지했다. 처칠은 전쟁의 피해를 최소화하고자 안보협력국에 반드시 정보를 먼저 손에 넣으라고 지시했다. 스티븐슨은 신시아야말로 이 일의 적임자라고 생각했다.

기밀실 암호문 습격 대작전…

워싱턴으로 돌아온 신시아는 브루스에게 말했다.

"해군 기밀이 필요해요."

"뭐라고?"

브루스는 자신의 귀를 의심했다.

"해군 기밀이 필요하다고요."

그녀는 또박또박 다시 한 번 말했다.

"당신 상사 미친 거 아냐? 당신까지 왜 그래? 암호문은 책으로 몇 권이나 되어서 무겁다는 거 몰라? 게다가 기밀실 금고에 숨겨져 있잖아. 설마 대사와 수석 암호 해독자만 그 금고의 암호를 안다는 사실을 모를 리는 없겠지?"

브루스는 크게 화를 내며 말했다.

"그렇다면 당신은 안 도와주겠다는 거예요?"

"그런 게 아니잖아."

브루스는 대체 어쩌라는 거냐는 듯 고개를 절레절레 흔들며 자신은 그런 능력이 없다고 말했다.

"칠레에 있을 때 남편이 외교관이어서 기밀실 상황은 손바닥 보듯 훤해요. 가끔 전보의 암호화 작업이나 암호를 해독하는 일을 도와주었거든요. 정 당신이 도와주지 못하겠다면 어쩔 수 없죠. 다른 사람을 찾는 수밖에."

"누구를 찾아갈 건데?"

"베노이트Benoit 수석 암호 해독원이요."

"농담하는 거지? 그는 늙어빠진 노인네라고. 게다가 곧 퇴직할 양반인데. 절대로 당신의 유혹에 넘어가지 않을 걸?"

신시아는 베노이트를 설득했지만, 브루스의 말대로 성공하지 못했다. 그래도 베노이트는 신시아를 밀고하지는 않았다.

암호문을 훔치려 하는 것은 자살 행위나 다름없다고 브루스가 계속 설득했지만, 신시아는 다시 타깃을 베노이트에서 그의 후계자로 바꿨다. 신시아는 그를 철저히 조사했다. 그 후계자는 호색한이었고 처자식이 있으며 가족들은 워싱턴 교외의 한 농촌에서 살고 있었다. 현재 그는 혼자서 도시의 소박한 아파트에 살며, 그의 아내가 둘째 아이를 임신했다는 등의 정보를 손에 넣었다. 신시아는 지금까지 자신의 경험을 통해 일반적인 남자라면 이런 상황일수록 외로움을 많이 느끼며, 혼자 아파트에 살고 있어서 쉽게 유혹에 넘어오리라는 것을 너무나도 잘 알고 있었다. 하지만 신시아의 예상은 빗나가고 계획도 실패로 돌아갔다.

그 뒤 그녀의 뉴욕 상관은 안부 전화조차 하지 않았고, 다른 사람을 통해 새로 승진한 기밀실 직원에게 접근하라는 명령만 내렸다. 신시아는 대담하게 기밀실 직원과 약속도 하지 않은 채 바로 그의 방으로 찾아가 급한 볼일이 있다고 말했다.

신시아는 벼랑 끝 전술을 택한 것이었다. 그녀는 처음부터 그에게 자신은 미국을 위해 일하는 스파이라고 밝히고, 프랑스를 사랑하며 프랑스가 완전히 독립하기를 소망한다고 말했다. 그러면서 직접적으로 해군 기밀을 요구하고 그가 기밀을 넘긴다면 경제적으로 보상받을 수 있을 거라고 말했다. 또 암호 색인이 수정될 때마다 그녀에게 알려준다면 정기적으로 보수를 주겠다고 약속했다. 그녀는 기밀실 직원의 월급이 쥐꼬리만큼 적다는 것을 잘 알고 있었기 때문이었다.

하지만 그의 대답은 그녀에게 또 한 번의 실패를 맛보게 했다.

"부인, 당신 같은 미인이라면 굳이 스파이처럼 마음 졸이는 일 따원 하지 않아도 될 것 같은데요."

어느 날 밤, 신시아가 보더맨즈Vordermans 호텔의 엘리베이터를 타려는 찰나, 이 기밀실 직원이 불쑥 나타나 아는 척을 했다.

신시아는 그가 생각을 바꿔 자신에게 협조하려는가 하고 내심 기대했다. 그래서 그녀는 그를 방으로 들였고 심지어 그가 자신에게 암호 색인을 넘길 거라는 말도 하지 않았는데 잠자리를 같이 했다. 하지만 이 기밀실 직원은 옷을 다시 입으면서 아무렇지도 않게 말했다. 생각이 갑자기 바뀌어 비시 정부의 기밀을 팔아넘기고 싶지 않다고 말이다. 게다가 대사에게 그녀의 행동을 보고하겠다며 위협까지 했다.

브루스는 그런 신시아의 방탕한 행동에 불같이 화를 냈지만 그래도 그는 그녀를 사랑하는 마음이 더 컸다. 좀 진정이 되자 두 사람은 그들이 지금 매우 위험한 상황에 처했다는 사실을 자각했다. 그는 신시아에게 비시 정부의 비밀경찰이 그녀를 암살할지도 모른다고 경고했다.

브루스는 곧바로 이 기밀실 직원이 취할 모든 행동에 대비책을 세우기로 마음먹었다. 예상한 대로 다음 날 아침에 날이 밝자마자 브루스는 대사의 사무실로 불려갔다.

대사는 브루스에게 앉으라고 권하고 웃으며 말했다.

"미안한데 이보게. 개인적인 문제 좀 물어봐도 되겠나? 듣자하니 그 미국 여기자와 깊은 관계라던데, 그런가?"

"그렇습니다. 대사님. 그녀는 멋진 여성입니다. 좋은 가정에서 태어났고 아버지는 미국 해군 해병대에 복역하셨으며 워싱턴에서 영향력이 매우 크다고 들었습니다."

"그래? 한 번 더 묻겠네."

대사는 브루스의 코앞까지 다가왔다. 그의 얼굴에는 어느새 웃음이 사라졌다.

"기밀실 직원이 보고하길 베티가 어마어마한 뇌물을 들먹이며 해군 기밀을 팔라고 했는데 거절했다더군. 이것은 어떻게 생각하나?"

브루스는 이미 대비책을 다 세워놓았으므로 대수롭지 않다는 듯이 차갑게 웃으며 말했다.

"그가 거절당한 거겠지요. 제가 알기로는 그 기밀실 직원이 베티의 집으로 쳐들어와 무리한 요구를 하다가 문전박대 당했다고 그러던 걸요."

"그런가?"

"그 남자가 복수하려고 베티를 모함하는 겁니다. 대사님께서는 그를 잘 모르시는군요."

"그가 또 무슨 헛소문을 퍼트리고 다니나?"

"너무 많습니다. 그중에는 대사님에 관한 소문도 있지요. 물론 그런 말이 대사님 귀에까지 들어갈 리는 없겠지만요."

"뭐야? 그가 나에 대해 뭐라고 하던가?"

"한번은 그와 같이 식사를 하는데, 그가 대사관 안에서 벌어지는 일은 무슨 일이든 자신의 레이더망을 벗어날 수 없다고 허풍을 떠는 겁니다. 대사님이 프랑France 남작 부인과 그렇고 그런 사이라면서요. 그런 허튼소리를 믿는 사람은 물론 없지만요."

"괘씸한 놈!"

대사는 참지 못하고 욕을 해댔다.

이 기밀실 직원은 결국 전출되었다.

신시아와 브루스는 기밀실 직원을 쫓아내면서 겨우 위기를 모면했지만 어떻게 암호를 손에 넣을지는 여전히 문제였다. 둘은 논의 끝에 밤이 깊었을 때 몰래 기밀실을 털기로 했다. 이것이 그들로서는 유일한 방법이었다. 신시아는 상사에게 그들의 계획을 보고하면서 대사관의 위치와 구조가 상세하게 그려진 지도를 요구했다. 그나마 다행인 점은 대사관 건물의 저층에 위치한 기밀실은 외부로 통하는 창문이 있는데 이를 바깥에 무성하게 자란 나무들이 가려준다는 사실이었다.

스티븐슨은 신시아가 대사관에 몰래 들어가 도둑질을 하겠다는 이야기를 들었을 때 왠지 모를 불안감이 밀려왔다. 대사관은 외국 영토라 미국의 통제를 받지 않는 곳이었다. 영국에서도 이러한 행위는 위법에 속하는데, 만약 이 일이 밖으로 새어나가기라도 한다면 소문이 떠돌게 뻔했다. 그리고 만약 연방수사국에서 영국 비밀정보국이 워싱턴까지 손을 뻗친 것을 알게 된다면 후버Hoover 국장이 조용히 넘어가지 않을 것이었다.

하지만 스티븐슨도 진퇴양난이었다. 런던에서 암호문을 내놓으라고 계속 재촉해대니 더는 미룰 수가 없었다. 결국 위험을 무릅쓰고 시도해 보는 것말고는 뾰족한 방법이 없는 듯했다. 이렇게 생각하자 그는 신시아가 고맙기도 하고 참 대단한 여성이다 싶기도 했다.

얼마 뒤 신시아는 뉴욕 사무소에서 미국 전략정보국에 근무하는 헌터Hunter라는 사람을 만났다. 암호문을 훔칠 때 혹시 연방수사국 사람이 나타나면 그가 처리하기로 했다. 또 그녀는 암호명이 '제거자'인 크래커Claker를 만나게 되었다. 그는 사실 전직이 도둑이었지만, 전쟁 때 정부를 위해 일한 덕택에 형기를 다 채우지 않고도 출옥할 수 있었다. 그의 주특기는 바로 금고 털기였다! 들리는 바로는 그의 손에 들어가면 안 열리는 금고가 없다고 했다. 그는 자신감에 찬 목소리로 신시아에게 믿음을 주었다.

"딱 55분만 있으면 대사관의 금고를 열 수 있어요."

문제는 이 '도둑님'을 대사관에 어떻게 들여 놓느냐 하는 것이었다. 무장한 경비와 포악한 개가 대사관을 떡하니 지키고 있어서 개미 한 마리 얼씬하지 못하는 상황이니 말이다. 이 대담한 계획은 영국 안보협력국 뉴욕 지사가 가담하면서 마침내 진행되었다. 브루스는 대사관의 경비에게 며칠 동안 대사관에서 야근해야 할 것 같다며 늦게까지 있을지도 모른다고 넌지시 말해두었다. 그리고 귓속말로 경비에게 부탁했다.

"여자 친구가 나랑 같이 올 거야. 아내가 워낙 의심을 해서 말이야. 도통 호텔로 갈 수가 없어. 이해하지?"

경비도 프랑스인인데다 눈앞에 놓인 후한 팁을 보고는 프랑스 남자는 역시 로맨틱하다며 웃고만 말았다. 이렇게 경비의 입은 미리 막아두었다.

신시아는 며칠 밤 연속으로 대사관에 들어갔다. 그래서 경비는 이제 신시아와 브루스가 함께 대사관에 들어가는 것에 익숙해졌다. 그들은 사무실을 지키면서 밖의 동정을 자세히 살폈다. 경비는 규칙적으로 순찰을 돌았다. 그런데 그가 대사관을 한 바퀴 순찰 도는 데는 50분 정도밖에 걸리지 않아서 암호문을 훔치기에 턱없이 시간이 부족했다. 결국 신시아는 이를 위해 작전을 짰다.

"그를 재워야겠어요!"

영국 안보협력국이 그들에게 수면제를 제공했다. 어느 날 밤 브루스는 대사관 경비에게 샴페인을 권했다.

"자, 우리 한잔 하세."

"감사합니다만, 규정상 근무 시간에는 술을 마실 수 없습니다."

"괜찮아, 괜찮아. 내가 뭐 외부 사람도 아니고 아무에게도 말하지 않을 테니 딱 한잔 하게나. 에이, 괜찮데도."

경비는 술을 마시자마자 코를 드르렁드르렁 골면서 깊이 잠들었다. 이 틈을 타 크래커가 몰래 대사관에 들어갔다. 그런데 교도소에 너무 오래 있어서 실력이 녹슨 것인지, 아니면 금고가 녹슨 것인지 1시간이나 흘렀는데도 크래커는 여전히 금고를 열지 못하고 끙끙댔다. 날이 밝아올 때쯤 얼굴이 땀으로 범벅이 된 크래커가 마침내 금고를 열었다. 금고를 열자 안에 두꺼운 암호문이 있었지만, 그는 차마 그것을 꺼내지 못하고 내일을 기약하는 수밖에 없었다. 그는 금고를 여는 암호를 종이에 적어서 신시아에게 건네고는 슬그머니 대사관을 빠져나갔다.

다음 날 경비는 깨어나자마자 술이 원수라며 다시는 마시지 않겠다고 다짐했다.

그날 밤 신시아는 몰래 기밀실에 다시 숨어들어갔다. 하지만 그녀가 무슨 짓을 해도 금고는 열리지 않았다. 심지어 주문을 중얼거리며 하나하나 암호를 맞춰봤지만, 금고는 여전히 꿈쩍도 하지 않았다. 결국 그녀는 하워드를 찾아가는 수밖에 없었다. 그들은 차를 타고 시내를 한 바퀴 빙 돌고 나서 차를 세웠다.

"저기에 세워진 검은색 차 보이지? 저 차를 타. 그리고 일 다 처리하면 다시 이리로 와."

신시아는 차에서 내려 건너편에 있는 포드Ford 자동차를 탔다. 차에는 크래커가 타고 있었다.

"금고를 못 열었군요? 구식 금고는 사실 열기가 좀 힘들어요."

"나에게 준 번호가 맞긴 한 거예요?"

"당연히 맞죠. 당신이 실전 경험이 부족해서 그래요."

그들은 사람들의 눈을 피해 차 안에서 연습했다. 크래커는 미리 준비한 연습용 금고를 가리키며 말했다.

"한번 해봐요."

신시아가 자물쇠를 이리저리 찔러대자 신기하게도 금고 문이 '찰칵'하고 열렸다.

"지난번에는 도대체 어떻게 된 거지?"

"아마 당황해서 그랬을 거예요."

"절대 그럴 리 없어요."

"설마 자물쇠를 바꾸진 않았겠죠?"

"설마요, 이렇게 빨리 바꾸진 않을 거예요."

워싱턴으로 돌아온 신시아는 한 번 더 시도했다. 하지만 이번에도 금고는 여전히 굳게 닫힌 채 열리지 않았다. 브루스는 이미 지쳐 버렸다. 기밀실에 들어가지는 않았지만 밖에서 망을 살피는 일도 결코 쉽지 않았기 때문이었다.

"크래커가 다시 한 번 더 와야겠어요."

"이미 왔었잖아. 외부인이 다시 오는 건 너무 위험해."

"그는 일단 밖에서 대기하라고 하고, 내가 정 금고를 열지 못하면 그땐 들어오게 해야죠."

이틀 뒤 브루스는 그녀를 데리고 대사관으로 왔다. 그리고 그녀를 지원해주는 특수 요원들과 크래커는 차를 근처의 길가에 세우고 차 안에서 대기했다. 비록 대사관 도처에 경비가 쫙 깔려 있었지만 그들은 모험을 해보는 수밖에 없었다. 갑자기 신시아가 브루스에게 말했다.

"서둘러요. 경비들이 볼 수 있게 옷을 벗어 봐요."

브루스가 막 부랴부랴 옷을 벗었을 때 발걸음 소리가 들리더니 손전등이 그들을 비추었다.

"아, 정말 죄송합니다."

경비는 재빨리 손전등을 껐다.

"마음이 안 놓여서요. 용서해주세요"라며 자리를 떠났다. 브루스는 안도의 한숨을 내쉬었다.

"가서 크래커를 불러올게요!"

이번에는 다행히도 크래커가 들어와 이리저리 돌려보더니 쉽게 자물쇠를 열었다.

"자물쇠를 바꾸지 않았네요. 전엔 기름칠을 안 해서 그랬나 봐요."

그는 암호문을 꺼내 외부에서 대기하던 특수 요원에게 전달했다. 카메라 몇 대를 동원해 사진을 찍고 나니 어느덧 5시간이나 흘러버렸다. 하지만 사진은 곧바로 영국으로 보내졌고 영국은 프랑스 비시 정부의 비밀을 손아귀에 넣었다.

1942년 6월 연합군은 순조롭게 마다가스카르Madagascar를 점령하고 이어 비시 정부가 사용한 암호를 해독해 알제리Algeria와 모로코Morocco에 손쉽게 상륙했다.

그해 8월 8일 신시아는 워싱턴에서 예전에 알았던 미국 전략정보국 군관과 우연히 만났다. 그는 '북아프리카에서 연합군 부대의 거침없는 돌격, 비시 정부 속수무책'이라는 신문 헤드라인 기사를 신시아에게 보여주었다. 그는 매우 감탄하며 신시아를 칭찬했다.

"이게 다 당신이 암호를 빼낸 덕분이야! 당신이 전세를 뒤집어 승리를 거두는 데 큰 공헌을 했어."

연합군이 북아프리카에 성공적으로 상륙하자, 비시 정부는 워싱턴 주재 대사관을 폐쇄할 수밖에 없었다. 그리고 브루스를 포함한 대사관 직원들은 펜실베이니아Pennsylvania 주에 있는 허쉬 호텔 Hershey Hotel에 구류되었다. 신시아는 이미 스파이 일에 깊이 빠졌지만 영국 정보기관은 그녀의 사명은 이미 끝났다고 판단했다. 나중에 풀려난 브루스는 프랑스로 떠났다.

1946년에 그는 원래 부인과 이혼하고 신시아와 정식으로 결혼식을 올렸다. 그리고 손에 땀을 쥐게 하는 파란만장한 삶을 살았던 부부는 페르피냥Perpignan에서 멀지 않은 곳에 위치한 운치 있는 카스텔노Castelnau 고성을 사 이곳에서 평온한 말년을 보냈다.

1963년 10월에 신시아는 구강암으로 세상을 떠났고, 10년 뒤 브루스도 그녀를 따라 떠났다.

5

돌아온 시체

일본 군국주의 사령관 도조 메이로(東條冥郎)는 암담한 표정으로 시체 옆에 섰다. 사람들로 꽉 찬 교실을 응시하면서 침묵을 지키던 그는 시체를 가리키며 사람들을 향해 큰소리로 외쳤다. "여러분, 여기 보십시오! 제가 가장 사랑하는 외동딸, 도조 에코(東條枝子)입니다! 제 딸은 일본 대본영(大本營 천황 직속의 전쟁 통수 기관─옮긴이)이 내린 극비 임무를 훌륭히 완수하고, 우리의 적국 영국에서 막 돌아왔습니다. 도조 에코야말로 야마토 민족(大和民族 현재 일본에서 다수를 차지하는 민족─옮긴이)의 진정한 영웅입니다!"

1938년 가을, 상선으로 위장한 영국의 스파이선 첼책Chelcheck 호가 넓은 대양을 항해하고 있었다. 배에는 스무 살 남짓한 일본 여자 한 명이 타고 있었다. 그녀의 이름은 마츠시마 우에마키(松島上卷). 선실 안에 누워 있는 마츠시마 우에마키는 두 눈을 꼭 감은 모습이 자는 듯했지만, 그녀의 머릿속에는 여기까지 오게 된 과정이 영화 필름처럼 하나하나 스쳐 지나가고 있었다. 몇 시간 전에 마츠시마는 영국 스파이선에 구출되었다. 구출 당시, 의식을 잃은 그녀가 타고 있던 모터보트에는 일본 군사 한 명이 숨진 채 쓰러져 있었다. 그들은 바람에 밀려 이리저리 표류하다가 영국군에게 발견되었던 것이다. 첼책 호의 선원은 죽은 일본 군사의 옷 안에서 피묻은 종이쪽지를 하나 발견했다. 쪽지에는 이렇게 적혀 있었다.

"영해에서 마츠시마 우에마키를 제거해라."

도대체 마츠시마 우에마키가 누구란 말인가? 혹시 이 여자? 선장은 여자를 뚫어져라 바라보다가 일단 사람부터 살리고 봐야겠다는 생각에 황급히 의사 프랑크Franck를 호출했다.

"무슨 방법을 쓰던 간에 이 여자를 살려내시오!"

프랑크가 재빠르게 응급처치를 하자 여자는 서서히 정신을 차렸다.

아! 눈을 뜬 그녀는 참으로 아름다웠다. 특히 왼쪽 입가에 있는 커다란 검은 점은 그녀의 매력을 한층 더 돋보이게 했다. 그녀는 선장의 커다란 손을 붙잡고 격한 감정을 잠시 억누르더니 천천히 입을 뗐다.

"저는 일본 해군부 잠수함 제조 공장의 설계사 마츠시마 우에마키에요. 국회의원이셨던 제 아버지 마츠시마 히라다케(松島平健)는 전쟁을 반대한다는 연설을 하시다가 암살당하셨죠."

그녀는 말을 잇지 못하고 끝내 참았던 울음을 터뜨렸다.

"마츠시마 씨, 진정하세요. 몸이 아직 회복되지 않아서 흥분하시면 안 돼요."

선장의 위로를 받고 그녀는 겨우 슬픔을 참으며 말을 이었다.

"저는 사랑하는 아버지의 원수를 꼭 갚을 거예요! 만약을 대비해 일본 최신 잠수함 기밀을 몰래 촬영해서 칼 손잡이 안에 필름을 숨겨났어요. 제가 잠수함 기지로 외근을 나간 그날, 공교롭게도 기지 레이더가 영국 스파이선을 포착했지요. 그들은 즉시 제가 설계한 신식 소형 잠수함에 출격 명령을 내렸지만, 잠수함은 바다로 나가던 도중에 그만 고장이 나버렸어요. 그래서 기지에서 문제를 해결하라며 저와 무기 전문가를 현장으로 보냈지요. 그런데 모터보트를 타고 가다가 갑자기 그 무기 전문가가 저를 죽이려고 했어요. 결국 보트 위에서 격투를 벌이던 중에 제가 칼을 꺼내 그를 찔렀지요. 하지만 갑자기 심장발작이 일어나는 바람에 저도 정신을 잃은 거예요. 선장님, 제가 영국에 몸을 숨길 수 있도록 도와주세요. 대신 일본 잠수함 정보는 얼마든지 제공할게요.”

“마츠시마 씨, 그 아픔 충분히 이해합니다. 일단 지금은 당신 몸이 좋지 않으니 좀 나아지면 그때 다시 이야기합시다.”

선장이 자리를 떠난 뒤, 마츠시마는 그간 있었던 일들을 하나하나 생각해 보다가 어느새 스르르 잠이 들었다.

이렇게 해서 그녀는 상선을 타고 20여 일의 여정을 거쳐 드디어 영국에 도착했다. 영국 해군부 정보처 기밀 기술 연구실에서 마츠시마는 숨겨두었던 마이크로필름을 확대 인화했다. 그 자리에 있던 영국 해군 정보 전문가와 대표들은 필름에 담긴 정보를 보고 모두 놀라 입을 다물지 못했다. 영국 해군이 그토록 손에 넣고자 했던 일본의 최신 소형 잠수함 기술에서부터 일본에서 기밀 중 기밀로 꼽히는 어뢰정 정보까지 그 안에 고스란히 담겨져 있었기 때문이다! 그 어뢰정은 결사대원이 운전을 하며, 바다 위에서 고속 운전을 하다가도 쉽게 방향을 바꿀 수 있었다. 그러다 목표물을 발견하면 적함에 부딪혀 자살 공격을 했다. 그래서 일본 어뢰정은 영국 해군에게 두려움의 대상이었다. 이런 중요한 정보를 얻게 되다니 그야말로 호박이 넝쿨째 굴러들어온 셈이었다.

모두 그녀에게 환호를 보낼 때, 방첩 전문가 포터Potter만은 다르게 생각했다. 뭔가 수상함을 느낀 그는 일본에 잠복해 있는 영국 스파이에게 마츠시마 히라다케의 가족사, 특히 그의 딸 마츠시마 우에마키의 정보를 철저히 조사하라고 지시했다. 그 당시 도쿄의 각종 신문사들은 너도나도 마츠시마 히라다케의 사망 소식을 대서특필하면서 마츠시마 우에마키의 사진을 함께 싣고 그녀의 실종 사실을 알렸다. 사진에서도 그녀의 왼쪽 입가에 있는 까만 점은 유난히 두드러졌다.

마츠시마 우에마키는 그녀의 전문 분야에 따라 영국 해군 잠수함 설계 부서에서 근무하게 되었다. 그리고 얼마 지나지 않아 영국 주요 잠수함 수십여 종의 구조적 특징과 설계 이론을 완벽하게 파악했다.

한번은 학술 세미나에서 그녀가 유창한 영어로 조선(造船) 분야에서 영국과 일본이 각각 갖춘 장단점을 충분한 근거를 대며 조리 있게 설명해 많은 사람의 감탄을 자아냈다. 또한 그녀는 발표 과정에서 핵심적이고 효과적인 기술 개선 대책을 제시했다.

그 뒤 영국 해군은 그녀가 제시한 영국 잠수함 개선 대안에 따라 엔진 출력을 높이지 않은 상태에서 잠수함을 개조하여 눈에 띄게 속도를 높일 수 있었다. 그리고 가히 기적이라 할 수 있는 이러한 변화의 바람이 영국 조선업계를 순식간에 뒤흔들어 놓았다. 그래서 눈치 빠르기로 소문난 영국 방첩 기관조차 포터의 견해를 무시한 채 마츠시마 우에마키에게는 일말의 의심도 품지 않았다. 유능한 설계사 마츠시마 우에마키는 그렇게 많은 사람의 기대를 한 몸에 받으며 영국에 절실했던 잠수함 제조 기지를 설계하는 데까지 발을 들여놓게 되었다.

그녀는 기지 총설계사 스티븐슨Stevenson의 집 거실에서 그가 직접 주관하는 테스트를 받았다. 물론 그 어렵다는 유체역학hydromechanics (기체와 액체 등 유체의 운동을 다루는 물리학의 한 분야–옮긴이) 첨단 이론도 그녀에게는 식은 죽 먹기였다. 자신의 의견을 또박또박 밝히는 젊고 똑똑한 아가씨를 보며 세계 잠수함 제조업계에서 이름을 날리는 스티븐슨도 넋이 나갈 수밖에 없었다. 그 뒤, 마츠시마 우에마키는 영국 잠수함계의 핵심 기밀이 가진 모든 문제점을 말끔히 해결하면서 스티븐슨의 신임을 한 몸에 받게 되었다.

스티븐슨은 잘생긴 외모에 매력이 철철 넘치는 남자였다. 게다가 멋진 곱슬머리 금발이 그의 낭만적인 매력을 한층 더 강하게 했다. 어느새 서른여덟 살이나 된 그는 늘 일에 치이고 전쟁까지 터지는 바람에 결혼문제는 언제나 뒷전이었다. 그러나 미모와 재능을 겸비한 마츠시마 우에마키를 보고 어찌 마음이 움직이지 않을 수 있으랴. 그녀 역시 그에게 살갑게 대하면서 두 사람은 일할 때뿐만 아니라 식사나 산책할 때도 언제나 함께 했다. 이렇게 서로 상대방에 느끼는 감정은 점점 깊어만 갔고, 얼마 뒤 그들은 결혼 발표를 했다. 소식이 전해지자 사람들은 너도나도 진심어린 축하를 보냈다.

하루하루 행복의 바다에 푹 빠져 있던 어느 날, 스티븐슨의 집에 있던 마츠시마 우에마키가 갑자기 얼굴이 창백해지더니 하얀 거품을 물며 쓰러지면서 경련을 일으켰다. 깜짝 놀란 스티븐슨은 그녀를 황급히 병원으로 옮겼다. 어느 정도 병세가 안정된 뒤 집에 돌아온 그녀는 눈물을 머금고 스티븐슨을 바라보며 말했다.

"제 입으로는 도저히 말할 수가 없어요."

그러고는 그에게 편지 한 통을 내밀었다. 스티븐슨은 서둘러 편지를 읽어 내려갔다.

"저는 알고 있어요. 우리의 사랑이 바다보다 깊다는 것을요. 하루빨리 당신의 아내가 되어 영원히 함께 하기를 간절히 바라고 있어요. 사랑하는 스티븐슨, 실은 그동안 당신께 미처 말하지 못한 게 한 가지 있어요. 저는 태어날 때부터 심장병을 앓았어요. 지금은 병이 더 악화되어 심장이 제멋대로 멈추기도 하지요. 훗날 언젠가 제가 당신 곁을 떠나게 되면 저의 시신을 그 상태로 냉동시켜서 국제적십자협회를 통해 저의 고국 일본으로 보내주세요. 불쌍한 어머니는 지금도 제가 돌아오기만 간절히 기다리고 있을 거예요. 부디 제가 죽어서 만큼은 고국으로 돌아가 어머니에게 딸의 마지막 모습을 보여줄 수 있도록 해주세요. 이것이 당신에게 바라는 마지막 부탁이에요. 영원히 당신을 사랑하는 당신의 여자, 마츠시마가."

깊은 고뇌와 눈물이 담긴 편지를 보는 내내, 스티븐슨의 손은 파르르 떨렸다. 그는 사랑하는 여자를 살리려고 사방을 수소문해 영국에서 가장 이름 있는 심장병 전문의를 찾았다. 전문의의 세심한 치료를 받으면서 마츠시마 우에마키는 어느 정도 병이 호전되는 듯했고 얼굴빛도 점차 밝아졌다. 그녀는 스티븐슨의 사랑과 정성에 깊이 감동했다. 그들은 바로 결혼식 날짜를 잡았다.

결혼식 날, 신부 마츠시마 우에마키는 하늘에서 내려온 천사처럼 눈부시게 아름다웠다. 그리고 식이 끝난 뒤, 두 사람은 많은 하객이 지켜보는 가운데 손을 마주 잡고 한들한들 춤을 췄다. 마츠시마 우에마키는 인생에서 가장 행복한 순간을 만끽하며 남편 스티븐 슨과 함께 음악에 몸을 맡겼다. 한참 춤에 빠져 있을 때, 갑자기 그 녀의 호흡이 가빠지면서 스텝도 점차 느려졌다. 뭔가 불길함을 느 낀 스티븐슨이 황급히 마츠시마 우에마키를 부축해 의자에 앉히자 그녀는 오히려 미소를 지으며 그를 위로했다.

"약 먹으면 괜찮아질 거예요."

그러고는 품속에서 분홍색 캡슐을 하나 꺼내 단번에 삼켰다. 그 녀는 약을 먹고 나서 기모노로 갈아입고는 일본 전통춤을 선보였 다. 사람들의 뜨거운 환호 속에 그녀의 공연이 끝나는 순간, 그녀 는 스티븐슨을 향해 쓰러졌다. 마츠시마 우에마키는 곧장 병원으 로 옮겨졌지만 호흡은 이미 멈춘 지 오래였다. 스티븐슨은 극심한 고통과 후회로 괴로워하면서도 사랑하는 아내 마츠시마의 유언만 은 잊지 않았다. 며칠 뒤, 그는 영국적십자협회에 그녀의 시신을 일본으로 옮겨달라는 신청서를 제출했다.

이때 영국 방첩 기관이 부검을 제의했다. 마츠시마 우에마키가 영국에 처음 왔을 때부터 방첩 전문가 포터는 그녀에게 줄곧 의혹 을 품고 있었다. 우선 그녀가 바다로 나오게 된 계기가 우연인 것 처럼 보여도 여러 정황으로 미루어 보아 그녀는 분명 주도면밀한 계획을 세운 것이 틀림없었다. 또 그녀가 몸에 지니고 있었던 고정 밀 초소형 카메라 역시 일반인은 절대 소지할 수 없는 물건이었다. 이를 이상하게 여긴 포터는 그동안 부하를 시켜 마츠시마 우에마 키의 모든 행동을 철저히 감시하라고 지시해 왔다. 물론 그녀는 스 파이로 의심될 만한 행동은 전혀 하지 않았다. 하지만 포터는 그녀 의 죽음이 영 미심쩍었다. 결국 그는 많은 사람이 만류하는 것을 뿌리치고 시신을 일본으로 보내기 전에 부검을 하기로 결정했다. 포터는 유능한 의사 프랑크에게 그 일을 맡겼다.

프랑크는 마츠시마 우에마키의 흉부를 열어 심장 검사를 한 뒤, 그녀의 사인이 알려진 바와 같이 급성 심근경색이라는 점을 확인했다. 하지만 포터는 다시 프랑크에게 그녀의 몸 전체를 부검할 것을 지시해 복부를 절개하려는 순간, 프랑크는 마츠시마 우에마키의 배에 예사롭지 않은 상처가 있는 것을 발견했다. 상태를 보니 생긴 지 일 년이 채 안 되는 듯했는데, 마츠시마 우에마키는 영국에 온 뒤로 단 한 번도 수술을 받은 적이 없었다. 그럼, 이 상처는 대체 어떻게 생긴 걸까? 의문이 증폭되는 가운데 프랑크는 부검에 더더욱 신중을 기했다.

부검이 끝나고 우에마키의 시신은 바로 일본으로 넘어갔다.

홋카이도(北海道)의 잘 알려지지 않은 깊은 산속, 구조가 특이한 건물이 한 채 있었다. 이곳은 바로 일본 결사대원 훈련 학교. 그녀의 시신은 일본에 도착하자마자 이 학교로 옮겨졌다. 교실 강단 위에 올려진 관 주위를 하얀 벚꽃이 에워싸고 있었다. 훈련 학교의 교장이자 일본 군국주의 사령관 도조 메이로는 암담한 표정으로 관 옆에 섰다. 사람들로 꽉 찬 교실을 응시하면서 침묵을 지키던 그는 시신을 가리키며 사람들을 향해 큰소리로 외쳤다.

"여러분, 여길 보십시오! 제가 가장 사랑하는 외동딸, 도조 에코입니다. 제 딸은 일본 대본영이 내린 극비 임무를 훌륭히 완수하고 우리의 적국 영국에서 막 돌아왔습니다. 도조 에코야말로 야마토 민족의 진정한 영웅입니다!"

이게 도대체 어찌 된 일인가? 사건의 내막은 이랬다. 일본 정보부는 오랜 연구 끝에 그간의 실패 원인이 대부분 정보 전달 과정에서 초래되었다는 것을 알아냈다. 그래서 적이 예상치 못한 고육지책을 쓴다면 분명히 대승을 거둘 거라고 확신하고, 곧 희생정신이 강하고 군사 첨단 기술 지식이 있는 지원자 가운데 영국이 쉽게 눈치채지 못하도록 여성 스파이를 선발했다. 도조 에코, 바로 그녀였다.

그날 방안에서 책을 보던 도조 에코에게 부친 도조 메이로가 진지하게 말했다.

"에코, 너에게 긴히 할 이야기가 있단다."

"아버지, 무슨 일이세요?"

"너도 이제 어엿한 성인이다. 천황을 위해 몸을 바칠 때가 왔어. 할 수 있겠니?"

"네, 저도 이미 마음의 준비를 했어요."

"그래. 나는 이미 치밀한 계획을 세워놓았단다. 이제 네가 이 임무를 맡기만 하면 되지. 그런데 말이다……."

"말씀하세요. 아버지."

"너는 마츠시마 히라다케의 딸로 위장하고 영국군의 선박 제조 공장에 들어가 그들의 최신 잠수함 기술을 빼내 와야 한다."

그는 침통한 얼굴로 잠시 말을 잇지 못하다가 겨우 다시 입을 뗐다.

"알겠니?"

"네."

"그런데 네가 그곳에 간다면 죽… 어서 돌아와야 할 게다."

그러자 에코는 꺼질 듯한 목소리로 말했다.

"전 죽기 싫어요."

"애야, 다른 방법이 없단다. 국가를 위해서는 희생이 필요해. 알겠니?"

"……네, 아버지."

일본 스파이 기관은 에코에게 치밀하고도 특별한 작전 계획을 제시했다. 그러니까, 영국인들이 솔깃할 만한 가짜 정보를 미끼로 내걸어 그들을 속이는 것이다. 떠나기 전에 그들은 에코의 복부를 절개하고 고정밀 초소형 카메라를 넣어 다시 봉합했다. 겉으로 보기에는 마치 맹장 수술을 한 자국처럼 보였다. 그리고 완벽을 기하고자 도조 메이로는 전문 미용사를 불러 딸의 입가에 그럴 듯한 검은 점을 하나 크게 만들었다. 또 그녀에게 심근경색을 유발하는 약과 필름을 담을 빈 캡슐을 가져가도록 지시했다. 마지막으로 결사대원 한 명을 불러 에코와 함께 바다에 있는 영국군에 접근하도록 했다. 이제 나머지는 모두 도조 에코, 그녀에게 달렸다.

영국에 온 뒤, 에코는 자신의 복부를 절개하고 초소형 카메라를 꺼내 영국이 연구 제작하고 있는 군용 잠수함 자료를 몰래 촬영했다. 그리고 가지고 온 빈 캡슐에 그것을 담아 다시 몸 안에 집어넣었다. 그런 다음 그녀는 아버지가 일러준 대로, 결혼식 두 시간 전에 급성 심근경색을 유발하는 약을 먹었다.

다시 일본의 결사 대원 훈련 학교로 돌아가 보자. 도조 메이로는 허리에 찬 칼을 뽑아들고 재빠르게 시신의 복부를 절개했다. 그리고 위장 제일 아래쪽에서 딱딱한 피부색 캡슐을 두 알 꺼냈다. 이 뭔가 심상치 않은 캡슐 두 알은 즉시 일본 해군부로 넘어가 가장 권위 있는 정보 분석 전문가 기타(龜田)에게 전해졌다. 일본 군부의 정보 전문가들이 한자리에 모인 가운데 기타가 캡슐을 조심스레 열었다. 그리고 모두 숨죽이며 캡슐을 바라보았다. 그러던 순간, 갑자기 캡슐이 '펑' 하고 폭발해 버리는 것이 아닌가! 순식간에 캡슐 근처에 있던 기타와 메이로가 목숨을 잃었고, 남은 사람들도 큰 부상을 당했다. 이 사건은 일본 스파이 역사상 가장 웃기면서도 수치스러운 비극으로 꼽힌다.

사실은 이와 같았다. 줄곧 경계를 늦추지 않았던 포터는 우에마키의 복부에 난 상처를 보고 몇 가지 가능성을 추측하면서도 겉으로 내색을 하지 않았다. 시신 부검이 끝난 뒤 프랑크가 의심되는 부분이 없다고 보고했을 때도 포터는 그저 고맙다는 말만 할 뿐이었다. 하지만 포터가 정보처의 또 다른 시신 부검 전문가를 비밀리에 불러 밤새도록 꼼꼼하게 시신을 다시 검사한 끝에, 모든 비밀은 밝혀졌다. 포터는 이튿날 날이 밝자마자 영국 군사부처의 최고 지도자와 만나 사건의 모든 정황을 보고했고, 한동안 경악을 금치 못하던 최고 지도자는 포터와 함께 따끔한 보복 방법을 생각해냈다. 우에마키 복부 안에 들어 있던 캡슐에 폭탄을 담아 그것을 여는 즉시 폭발하도록 했던 것이다! 서로 밀고 당긴 영국과 일본의 이 예사롭지 않은 각축은 결국 영국의 대승으로 끝났다.

일본의 무사도 정신이란 도대체 무엇인가? 한마디로 말하면 죽음을 두려워하지 않는 것, 그리고 주군(主君)을 위해 희생을 마다하지 않는 것을 말한다.

무사도를 이해하려면 먼저 일본인들이 생각하는 무사의 이미지를 살펴볼 필요가 있다. 다른 여러 나라들은 무사나 영웅을 맹수 같은 사나운 짐승에 비유하지만, 일본인들은 아름다운 벚꽃에 비유한다. 그것은 벚꽃의 몇 가지 특징이 무사와 아주 비슷하다고 생각하기 때문이다.

첫째 벚꽃을 본 적이 있는 사람은 잘 알겠지만 벚꽃은 홀로 외롭게 있을 때보다 수많은 송이가 한데 모여 있을 때 눈부신 아름다움을 발한다. 이는 일본 무사의 단체정신과 일맥상통한다. 유럽 무사들은 개성을 중시하는 반면, 일본 무사도들은 공통성을 중시한다. 그들은 천황에게 충성하거나 나라를 사랑하기보다 자신이 속한 무사 집단만을 사랑하고 충성을 바친다. 그래서 일본인들은 무사를 평가할 때 애국심이나 천황에 대한 충성심 대신 자신이 속한 무사 집단에 얼마만큼 충성하는지를 우선으로 여긴다.

둘째 일본인들은 벚꽃이 흐드러지게 만개했을 때보다는 시들어 떨어지는 순간을 더 아름답다고 여긴다. 한 번 흐드러지게 피었다가 한꺼번에 져버리는 꽃이 바로 벚꽃이다. 온 산을 가득 메우던 벚꽃은 정말 눈 깜짝할 사이에 단 한 잎도 남기지 않고 모조리 떨어진다. 이것이 바로 일본 무사가 동경하는 정신적 경지이다. 짧지만 눈부신 아름다움을 빛내며 인생 최고의 가치를 마음껏 발산한 뒤에 아무 미련 없이 자신의 인생을 마감하는 것 말이다. 일본에서는 무사가 자살하는 것이 절대 패배를 인정할 수 없어서가 아니요, 패배해 수치심이나 굴욕을 느끼기 때문도 아니다. 무사는 그렇게 나약하지 않다. 그들은 최대한의 노력을 쏟아 그토록 갈망하던 인생 최고의 경지에 이른 순간에 자살을 택하는 것이다. 만개했다가 순식간에 지는 벚꽃처럼, 아무 미련 없이 시들기를 바란다.

미녀 스파이 그리피스

1944년 여름에 한 여성이 영미 연합군이 프랑스 남부 상륙 작전을 성 공시키는 데 큰 공을 세웠다. 그녀는 아이젠하워Eisenhower에게 '앤빌 anvil 작전'을 승리로 이끈 일등 공신이라고 평가받았을 뿐만 아니라 한때 '섹 시한 스파이'로 알려져 미국 전역을 뒤흔들기도 했다. 그녀가 바로 앨린 그리 피스Aline Griffith이다.

스파이 세계에 들어서다…

1943년 여름, 미국인 그리피스는 갓 대학을 졸업했다. 스무 살이 었던 그녀는 눈이 부실 정도로 아름다워 대부분의 남자들은 그녀에 게 푹 빠졌다. 그녀의 커다란 파란 눈과 짙은 갈색 피부는 아주 잘 어울렸고, 보면 볼수록 매력이 철철 넘쳤다. 아름다운 두 눈에는 진실한 마음과 영민한 모습이 그대로 배어 있었다. 뛰어난 외모와 똑똑한 머리 덕분에 그녀는 뉴욕에서 모델이나 회사원, 혹은 공무 원 등 좋은 일자리를 얻을 수 있었다. 하지만 그리피스는 결코 평범 한 여성이 아니었다. 그녀는 일반 여성들은 꿈에도 생각하지 못하는 의외의 직업을 원했다. 그것은 바로 반(反) 파시즘 전쟁에 참전하는 것이었다.

9월 어느 날, 그리피스와 친구 아이미 포터Aimi Potter는 한 가든파티에 참석했다. 이날 파티는 매우 특별했다. 아이들은 여기저기 뛰어다니면서 2인 삼각 달리기나 토너먼트로 씨름 경기를 했고, 어른들은 배드민턴이나 배구를 하며 즐거운 시간을 보냈다. 그러나 이런 놀이에 전혀 관심이 없던 그리피스는 아이미 포터와 함께 산책을 즐겼다. 이때 미국 전략정보국 담당자 존 더비John Derby가 그녀들에게 다가와 말을 걸었다.

"아리따운 아가씨, 무슨 일을 하나?"

"저는 모델 일을 하고 있어요."

"참 좋은 일을 하고 있군. 당신을 뉴욕에서 가장 유명한 모델로 만들어 주고 싶은데. 혹시 생각 있나?"

"아뇨. 별로 그러고 싶지 않은데요."

"아니, 왜지?"

"그런 평범하고 무료한 생활에는 관심 없어요. 사실 제가 바라는 일은 따로 있거든요. 바로 전쟁에 참가하는 거죠. 총과 실탄을 들고 연기가 자욱한 전쟁터에 나가 이 나라를 위해 싸우는 거, 그게 바로 제 꿈이에요."

그리피스는 흥분을 감추지 못하며 자신의 꿈을 당당하게 말했다.

존 더비는 호기심 어린 눈으로 그리피스를 훑어보며 말했다.

"이렇게 아름다운 외모의 여성이라면 뉴욕에서 편안하고 안전한 생활을 할 수 있을 텐데, 왜 굳이 피비린내 나는 전쟁터에 나서겠다는 거지? 남자친구는 없나?"

"남자 친구 따위는 없어요. 설령 있다고 해도 상관없어요."

"외국어는 할 줄 아나?"

"대학에서 불어를 전공했어요. 선택 과목으로 스페인어도 배웠고요."

"좋아. 만약 당신이 외국에서 일하고 싶다면 내가 도와줄 수 있을 거 같군. 며칠 있다가, 톰 린슨Tom Linson이라는 사람이 당신에게 연락할 거야."

"네. 연락 기다릴게요."

사실 그리피스는 더비의 말에 조금도 기대하지 않았다. 그녀는 그저 그런 중년 남자가 젊은 아가씨에게 접근하려고 한번 던져본 말 정도로 생각한 것이었다. 그런데 일주일 뒤 생각하지도 못한 일이 벌어졌다. 정말로 톰 린슨이라는 사람에게서 연락이 온 것이다.

"나는 육군을 대표해서 당신에게 연락하는 겁니다. 당신에게 재미있는 일을 제안하려 하는데, 열흘 안으로 워싱턴에 올 수 있습니까?"

"육군이요? 그럼 전쟁과 관련이 있겠네요?"

그리피스는 흥분을 감추지 못했다.

"당연하죠."

"당장 가겠어요!"

"가족들에게는 육군이 당신에게 일자리를 제공하기 위해 할 이야기가 좀 있다고 하십시오. 간단하게 시골에서 입을 만한 옷 몇 벌만 챙겨 오시면 됩니다. 옷의 상표는 전부 떼십시오. 당신의 신분이 다른 사람에게 발각되면 안 되니 당신 이니셜이 새겨진 물건은 그 어떤 것도 가지고 와서는 안 됩니다. 당신의 이름이 적힌 쪽지나 편지도 마찬가지입니다. 정오에 워싱턴에 도착한 뒤 9호 빌딩으로 바로 오십시오. 주소를 불러드리죠. …… 자, 그럼 행운을 빕니다.”

“고마워요!”

그리피스는 톰 린슨의 말에 따라 워싱턴에 도착하자마자 9호 빌딩을 찾아갔다. 문을 열고 들어선 그녀는 무척 놀랐다. 사무실에 앉아 있는 사람은 다름 아닌 한 달 전 가든파티에서 만난 존 더비가 아닌가.

“아름다운 아가씨, 우리 또 만났군.”

“당신은…….”

“당신의 소원대로 우리가 좋은 일자리를 마련했지. 이 일은 매우 비밀스럽고 자극적인 일이야. 사실 총 들고 전쟁터에 나가 적과 싸우는 것만큼이나 매우 중요한 일이기도 하지. 정말로 할 생각이 있나?”

“저보고 스파이가 되라는 말씀이신가요?”

더비는 고개를 끄덕였다.

“좋아요. 저는 어렸을 때부터 스파이 관련 소설을 좋아했어요. 스파이들의 몸을 사리지 않는 투혼과 스릴 있는 임무에 관심이 많았어요. 하겠어요!”

“좋아. 우리는 이 특수 임무를 수행할 특별한 여성을 찾고 있었지. 우선 첫 번째 테스트는 통과한 거 같군. 적당한 나이, 고학력, 능통한 외국어, 게다가 아름다운 외모까지. 정말 완벽해! 그래서 자네를 선택한 거야. 게다가 국가를 위해 기꺼이 희생하겠다는 자세까지 돼 있으니 더할 나위 없군. 하지만 일정 기간 특수 훈련을 받아야 하네. 할 수 있겠나?"

"절대로 실망시키지 않을 거예요. 걱정하지 마세요."

"좋아. 이제부터 너의 암호는 '527'이다."

이렇게 해서 그리피스는 미국 스파이 세계에 발을 들여놓았다.

스파이가 되기 위한 특수 훈련···

그리피스는 더비가 정해놓은 일정에 따라 미국 스파이 학교로 보내졌다.

어느 날 저녁, 교관 위스키Whisky가 신입생들을 소집했다. 위스키는 미국 육군사관학교를 졸업하고 세인트Saint에 있는 프랑스 군사학교에서 교관을 하다가 다시 영국에서 훈련을 받고 지금은 전문적으로 적국에 파견할 스파이를 훈련하고 양성하는 일을 하고 있었다. 위스키는 위엄 있는 말투로 말했다.

"이곳은 미국 최초의 스파이 학교다. 이곳에서 너희는 완벽한 스파이로 키워질 것이다. 만약 이곳의 훈련 과정을 모두 통과한다면 새로 설립한 전략정보국의 요원으로 일할 수 있다. 하지만 미리 말해두겠는데, 너희 가운데 일부는 분명히 2주도 못 버티고 나가떨어질 것이다. 또 몇 명은 기억력이 나쁘고 반응이 지나치게 느리거나 혹은 고통을 못 이기고 포기할 수도 있다. 어쨌든 너희가 좋든 싫든 앞으로 험난한 훈련을 받는 동안에는 내 말에 절대 복종해야 한다. 알았나?"

위스키 교관의 말을 듣고 그리피스는 자신이 과연 이 훈련 과정을 버텨낼 수 있을까 살짝 걱정이 되었다.

다음 날 오전 8시 정각, 훈련이 정식으로 시작되었다. 위스키는 '대위'라고 불리는 교관을 신입생에게 소개했다. 대위는 별다른 인사말 없이 바로 본론으로 들어갔다. 그는 먼저 기밀의 중요성을 거듭 강조했다.

"너희가 명심해야 할 첫 번째 사항은 바로 이곳이 비밀 정보기관이라는 사실이다. 여기는 공개된 신문사가 아니란 말이다. 알았나? 우리가 군에 제공해야 할 정보는 모두 기밀 사항이다. 이게 무슨 말인지 아는가? 너희가 기밀 사항을 너무 알려고 들면 총살당할 수도 있다는 의미이다. 다시 말해 한쪽 귀로 듣고 다른 쪽 귀로 흘리라는 말이다. 지금 우리는 독일의 압베르나 소련 KGB와 마찬가지이다. 자신의 비밀을 절대 발설해서는 안 된다. 만약 허락 없이 너희가 들은 어떤 정보를 다른 사람에게 알린다면 그게 누구이건 간에 모두 반역죄로 처벌할 것이다."

이렇게 주의 사항을 알려준 뒤 그는 수업을 시작했다. 한 청년이 오더니 전쟁 공포 영화를 틀어주었다. 영화는 대부분 다양한 정보기관 요원들이 차마 눈 뜨고는 볼 수 없을 정도로 잔인하게 살해당하는 장면이었다. 그들이 능지처참, 교수, 교살, 총살 등 다양한 방법으로 죽어가는 모습을 보면서 훈련생들은 소름이 돋는 것을 느꼈다. 그리피스 역시 온몸이 덜덜 떨릴 정도로 끔찍했지만, 이 훈련을 몇 차례 거치고 나니 점차 두려움에서 벗어나 자신을 통제할 수 있게 되었다.

다음 훈련은 사방에 비밀 금고가 있고 다양한 자물쇠로 잠긴 커다란 방에서 진행되었다. 키가 크고 마른 조지George라는 남자가 그곳에 서 있었다.

"우리는 적의 방에 몰래 침입해야 할 경우가 있다. 따라서 이곳에서는 그 순간에 꼭 필요한 기술을 가르쳐주겠다. 너희는 방에 침입해야 할 뿐만 아니라 어떠한 비밀 금고도 열 수 있어야 한다. 모두 손을 내밀어 보도록!"

그는 그리피스를 포함한 신입생들의 엄지손가락과 집게손가락 끝을 자세히 살폈다.

"쯧쯧, 딱 보니 모두 신출내기로군."

그는 줄칼을 들며 말했다.

"아침마다 양치하고 나서 할 일은 바로 이 줄칼로 손가락 끝 피부를 정리하는 것이다. 엄지손가락과 집게손가락만 하면 된다. 이렇게 해야 비밀번호로 여는 자물쇠 위의 표시를 확인할 때 정확성을 높일 수 있지. 나는 이 기술이야말로 가장 심오한 예술이라고 생각한다."

이날 조지는 훈련생들에게 자물쇠 여는 방법과 소매치기 기술을 전수했다. 그리고 야외 훈련과 육박전(적과 직접 맞붙어서 총검으로 치고받는 싸움—옮긴이), 메시지 전달 방법, 암호 해독 등 스파이가 갖추어야 할 능력을 배우는 여러 가지 훈련이 진행되었다. 그리피스는 날마다 새벽부터 자정까지 쉬지 않고 열심히 훈련에 임했다.

훈련이 끝났을 때 그녀는 이미 우수한 스파이 요원이 돼 있었다. 5주 동안의 험난한 훈련이 끝나고, 그리피스는 위스키 교관에게서 더비를 찾아가라는 지시를 받았다.

"이번 작전은 매우 위험해. 목숨 걸고 일할 수 있겠어?"

더비는 따뜻한 말투로 그녀에게 물었다.

"네. 할 수 있습니다!"

"우리는 네게 아주 중요한 임무를 맡길 거야."

더비는 잠시 머뭇거리더니 이어서 말했다.

"우리는 너를 스페인으로 보낼 거야. 스페인은 다음 전쟁의 승패가 갈리는 아주 중요한 곳이지. 너의 임무는 연합군이 남유럽에 상륙해서 '앤빌 작전'을 시작하기 전에 독일군의 동태를 파악하고 정확한 정보를 입수하는 거야. 나는 스페인에서 일 년 반을 머무르다가 잠시 뉴욕에 들렀던 참에 널 만나고서 그때 이미 너 정도라면 이 임무를 충분히 완수할 수 있을 거라고 확신했지. 그래서 널 이 임무의 적임자로 추천했어. 자, 반드시 기억해둬. 이제 네가 사용할 대외적 신분은 미국 석유회사의 스페인 지사 직원이야."

1943년 12월 31일, 임무를 부여받은 그리피스는 스페인에 도착해 정보를 입수하고자 온갖 노력을 다했다. 현명하고 똑똑한 그녀는 자신의 미모와 지혜를 적극적으로 발휘해 댄스 클럽, 연회장, 나이트클럽 등 사교 장소에서 활발하게 활동했다. 그런 와중에 상류사회와 사무실을 오가며 많은 정보를 입수했고, 그 정보들은 고스란히 뉴욕으로 흘러들어갔다.

손에 땀을 쥐게 한 정보 전달···

어느 날 마드리드Madrid 주재 미국 전략정보국 국장인 해리스Harris가 그리피스에게 임무를 맡겼다.

"오늘 밤에 움직이도록! 여행객으로 가장하고 밤 10시 말라가Malaga행 기차를 타도록 해."

해리스는 서랍에서 무언가 가득 차 있는 투명한 편지 봉투를 꺼내 그 봉투를 싼 테이프를 뜯더니 안에 든 필름을 가리키며 말했다.

"이건 마이크로필름이야. 이 필름 안에는 우리를 도와주고 보호해줄 스페인인 이름과 주소가 들어 있어. 이것을 '검은 녀석'이라는 자에게 전해주면 돼. 그는 말라가에서 네가 만날 접선자야. 얼마 전에 알제리에서 왔지."

"그 자를 만나면 절대 아무 말도 하지 말고 이 물건만 전해줘."

해리스는 마이크로필름을 그리피스의 허리띠 사이에 넣어주고, 권총도 주면서 말했다.

"이것은 그 자에게 주는 선물이야. 내일 오후 2시 30분에 말라가시 중심에 있는 한 교회에서 목에 하얀 스카프를 두른 그 녀석이 뒷자리에 앉아 널 기다릴 거야."

이어서 해리스는 그리피스에게 기차표를 주었다.

"여행객은 반드시 여행증을 휴대해야 한다는 규정이 새로 생겼어. 그래서 좀 번거로울 거야. 하지만 우린 네가 잘 속이고 넘길 수 있을 거라 생각해. 아주 만약에 성공하지 못한다면 필름은 태워 버려."

임무를 받은 그리피스는 무척 긴장했다. 마드리드에서 말라가로 가는 기차를 무사히 탄 그녀는 막중한 임무를 맡아서인지 1등 객차를 즐길 여유도 없이 불안해하며 허리띠 안쪽에 있는 필름에만 신경을 썼다. 그때 어떤 사람이 문을 두드리자 그녀는 더 긴장했다.

"아가씨, 여권 좀 보여주시죠."

기차 칸에 들어온 경찰이 그리피스에게 여권 제시를 요구해 그녀는 자신의 여권을 꺼냈다. 하지만 경찰은 그녀를 다시 괴롭혔다.

"여행증 좀 보여주시죠."

"여행증이라뇨? 무슨 말씀이신지?"

"아가씨, 당연히 잘 알고 계실 텐데요. 외국인에게 새로 적용되는 규정입니다. 여행증을 소지하지 않으면 이곳을 떠날 수 없습니다."

경찰은 단호하게 말했다.

그리피스는 크게 놀란 척하며 대답했다.

"전 정말 몰랐어요. 죄송합니다."

"그렇다면 어쩔 수 없이 내일 오전에 저랑 같이 경찰서로 가주셔야겠습니다."

다음 날 그리피스가 기차 칸을 나서려 할 때 경찰은 미리 그녀를 기다리고 있었다. 돈뭉치를 슬쩍 내밀어보았지만 소용없었다.

"한 번만 봐주세요. 전 이 아름다운 도시에서 딱 이틀 정도만 머물면 돼요. 그냥 여관으로 가면 안 될까요?"

하지만 경찰은 조금도 흔들리지 않았다.

"이러지 마십시오. 저는 뇌물 따위는 절대 받지 않습니다."

결국 그리피스는 말라가 경찰서로 동행했다. 하지만 담당 경찰관이 투우장에 가서 자리를 비운 상태라 마냥 기다릴 수밖에 없었다. 그리피스는 갈수록 초조해졌다. 시계를 보니 12시였다. 그녀는 허리띠 사이에 있던 마이크로필름을 조심스럽게 꺼내 치마 주머니에 넣어두었다. 2시 30분, 첫 번째 접선 시간이 이미 지났다. 그리고 6시 30분이 되어 두 번째 접선 역시 놓쳐버렸다. 그리피스는 절망에 빠져서 마지막 접선 시간인 내일 오후 2시 30분에도 이곳에 갇혀 있게 된다면 필름을 화장실 변기에 버려야겠다고 생각했다.

다음 날 12시 30분경에 드디어 담당 경찰관이 돌아왔다. 무심코 그리피스를 본 그가 물었다.

"누구야? 저 여자는."

그리피스는 그에게 애써 미소를 지었다.

"미국인이요."

"이렇게 아름다운 아가씨에게 어떻게 이런 대우를 할 수 있어?"

그는 그리피스의 손을 잡고 말했다.

"아가씨, 말라가에 오신 것을 환영해요. 당신이 어떤 문제가 있건 제가 모두 해결할 테니 걱정하지 마세요."

그는 서랍에서 종이와 펜, 도장을 꺼내 탁자 위에 올려놓았다.

"최대한 빨리 처리해 드릴게요. 당신 여권에 도장 찍고, 사인만 하면 돼요."

그는 큼지막한 글씨체로 그녀의 여권에 사인하고 도장을 찍었다. 그 모든 일이 다 끝난 시간은 오후 2시 20분. 마지막 접선 시간까지 남은 시간은 겨우 10분이었다. 그녀는 속이 타들어갔다.

그리피스는 황급히 교회로 달려가 어두컴컴한 홀에 도착했다. 이때 목에 흰색 스카프를 두른 한 남자가 다가왔다. '검은 녀석'에게 필름과 총을 무사히 건네고 나서야 그녀는 안도의 한숨을 길게 내쉬었다. 손에 땀을 쥐게 한 이번 임무를 완수하고 그녀는 기쁨의 미소를 띠었다.

아슬아슬한 위기의 순간…

연합군의 '오버로드Overlord 작전'과 '앤빌 작전'을 위해 그리피스는 프랑스에서 온 여성 스파이 요원들을 접대하면서 그녀들을 통해 자신이 그동안 입수한 군사 정보를 런던에 보냈다.

1944년 4월 6일, 여성 스파이 두 명이 그리피스에게 정보를 전달하다가 한 명이 다치게 되었다. 부상당한 요원은 옷 안쪽에 손을 넣더니 피가 묻은 작은 지갑을 꺼냈다.

　"저는 마르타Martha예요. 이 친구는 마들렌Madeleine이고요. 우리는 동료이고 이쪽은 스페인어를 할 줄 몰라요. 하지만 정보는 그녀가 입수한 거예요. 제가 그녀를 데리고 피레네Pyrenees 산맥을 넘어서 마드리드로 왔어요. 우린 신분증이 없어서 반드시 이곳에서 차를 타고 국경을 넘어야 해요. 다음 주까지만 이곳에 머물면 안 될까요?"

　"되고말고요. 한 사람은 제 방에서 지내면 돼요. 마침 제가 주말에 외출하니까 불편한 건 없을 거예요."

　때마침 그리피스는 주말에 일 년 중에서 가장 중요한 날인 승천일Ascension Day(그리스도가 부활한 지 40일 뒤에 승천한 사건을 기념하는 교회력속의 절기–옮긴이) 기념행사에 참가하느라 집을 비워야 하기에 그녀의 부탁을 흔쾌히 들어주었다.

　하지만 월요일 새벽에 마드리드에 있는 자신의 집으로 돌아왔을 때, 그리피스는 눈앞에 펼쳐진 광경을 보고 너무 놀라 차마 입을 다물 수가 없었다. 베개와 침대보가 피로 흥건히 젖어 있는 게 아닌가! 침대 위에는 검은 긴 머리를 산발한 여성 스파이가 누워 있었다. 핏방울이 뚝뚝 떨어지는 그녀의 태양혈에는 탄알 구멍이 있었고 온통 피범벅이 된 얼굴은 보는 것만으로 소름이 끼쳤다. 그리피스는 두려움에 떨며 상관 모차르트Mozart에게 전화를 걸었다. 급히 그녀의 집으로 달려온 모차르트는 금방 이 모든 상황을 파악했다.

　"살인범은 분명히 너를 노렸어. 하지만 그가 실수한 거지. 네 신분이 노출된 거 같으니 어서 다른 곳으로 이동해."

"너무 무서워요."

그녀는 옛 기억을 떠올리며 다시금 두려움에 몹시 떨었다.

그리피스는 스파이 훈련을 받을 때 피에르Pierre와 함께 일을 하며 사랑에 빠지게 되었다. 어느 날 저녁, 피에르가 그리피스를 집에 데려다 주려고 할 때 한 여성이 다가와 할 이야기가 있다면서 택시 기사에게 그리피스를 데려다 주라고 했다. 그러자 키 작은 택시 기사는 그리피스를 태우고 산 아래 고속도로를 향해 차를 몰았다. 순간 뭔가 잘못되었다는 생각이 든 그리피스가 그에게 물었다.

"왜 이 길로 가는 거죠?"

"이 길이 더 가깝습니다."

인적이 드문 곳에서 기사가 갑자기 차를 세웠다. 그리피스는 본능적으로 위험하다는 것을 직감하고 차가 멈추자마자 재빨리 달아났다. 뒤에서 황급히 쫓아오는 소리가 들렸다. 사방이 어두컴컴해 손을 뻗어도 잡히는 것이 없었지만 기사는 계속해서 쫓아왔다. 그리피스는 총을 손에 꽉 쥐고 몸을 돌려 쐈다. 하지만 총알은 빗나갔고 기사는 무섭게 달려들어 그녀의 목을 졸랐다. 자신을 죽이려는 기사에게 그녀는 젖 먹던 힘까지 써가며 반항했다. 의식을 잃으려는 순간, 그리피스는 마지막 정신을 집중해서 기사를 향해 다시 총을 쐈고 숲 속은 이내 조용해졌다. 그리피스는 기사를 밀쳐낸 후 고속도로로 달려가 차를 얻어타면서 겨우 도망칠 수 있었다. 그 기억이 스쳐지나갔다.

승리의 일등 공신···

어느 일요일, 피에르와 그리피스는 화이트 스완 호텔White Swan Hotel에서 점심을 먹었다. 종업원이 샴페인을 가져오자 피에르가 주머니에서 작은 상자를 꺼냈다. 그는 리본이 예쁘게 묶인 빨간 상자를 그리피스에게 내밀며 말했다.

"열어봐."

그리피스는 조심스럽게 리본을 풀었다. 상자를 열어보니 검정 스웨터가 보였고, 그 아래에는 눈부시게 빛나는 사파이어 반지와 예쁜 금 귀걸이가 숨겨져 있었다. 그리피스의 얼굴에는 이내 붉은빛이 감돌았다.

"이렇게 비싼 선물은 받을 수 없어요."

"당신이 꼭 받아주었으면 좋겠어. 날 잊지 말라는 의미에서."

"무슨 일이 있든 간에 항상 당신만 생각할게요."

"그래, 고마워. 그나저나 이번 상륙 작전에 무슨 소식 들은 거 없어? 이곳에 와서 당신을 만나는 것도 무척 기쁘지만 사실 내가 진짜 가고 싶은 곳은 바로 적의 후방인 프랑스야. 내가 보기엔 '앤빌 작전'이 곧 시작될 거 같아. 사내대장부로서 이번 기회를 결코 놓칠 수 없지!"

피에르는 결의에 찬 목소리로 말했다.

"기밀실에서 최근 처리된 전보가 전부 이번 일과 관련된 거였어요."

"혹시 그들이 '앤빌 작전'의 상륙 지점을 이미 정한 거야?"

"내가 보기에는 아직 정하지 않은 거 같아요."

"해리스에게 전해줘. 얼마 전에 내가 잡은 독일 사절 말로는 독일 에스테Este 장군이 기존 행군 노선을 떠나서 지금은 비스카야 Biscaya로 움직이고 있다더군. 그 부대는 장교 750명, 병사 1만 8,850명에 탱크도 몇 대 있대.”

“알겠어요.”

그리피스는 피에르에게 들은 상황을 해리스에게 전했다. 이 말을 들은 해리스는 신중을 기하며 말했다.

“네가 명심해야 할 게 있어. 너와 나 우리 둘을 제외한 제삼자가 ‘두더지(표적 국가의 정치·군사 조직이나 정보기관에 잠입해 요직에 오른 뒤, 중요한 정보를 빼내는 첩보원-옮긴이)’를 알아서는 안 돼. 이 일은 반드시 기밀을 유지해야 하니 절대로 외부에 발설하지 말도록! 넌 그냥 예전과 똑같이 열심히 일하면 돼. 조금의 변화도 보여서는 안 돼.”

“걱정하지 마세요. 해리스. 열심히 할게요.”

그녀는 해리스가 이전에 ‘독일 스파이가 이미 우리 내부에 잠입했어. 하루빨리 그 자를 색출해서 제거해야 해. 그래야 연합군 작전 계획이 순조롭게 진행될 수 있어’라고 한 말이 생각났다.

그때 해리스가 펜을 만지작거리면서 계속 말했다.

“셰퍼드손Shepherdson에게 전화가 왔어. 그는 ‘보디가드Bodyguard 작전’ 1단계가 이미 끝났다면서 자네에게 축하한다고 전해 달라더군. 그리고 자네에게 또 새로운 임무가 내려왔어. ‘보디가드 작전’ 2단계에 참여하도록 해. 연합군 상륙 작전의 성패는 이번 단계의 결과에 달렸어. 지금은 자네에게 모든 상황을 다 설명해줄 수 없어. 때가 되면 셰퍼드손이 직접 자네에게 극비 전보를 넘길 거야. 이제 비밀실을 알려줄 테니 지금 이 순간부터 모든 극비 전보는 자네가 책임지고 해독해. 그리고 내가 필요하면 언제든지 날 찾아. 단, 내가 지금 한 말 중에 한 마디도 외부로 새어나가서는 안 되네. 내 허락 없이는 피에르에게도 알려서는 안 돼."

"네, 알았어요."

1944년 8월 8일 새벽에 그리피스는 그 중요한 전보를 드디어 받았다. 상륙 작전은 프랑스 마르세유Marseille에서 진행하기로 했다. 해리스가 그리피스에게 말했다.

"피에르에게 바로 연락해서 알려줘. 8월 15일에 연합군이 마르세유에서 작전을 개시한다고. 그에게 8월 15일 전에 마르세유의 지역 정보를 분명히 알아두라고 전해. 언제든지 연합군을 지원할 수 있도록 말이야. 아, 그리고 비밀 유지하도록! 상륙 지점은 우리 세 사람만 알기로 하지. 외부에 알려서는 절대로 안 돼."

일을 빨리 진행하고자 해리스가 피에르를 마르세유에 보내기로 해서 그리피스와 피에르는 아쉬운 작별을 했다.

피에르는 비밀리에 마르세유에 침투했다. 그리피스는 사랑하는 사람을 그리워하면서도 묵묵히 자신의 일을 계속 진행했다. 1944년 8월 15일, 그리피스가 집을 나설 때 라디오를 통해 놀라운 사실을 들었다.

"연합군 병사 10만 명이 현재 생 트로페즈St. Tropez 부근의 어촌에 상륙했습니다."

그녀는 자신의 귀를 믿을 수 없었다. 생 트로페즈는 칸느Cannes 부근에 있지 않던가! 자신이 피에르에게 알려준 마르세유와는 너무 먼 거리였다. 그렇다면 피에르에게 알려준 정보는 가짜? 알고 보니 해리스가 말한 '두더지'는 바로 피에르였다. 그리고 이것이 바로 '보디가드 작전'의 2단계였다.

"심각해 할 필요 없어. 이번 상륙 작전이 성공한 데는 자네 공이 컸어. 만약 자네가 임무를 제대로 수행하지 못했다면 우리는 오늘 이곳에서 승리의 기쁨을 누릴 수 없었을 걸세. 우리를 원망하지 말게. 이게 다 자네를 보호하려고 한 일이니까. 만약 이중 스파이였다는 사실을 자네에게 들킨 걸 피에르가 알아차렸다면 그는 분명히 자네를 죽이려 했을 거야."

해리스는 그리피스를 안정시키려 했다. 하지만 그가 무슨 말을 하든 그리피스는 도저히 차분해질 수가 없었다. 이번 일로 그리피스는 엄청난 충격을 받았다. 가장 친근하고 믿었던 사람이 '두더지'라니! 머리로는 인정하지만 가슴으로는 절대 받아들일 수 없는 사실이었다. 며칠 뒤 더비가 그녀를 찾아와 기쁜 목소리로 말했다.

"잘했어. 피에르는 일찍부터 반역자였어. 자네에게 매우 고맙게 생각하네. 피에르도 자네가 전해준 정보가 가짜라는 사실을 전혀 몰랐고, 독일 역시 그를 너무 믿었던 거지. 자네는 이번 승리의 일등 공신이야! 좋아. 아주 좋아. 그렇지?"

그리피스는 씁쓸한 웃음을 지었다.

7

인도 공주 스파이되다

스파이하면 흔히들 뛰어난 기술이나 기지가 넘치는 007요원을 생각한다. 하지만 모든 스파이가 그와 같은 것은 아니다. 다양한 스파이 세계에는 웃을 수도 울 수도 없는 어설픈 아마추어 스파이들이 많다. 누르 이나야트 칸Noor Inayat Khan도 그중의 한 명이다.

파리에 있는 독일 게슈타포Gestapo(정식 명칭은 '비밀 국가 경찰'이다. 독일 나치스 정권하의 정치 경찰-옮긴이) 사무실에 르네Renee라는 프랑스 여성이 찾아와 독일 장교에게 하소연했다.

"어휴, 시끄러워 죽겠어요. 매일 저녁 그녀가 전보를 보내요. 똑똑, 똑똑. 그 소리가 어찌나 큰지. 제가 장담해요. 그녀는 분명히 스파이인 것이 틀림없어요."

"뭐라고? 간도 크지. 매일 그렇게 노골적으로 전보를 친단 말이야? 바보 아냐?"

"제 말이 그 말이에요. 우리 건물 사람들도 다 들었대요. 아! 장교님, 제보자한테 포상금 주는 거 맞죠?"

··· 누르 이나야트 칸 공주

"스파이를 잡기만 한다면야 당연히 표창하지."

"그럼 빨리 잡아주세요. 오늘도 밤이 되면 또 전보를 칠 거예요."

"알았네. 오늘 저녁에 우리가 한번 가보지."

독일 장교의 대답을 들은 제보자는 아첨하듯 웃음을 지어보였다. 그녀는 밖으로 머리만 내밀어 잠시 두리번거리더니 사람이 없는 것을 확인하고는 조용히 사무실을 빠져나가 군중 사이로 사라졌다.

밤 11시가 되자 독일 병사들이 제보자가 말한 건물을 포위했다. 그들은 누르의 방에서 전보 치는 소리가 나는 것을 확인한 뒤 재빨리 방에 들어가 그녀를 체포했다.

"사실 나는 그 아줌마가 돈 때문에 거짓 제보를 했다고 생각했어. 내가 영국 스파이를 정말로 잡게 되리라고는 전혀 생각지도 못했단 말이지."

누르는 이렇게 어이없게 체포되었다. 그녀는 인도 남부 왕가에서 태어난 인도 공주이다. 그녀가 태어났을 때 그녀의 아버지는 소련을 방문하고 있었다. 어렸을 때 부모님을 따라 프랑스로 거주지를 옮긴 그녀는 나중에 영국으로 건너왔다. 덕분에 그녀는 불어와 영어를 아주 유창하게 구사했다. 제2차 세계대전이 발발하기 전에 이 아리따운 동방의 공주는 파리의 한 라디오 방송국에서 작가를

120

하며 생계를 유지했다. 그러다가 1940년 프랑스가 점령되기 바로 전 그녀는 가까스로 그곳을 빠져나와 영국으로 왔다. 그리고는 영국 공군 여성 지원대에 참가해 적극적으로 영국을 도왔다. 평범하지 않은 그녀의 신분과 용기는 곧 MI5의 관심을 끌었고, 그들은 그녀의 유창한 외국어 실력과 귀족적인 이미지를 높이 사 특수 요원으로 삼았다. 하지만 귀족 출신 아가씨인 누르는 감정 조절을 잘 못하고 급하고 거친 성격에, 세상물정도 잘 몰랐다. 다시 말해 스파이로는 자격 미달이었다.

그녀는 무슨 일을 하든 항상 건성이었다. 그녀에게는 이 일이 그저 재미있는 게임에 불과한 듯했다. 그래서 함께 훈련받는 동료도 그녀에게 불만이 많았다. 그들은 누르에게 스파이 활동을 맡기는 것은 적국에 비밀 보석함을 보내주는 것이나 마찬가지라고 생각했다. 게다가 그녀의 외모가 너무 출중해 이목을 지나치게 집중시키므로 사람들에게 쉽게 기억될 것이 분명했다. 이러한 특징은 스파이 세계에서 금기 사항이었다.

어찌 되었건 누르는 특수 훈련에 참가했는데, 역시나 성적이 매우 안 좋았다. 훈련이 끝났을 때 특수스파이본부에서 그녀에게 내린 평가는 이랬다.

"자기 주관 없이 남의 비위나 맞추려 하며 지나친 환상에 빠져 있고, 자기보호 능력이 크게 떨어진다."

사실 초기에 특수스파이본부는 지나치게 낮은 훈련 성적을 이유로 그녀에게 임무를 맡겨 프랑스에 보내는 것을 반대했다. 하지만 전쟁이 시작되면서 프랑스에 있는 영국 방송국이 잇달아 파괴되었고 무선 전신 요원이 급히 필요했다. 그리고 특수스파이본부 역시 따로 요원을 선발할 여유가 없었다.

결국 1943년 6월에 누르는 파리에 잠복해 있는 정보팀에 공식적으로 파견되어 무선 전신 요원으로 일하게 되었다. 그녀의 암호명은 '마들렌'이었다.

파리에 온 누르는 정보 요원이 갖춰야 할 기본적 소양이 부족해 일하는 동안 웃지도 울지도 못할 실수를 많이 저질렀다. 그녀는 처음으로 정보 전송 임무를 수행할 때부터 대형 사고를 쳤다. 막상 일을 시작하게 되자 교관이 알려준 훈련 기술을 까맣게 잊어버린 것이다. 또 언젠가 한번은 그녀가 어렵게 입수한 독일군 주둔지가 표시된 지도를 들고 접선하러 간 적이 있었다. 그런데 그녀는 지도를 숨기지도 않고 손에 들고서 미행자도 따돌리지 않은 채 바로 접선 장소로 향했다. 더 웃긴 것은 접선 장소에 도착해서 너무 긴장한 나머지 접선 암호가 뭔지 기억해 내지 못했다. '어쩌지?' 그녀는 결국 초조한 마음에 아예 길바닥에 지도를 펼쳐 놓고, 지나가는 사람들에게 물었다.

"혹시 이 지도에 관심 있으세요?"

그러자 순식간에 많은 사람들이 그녀를 둘러싸고 손가락질을 하며 쑥덕거렸다. 이 상황을 지켜본 접선자 프랑스 지하 저항 조직원은 기가 찼다. 그런 상태로 시간이 계속 흐르자 초조해하던 그들은 이 난국을 해결할 좋은 방법을 생각해냈다. 정신병 요양원 직원으로 가장해 그녀 곁으로 다가간 것이다.

"이봐요. 당신 어떻게 여기까지 온 거예요? 자! 우리랑 같이 갑시다."

"전 안 가요."

122

"비켜주세요. 이 여자는 정신병 환자예요. 온종일 이 여자를 찾으려고 돌아다녔답니다."

지하 저항 조직원은 실종된 정신병 환자를 찾았다는 핑계를 대고 어렵사리 사람들 틈에서 그녀를 데리고 나왔다.

그러나 안타깝게도 누르는 이 일에서 전혀 교훈을 얻지 못했다. 얼마 뒤에 그녀는 발신기를 가지고 교외의 여관으로 가서 런던에 장문의 전보를 치라는 명령을 받았다. 무사히 전보를 다 보낸 그녀는 무척 긴장해서는 발신기를 들고 후다닥 여관을 빠져나왔다. 하지만 그녀는 비밀 수첩과 파리 지하 저항 조직원의 명단이 적힌 업무 수첩을 방에 두고 나와 버린 것이다! 다행히도 여관 주인이 평소 애국심이 강한 사람이었던 터라 독일 게슈타포에 알리지 않고 업무 수첩에서 누르의 전화번호를 찾아 그녀에게 연락을 해주었다. 나중에 이 사실을 알게 된 그녀의 프랑스 동료는 어안이 벙벙했다.

그녀가 친 사고는 지금 이야기한 것 말고도 무궁무진했다. 지나치게 순진했던 그녀는 변화가일수록 안전할 거라는 생각에 비밀 기지를 파리 번화가로 옮기기로 했다. 게슈타포의 본부가 가까운 곳에 있다는 사실은 전혀 모른 채 말이다. 누르는 밤 11시에서 새벽 2시까지 매일 같은 시간에 전보를 쳤다. 그런데 그녀의 방은 방음이 전혀 되지 않아서 조용한 밤 시간에 발신기를 치는 소리가 지나치게 크게 났다.

결국 이웃 주민들은 시끄러운 그 소리 때문에 매일 잠을 이루지 못했고, 덕분에 그녀는 이사 온 지 며칠 되지도 않아 그 골목의 유명인사가 되었다. 그러다가 결국 르네의 신고로 체포된 것이다. 영국 특수 요원은 그녀가 체포되었다는 소식을 들은 뒤, 후회막급이

··· 끝까지 배반하지 않았던 스파이 누르

었다. 만약 이 순진한 아가씨가 게슈타포의 고문을 못 이기고 비밀을 발설해 버리면 프랑스 특수 요원 조직에 커다란 타격을 주기 때문이었다. 하지만 뜻밖에 그녀는 게슈타포의 온갖 잔인한 고문에도 끝내 입을 열지 않았다. 연약한 몸으로 모진 고문을 버틴 그녀에게 게슈타포가 존경을 표할 정도였다.

그렇다. 누르의 일처리는 아주 어설픈 '아마추어'였지만 정신력만큼은 '프로'였던 것이다. 그녀는 특수 요원이 반드시 갖춰야 할 기지를 잘 보여주었다. 어렸을 때부터 귀하게만 자란 인도 공주가 죽음 앞에서 대단한 용기와 강인한 의지를 보여준 것이다. 비록 그녀는 심한 고문 끝에 세상을 등지고 말았지만, 적에게 어떠한 작은 비밀도 밝히지 않았다. 나중에 무서운 고문 앞에서도 당당했던 그녀의 정신력은 많은 사람에게 감탄과 존경을 받았다. 제2차 세계대전이 끝난 뒤 영국 정부는 그런 누르의 정신력을 기리고자 세인트 조지 훈장과 대영제국 훈장을 수여했다.

프로답지 못했던 스파이가 어떻게 영국 정부의 최고등급 훈장을 받을 수 있었을까? 영국 정부는 이를 두고 이렇게 말했다.

"적국이 가장 바라는 것은 스파이의 배반이다. 이것은 무형의 보물 상자나 다름없다. 하지만 이 아둔한 여자는 죽는 순간까지 자국을 위해 한 마디 말도 하지 않았다. 스파이에게 기술과 지혜가 필요한 것은 물론 사실이지만, 그보다 더 중요한 요소는 바로 원칙과 신념이다. 이것이 바로 스파이의 본분이다. 따라서 우리는 그녀가 훌륭한 스파이였다는 사실을 조금도 의심하지 않는다."

　사람들은 그녀를 제2차 세계대전 중에 희생된 여성 영웅이라는 사실을 기억했고, 비록 정보계에 이바지한 공은 그리 크지 않지만 굳은 의지를 보여 주었기에 그녀에게 깊은 존경을 표했다. 오늘날도 런던 나이츠 브릿지Knightsbridge 뒤편의 교회 벽에는 영국 정부가 그녀를 기념하고자 제작한 편액(扁額 그림을 그리거나 글씨를 써서 걸어 놓는 액자—옮긴이)을 볼 수 있다. 해마다 봄이 되면 많은 사람들이 그곳을 찾아가 그녀에게 꽃을 바친다.

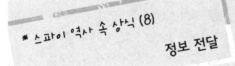

＊스파이 역사 속 상식 (8)

정보 전달

❶ 1853년에 프랑스의 발명가 브루덴 다콜럼 Bluden Dacolum은 특수 카메라를 이용해 전지 크기의 사진을 고도로 축소된 초미립자로 촬영했다. 그는 고급 스파이 장비에 쓰이는 미립 기술을 발명한 사람이다. 당시에는 많은 정보를 휴대하는 것이 큰 골칫거리였다. 그래서 다콜럼은 미립자 3천 개로 된 문서를 작은 통에 말아 넣고, 비둘기 꼬리에 그것을 묶어서 정보를 전달했다. 결과는 아주 성공적이었다. 오늘날에는 정보를 4만 배나 줄이는 축소 기술이 개발되어서 300페이지에 달하는 책 한 권도 작은 우표 한 장 정도로 축소할 수 있다고 한다.

❷ 1878년 베를린Berlin 회의 때, 영국 〈타임스The Times〉지의 H. S. 브로위츠H. S. Browitz 특파원은 비밀회의와 관련한 수많은 정보를 독점 취

재해서 세상을 놀라게 했다. 회의 참석자가 브로위츠에게 자세한 회의 내용을 누설한 것이었다. 적국의 정보기관은 사람을 보내 그 회의 참석자를 추적했지만 브로위츠와 접선한 사람은 아무도 없었고, 발신자나 비밀 소포 같은 것 역시 발견하지 못했다. 그렇다면 그는 과연 어떤 방법으로 정보를 전달한 것일까? 사실 그와 접선자는 매일 같은 레스토랑에서 점심을 먹었다. 물론 그들은 한 번도 동석하거나 대화를 나눈 적이 없다. 다만 레스토랑에 들어갈 때마다 각자의 모자를 보관소에 걸어두고, 식당을 나설 때 서로 상대방의 모자를 쓰고 나갔다. 그러나 아쉽게도 적국의 스파이는 이 사실을 전혀 눈치채지 못했다.

❸ 그리스인 세스티우스Cestius는 페르시아인에게 붙잡혀 감금당했다. 하지만 페르시아인은 세스티우스가 형제에게 쓴 편지를 자신의 노예를 통해 보내도록 허가해줬다. 페르시아인은 세스티우스가 쓴 편지를 자세히 검열했지만, 비밀 번호나 암호 따위를 전혀 발견할 수 없어서 그저 평범한 편지라고만 생각하고는 안심하고 노예에게 편지를 전달하도록 했다. 노예는 세스티우스의 사촌형을 찾아가 이렇게 전했다. "제 머리를 박박 깎아주십시오." 노예의 말은 무슨 뜻이었을까? 알고 보니 진짜 정보는 편지가 아닌 노예의 머리에 적혀 있었다. 이 방법은 제2차 세계대전 때도 이용된 적이 있다.

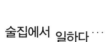

‘농어’ 다우든 부인

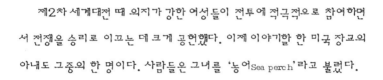

제2차 세계대전 때 의지가 강한 여성들이 전투에 적극적으로 참여하면서 전쟁을 승리로 이끄는 데 크게 공헌했다. 이제 이야기할 한 미국 장교의 아내도 그중의 한 명이다. 사람들은 그녀를 ‘농어Sea perch’라고 불렀다.

술집에서 일하다⋯

1941년 겨울, 추운 날씨가 며칠째 계속됐다. 다우든Dowden 부인의 남편 존John은 태평양 전쟁에 참전한 미군 보병 31사단 사령부 장교였는데, 그 당시는 제2차 세계대전의 불씨가 태평양 여러 나라에까지 번졌을 때였다. 다우든 부인은 딸 다이애나Diane를 데리고 남편 곁으로 갔다.

몇 달이 지난 어느 날, 미군은 일본군의 추격을 피해 잠시 필리핀의 어둡고 습한 산속으로 후퇴했다. 그곳에서 미군 병사와 그 가족들은 끼니도 잇기 어려운 아주 처참한 생활을 했다. 이렇게 극도로 어려운 상황에서 불행은 계속 이어졌다. 다우든의 딸 다이애나가 말라리아에 감염되어 병세가 갈수록 심각해졌다. 숨을 헐떡이는 딸을 보면서 다우든은 찢어질 듯 마음이 아팠고, 눈물이 마를 날이 없었다.

"다이애나를 병원에 데려 가서 치료를 받게 해주세요. 안 그러면 딸애가 죽는다고요!"

온 얼굴이 눈물로 범벅이 된 채 다우든이 말했다.

하지만 다른 가족들은 그녀를 한사코 말렸다.

"그렇긴 하지만 시기상 지금 움직이는 것은 좋지 않아요."

"상관없어요. 어쨌든 난 마닐라Manila로 가겠어요!"

다우든은 아주 강경한 어조로 말했다. 그녀는 주위의 만류에도 위험을 무릅쓴 채 아이를 안고 마닐라로 나가 의사를 찾아다녔다. 하지만 병원에서는 그녀가 돈이 없다는 이유로 아이의 치료를 거부했다. 그때 병원 복도에서 절망에 빠져 있던 그녀는 우연히 한 사람을 만났다.

"로코스Rokos? 정말 당신이야?"

로코스 역시 다우든을 보았다.

"아니, 이게 누구야? 다우든이잖아! 여기는 무슨 일로 온 거야?"

로코스는 다우든의 먼 친척으로, 법관이었다.

"로코스! 이곳에서 당신을 만나다니 정말 다행이야. 우리 애 좀 살려줘."

"무슨 일이야?"

"내 딸이 말라리아에 걸렸어. 아이를 이렇게 보낼 순 없어. 어떻게든 살려내야 해."

로코스는 다우든의 상황을 듣고는 의식 불명 상태인 다이애나를 쳐다봤다. 그는 서둘러 다우든을 데리고 의사를 찾아갔다. 그가 다우든을 대신해 입원비를 내주자 의사는 그제야 다이애나에게 링거를 놓고 응급처치를 해주었다. 로코스 덕분에 다이애나는 겨우 살 수 있었다.

몇 날 며칠을 계속해서 다이애나만 돌본 다우든은 눈가가 움푹 들어가 심하게 피곤해 보였다. 이런 그녀를 걱정하던 로코스는 그녀를 대신해 밤새 다이애나를 간호하고 직접 밥도 먹여주면서 지극정성으로 보살폈다. 다이애나가 퇴원하던 날, 로코스는 다우든에게 말했다.

"아이는 아직 휴식이 필요할 테니 일단 우리 집에 머물도록 해. 나중 일은 다이애나가 완전히 회복되면 그때 다시 이야기하자고."

그래서 다우든과 그녀의 딸은 로코스 집에서 지내게 되었다. 사실 로코스 법관은 마닐라 주재 미국 정보기관의 책임자였다. 그는 며칠 동안 다우든을 유심히 관찰했다. 그녀는 금발에 파란 눈의 매력적인 여인일 뿐만 아니라 똑똑하고 영리하며, 사람의 마음을 잘 이해할 줄도 알았다. 특히 산속에서 어려운 생활을 경험하기도 했고, 하마터면 사랑하는 딸을 잃을 뻔한 경험도 있으니 아무리 착한 다우든일지라도 일본 파시즘에 사무치는 원한이 생겼을 것이란 점에 확신이 들었다. 스파이가 되는 데 일단 합격할 만한 전제 조건이었다.

로코스 법관은 다우든에게 진지하게 말했다.

"우리는 지금 적의 정보가 필요해. 만약 너만 괜찮다면 우리를 도와주었으면 좋겠어."

"에? 그 말은 나더러 스파이 노릇을 하라는 거야?"

다우든의 질문에 로코스는 고개를 끄덕였다.

"내가 과연 할 수 있을까?"

"내가 보기엔 넌 충분히 해낼 수 있어."

"그럼, 한번 해 볼게."

다음 날부터 다우든은 마닐라 주재 일본 군사령부 부근에 있는 안나 페이Anna Fay라는 작은 술집에서 일했다. 다우든은 자신을 필리핀 남편과 이혼한 이탈리아 여인이며, 생활이 어려워 접대부가 되었다고 소개했다. 이 술집의 단골은 대부분 일본군 하위 간부나 병사로, 그들은 휴식 때마다 이곳에 와서 술을 마시며 즐겼다. 그들은 다우든을 조금도 경계하지 않았고, 오히려 그녀와 함께 술을 마시며 이야기하려 했다. 한번 마셨다 하면 꼭 취할 때까지 마시는 그들은 다우든에게 마음속에 담아둔 어려움을 토로하거나 전투가 뜻대로 되지 않는다며 하소연하기도 했다.

다우든은 속으로 수백 번씩 참으며 복수의 마음을 억누르고 겉으로는 항상 미소를 띠며 그들의 말에 동조해주거나 더 편하게 말할 수 있도록 배려해주었다. 그리고 아무리 하찮은 이야기라도 귀 기울여 듣고, 이렇게 모은 정보를 로코스에게 보고했다. 다우든은 두 달 동안 교묘하게 일본인의 심중을 떠보는 한편으로, 술집을 경영하는 노하우도 천천히 배워갔다. 하지만 그녀가 일하는 술집은 단골 대부분이 하급 간부여서 입수할 수 있는 정보도 그만큼 아주 적었다. 결국 다우든은 자신만의 고급 나이트클럽을 열어 일본군의 고위급 관료나 육해군의 상급 장교를 손님으로 접대해 더 가치 있는 정보를 캐내기로 마음먹었다.

본격적인 스파이 활동을 위한 츠바키 나이트클럽…

로코스도 그런 다우든의 생각에 동의했다. 본격적으로 나이트클럽 차릴 준비를 시작한 다우든은 여기저기에서 자금을 모으면서 결혼반지와 시계까지도 모두 담보로 맡겼다. 그리고 미국 스파이 기관에서도 비밀리에 경제적 지원을 해주었다. 덕분에 다우든은 마닐라 시 중심가에 나이트클럽을 차릴 수 있었다. 그 건물은 창문을 통해서 일본군 사령부의 동태를 파악할 수 있었기에 다우든에게는 더할 나위 없이 좋은 위치였다.

새로 개업한 나이트클럽은 일본어로 '동백꽃'이라는 뜻의 '츠바키(つばき)'로 지었다. 일본인은 연약하고 가냘픈 동백꽃을 참 좋아했다. 또 동백꽃은 이루기 어려운 성공을 상징하기도 했다. 다우든은 예쁘고 믿을 만한 필리핀 여성을 접대부로 고용하고, 가무에 능한 아가씨들도 채용했다.

1942년 10월 15일, 다우든의 나이트클럽이 드디어 문을 열었다. 마닐라 시는 전기 요금이 너무 비싸서 대부분 나이트클럽이 주말 저녁에만 가무 공연을 열고 평소에는 일찍 문을 닫았는데, 츠바키 나이트클럽은 더 많은 일본인 손님을 끌어 모으고자 매일 저녁 공연을 선보였다. 그녀는 큰돈을 들여 가장 실력이 뛰어난 필리핀 전통 민족 댄스 공연 팀을 초청했다. 다우든의 이러한 노력은 차차 결실을 맺어 필리핀에 주재하는 일본군 고위층 간부들은 이제 매일 밤 츠바키에 들렸다. 그들의 눈에 츠바키 나이트클럽은 이 세상이 아닌 무릉도원이었고, 많은 일본 남성이 츠바키를 좋아했다. 츠바키는 원래 춤추는 곳이었지만 실제로 춤추러 온 사람은 아주 적었고 대부분은 노래를 부르거나 술을 마시며 아가씨들을 불러 함께 즐겼다. 접대부들이 입은 옷은 지나치게 야하진 않았지만 화장은 진했다. 그리고 이곳 아가씨들은 모두 춤 실력이 뛰어났다. 그녀들은 남자 손님을 리드하면서 탱고부터 블루스, 왈츠, 디스코에 이르기까지 다양한 춤으로 그들을 유혹했다. 하지만 본심은 따로 있었다. 츠바키의 여종업원들은 손님과 간단하게 블루스를 몇 번 춘 뒤에 자리에 앉아 술을 마시며 이야기를 나누는 것이 더 중요했다.

그중에 페리Feli라는 아가씨는 눈치가 빨라서 손님을 잘 다뤘다. 일본 장교가 기분이 좋지 않은 것 같으면 그녀는 조심스레 질문을 건네면서 그가 실연 당했다는 사실을 재빠르게 알아차리고 진심으로 그를 위로했다. 조곤조곤한 목소리로 인생의 진리를 말하는 그녀 앞에서는 이미 세상물정 다 아는 일본 장교도 어느새 즐겁게 웃게 되었다. 그녀의 따뜻한 위로 덕분에 적어도 그 순간만큼은 실연의 아픔을 잊을 수 있었기 때문이다.

어느 날 저녁, 화려하게 차려입은 배우들이 막 공연을 시작했을 때 일본 의료선(醫療船)의 사령관이 츠바키를 찾았다. 다우든은 그가 도수 낮은 일본 특유의 미주(米酒)를 유독 좋아한다는 사실을 알고 있었다. 그녀는 닭 꼬치를 굽던 페리에게 그를 모시라고 슬쩍 눈짓했다. 페리는 곧바로 하던 일에서 손을 놓고 그에게 다가가 말동무가 되어주며 즐겁게 술을 마셨다. 사령관은 술을 마실수록 슬슬 말이 많아졌다. 그러자 페리는 핑계를 대서 다우든을 테이블로 불렀고, 그녀들은 한두 마디 주고받다가 일부러 최근 진행되고 있는 일본의 군사 작전으로 화제를 돌렸다. 사령관은 술기운에 이것저것을 털어놓았다. 그의 말에 따르면 일본의 의료선은 부상자를 옮기는 국제 적십자 선박으로 위장한 것이라고 했다. 실제로는 병력 증강을 위해 일본 병사를 태평양 파푸아뉴기니Papua New Guinea의 부건빌 섬Bougainville Island으로 옮기는 임무를 맡아온 것이었다. 이 사실을 까맣게 몰랐던 미국은 일본군 배이긴 해도 부상자를 이송하는 적십자 선박이니 당연히 공격하지 않았다. 이 중요한 정보를 들은 다우든은 잠시도 지체하지 않고 바로 로코스에게 이 사실을 알렸다.

'농어'의 교도소 생활…

다우든은 산간 지대에 있는 미군에게 음식이나 옷 등의 구호 물품을 자주 보내주었다. 그러면서 미군 병사들과 자연스럽게 가까워졌고 그들은 그녀의 강직한 성격을 존경하게 되었다.

필리핀 사람들 역시 그녀를 매우 존경해서 그녀에게 '농어'라는 별명을 지어주었다. 농어는 용감하고 두려움을 모른다는 의미가 있었다. 다우든도 친근한 이 별명을 무척 마음에 들어 했다. 또 자신의 별명에서 착안해 음식 이름을 이용해 상징적인 의미를 부여하는 방법으로 정보를 전달했다. 예를 들어 '채소를 수확할 때가 되었다'라고 하면 이는 긴박한 상황을 의미했다. 또 '채소를 심는 데 필요한 거름은 나중에 보내겠다'라고 하면 상황이 그다지 중요하지 않다는 것을 의미했다.

어느덧 츠바키의 인기가 높아지면서 수입도 엄청나게 늘었다. 그래서 다우든은 또 새로운 계획을 세웠다. 매달, 산간 지대에 있는 부대에 실험용 기구와 약품을 보내주기로 한 것이다. 긴급하거나 비상사태 때 그녀는 현지 주민에게 부탁해서 부대에 필요한 물건을 급히 전달했고, 사람들도 대부분 기꺼이 그녀의 부탁을 들어주었다.

다우든이 정보를 입수하는 과정에는 필리핀 출신의 페리가 아주 중요한 역할을 했다. 항공모함을 담당하는 한 일본 장교는 페리가 부르는 노래를 무척이나 좋아해서 츠바키에 올 때면 항상 그녀를 불러서 같이 술을 마셨다. 그들은 빠르게 친해져 곧 친구가 되었고, 그 일본인은 거의 매일 츠바키를 찾았다. 함대가 마닐라를 떠나기 전날 밤, 그는 특별히 츠바키를 찾아와 페리에게 작별인사를 했다. 페리는 눈물까지 흘려가며 그와 이별하는 것을 아쉬워하는 척하더니, 이내 자연스럽게 그가 이동할 지역의 주소를 물었다. 그녀는 정말 당장이라도 그에게 편지를 쓸 것처럼 보였다. 가슴 아픈 이별을 하게 된 일본 장교는 아무런 의심 없이 그녀에게 함대의 작전 노선을 알려주었다. 첫 번째 지역은 싱가포르, 그 다음에는 태평양의 라바울Rabaul. 이는 매우 중요한 정보였다. 이것이 바로 일본해군 함대가 태평양을 공격할 노선이기 때문이다. 페리는 곧바로 이 정보를 다우든에게 알렸고, 다우든은 로코스에게 보고했다.

몇 개월 뒤, 이 군함을 탔던 또 다른 장교가 츠바키에 찾아와 페리에게 슬픈 소식을 전했다.

"유감스럽게도 당신의 애인은 사망했습니다. 배에 있던 수많은 병사도 모두 전사했습니다."

그는 끝내 통곡하며 울기 시작했다.

다우든이 심혈을 기울여 운영하는 츠바키 나이트클럽이 중요한 정보를 계속해서 입수하고 있을 때, 그녀의 남편이 임무를 수행하다가 일본군에게 붙잡히고 말았다. 그는 비인간적인 고문을 받다가 결국 카바날도Cabanaldo 교도소에서 굶어죽었다.

남편의 참혹한 죽음을 맞은 그녀는 깊은 슬픔에 잠겼다. 그리고 일본 파시즘에 대한 원한은 더욱 깊어졌다. 그녀는 카바날도 교도소에 갇힌 미군을 돕는 것으로 자신의 남편을 추모했다. 당시 감옥 안에는 패혈증이 유행해 부상자들은 비타민C 결핍으로 고생을 하고 있었다. 이 사실을 알게 된 다우든은 교도관을 돈으로 매수해 교도소에 있는 부상자들에게 오렌지 주스와 과일 등을 계속해서 가져다주었다. 또 그들의 생존을 기원한다는 편지를 직접 써 보내며 전쟁이 끝나는 날까지 잘 버텨주기를 바랐다.

다우든의 이러한 행동은 당연히 일본군의 주의를 끌었다. 1944년 5월, 결국 교도소 내 정보 전달을 담당하던 통신원이 붙잡혔고 얼마 지나지 않아 다우든 역시 일본 특수 요원에게 체포되었다.

계속된 심문 과정에서 흘러나오는 말들을 통해 그녀는 일의 자초지종을 알게 되었다. 일본군이 체포된 통신원의 몸을 수색하다가 다우든이 교도소 신부에게 쓴 편지를 발견한 것이었다. 다우든은 전에 신부에게 오렌지 주스 전달을 부탁하는 내용의 편지를 썼었다. 일본군은 편지에 반복적으로 등장하는 'John'이라는 단어의 의미를 제대로 이해하지 못했지만, 이것은 분명히 영국인의 이름일 것이라고 추측했다. 그러나 사실 그 단어는 '데미존Demijohn(목이 가는 큰 유리병-옮긴이)'의 이니셜일 뿐이었다. 그래서 다우든이 자초지종을 설명했지만 일본군은 그녀의 말을 믿지 않고 그저 변명에 불과하다고만 생각했다.

그들은 그녀를 고문용 의자에 앉혀 놓고 반복적으로 고춧가루 탄물을 입에 넣거나 담뱃불로 몸을 지지는 등 잔인한 고문을 가했다. 하지만 다우든은 한 마디도 하지 않고 모진 고문을 참아냈다. 결국 일본군은 어쩔 수 없이 그녀를 어두컴컴한 작은 방에 가둬두고는 하루에 밥 한 공기와 물 두어 잔만 주는 것으로 방법을 바꿨다. 그러나 3개월이 지나도 아무런 정보를 얻지 못한 일본군은 그녀에게 스파이라는 혐의를 씌워 급히 사형을 선고했다.

그런데 다행히도 사형 집행일인 1945년 2월 10일은 제2차 세계 대전에서 미군이 태평양 제도를 탈환한 날이었다. 결국 일본군은 교도소에 있던 죄수들을 처리하지도 못한 채 황급히 본국으로 도망을 갔고, 다우든은 덕분에 다른 죄수들과 함께 석방되었다.

다우든은 남루한 옷을 입고 고름투성이인 맨발로 교도소를 나서면서 무척 감격스러웠다. 그녀는 드디어 자유를 되찾고 조국으로 돌아가 사랑하는 딸과 가족들의 품에 안길 수 있게 된 것이다. 그리고 어느새 가슴 가득 행복감이 차올라 그녀는 기쁨의 눈물을 흘렸다.

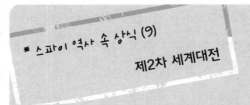

✱ 스파이 역사 속 상식 (9)
제2차 세계대전

1930년부터 1945년까지의 세계 전쟁은 세계 평화를 염원하던 소련, 미국, 영국 등 연합국이 독일, 이탈리아, 일본 등이 일으킨 침략 전쟁에 반대하는 세계적인 반 파시즘 전쟁이었다. 1939년 9월 1일에 독일군이 폴란드를 침입한 것을 시작으로 이틀 뒤에 영국과 프랑스가 독일에 선전 포고를 하면서 제2차 세계대전이 시작되었다.

1940년 4월부터 1941년 4월까지 독일군은 북유럽, 서유럽, 동유럽, 남유럽, 발칸 반도를 순서대로 점령하고 1941년 6월 22일에 돌연 소련을 침공했다. 이와 동시에 이탈리아 군대는 북아프리카를 침공하면서 북아프리카 전쟁이 발발했고, 일본군은 같은 해 12월 7일에 진주만을 기습 공격해 동남아 여러 국가를 침략하면서 태평양 전쟁을 일으켰다. 이로써 전쟁은 전세계로 확대되었다.

1942년 1월에 영국을 포함한 26개국이 공동 선언을 발표하며 반파시즘 동맹을 결성했다. 그리고 독일과 이탈리아, 일본의 침입을 받은 여러 국가도 반파시즘 운동 대열에 합류했다. 중국군은 항일 전쟁을 계속하면서 끝내 일본 육군을 중국에서 몰아냈고 1942년부터 1943년까지 소련은 스탈린그라드 전투Battle of Stalingrad에서, 미군은 미드웨이 해전Battle of Midway에서 각각 승리를 거두었다. 영·미 연합군은 북아프리카 전쟁에서 튀니지를 침공해 이탈리아의 투항을 요구했다. 1944년에 소련은 전략적으로 반격에 나섰고, 1945년 5월 2일에는 베를린을 점령한 후 5월 8일에 독일의 투항을 받아냈다. 같은 해 8월 소련은 중국 동북 지역과 한반도를 점령한 일본에 선전 포고를 하고 공격을 시작했다. 그러자 중국 해방구(일본 지배하의 중국 영토에서 중국군이 일부를 탈환해 근거지로 삼은 지역-옮긴이)의 항일 군대 역시 일본군에 대반격을 시작했다.

미국은 8월 6일과 9일에 일본 히로시마와 나가사키에 각각 원자폭탄을 투하해 9월 2일 일본이 항복 문서에 조인을 하도록 했다. 이로써 반파시즘을 위한 제2차 세계대전은 연합국의 승리로 끝이 났다.

6년간 계속된 제2차 세계대전에서 60여 개 국가의 인구 20억 명이 전쟁의 소용돌이에 휩싸였다. 참전한 병력은 1억 1천만여 명으로 군 사망자 수는 5,120만 명이었고 경제 손실은 1조 1,170억 달러에 달했다. 그리고 제트 전투기, 로켓포, 미사일, 원자폭탄, 전파 탐지기 등 신식 무기 장비가 이 제2차 세계대전에서 최초로 사용되었다.

9

나병 환자가 전달한 귀중한 지도

정보계에는 수많은 여자 스파이가 있다. 그녀들은 아름다운 외모를 이용해 사냥감을 자신의 붉은 치마 아래에 무릎을 꿇린다. 하지만 여자 스파이라고 해서 모두 미녀인 것만은 아니었다. 어느 날 작은 키에 남루한 옷차림을 한 필리핀 여성이 마닐라로 통하는 길을 비틀거리며 걸어왔다. 그녀는 등에 광주리를 하나 매고 있었다. "멈춰라!" 일본 병사의 엄한 목소리가 들려왔다. 그 여성은 말없이 심하게 부은 얼굴을 들었다. 그녀의 얼굴에는 붉은 반점이 가득했고 남루한 옷 사이로 보이는 가슴에 하얀 반창고가 가득 붙여져 있었다. 그 모습을 본 일본 병사는 너무 놀라 입을 다물지 못했는데……

1945년 초에 미 육군 제30사단은 마닐라에서 북쪽으로 64킬로미터 떨어진 지역까지 밀고 들어왔다. 필리핀 유격대는 미군이 마닐라를 해방시키는 데 적극적으로 협조하며 도왔다.

어느 날 울창한 숲속의 종려죽(棕櫚竹) 잎으로 위장한 필리핀 유격대 병영(兵營)에서 지도자 크릭Crick이 중요하고도 다급한 일을 처리하느라 바삐 움직였다. 필리핀 유격대는 이미 마닐라에 인접

138

한 미군 제30사단에 필리핀을 침략한 일본군의 방어 지도를 보냈다. 그 지도에는 지뢰가 없는 넓은 지대가 표시되어 있었다. 그런데 교활한 일본군이 갑자기 마닐라를 방어하는 군사 부서를 변경하고, 지뢰가 없는 지대에 다시 지뢰를 설치한 것이다. 하지만 그 사실을 모르는 미군이 곧 마닐라에 주둔한 일본군을 공격할 계획이어서 크릭은 최신 군사 정보가 표시된 정확한 지도를 다시 미군 본부에 급히 보내줘야만 했다. 그렇지 않으면 수많은 미군 병사가 한꺼번에 목숨을 잃을 판이었다.

하지만 일본군은 이미 마닐라로 통하는 크고 작은 입구를 철저히 봉쇄하고, 그 길을 지나다니는 행인들을 삼엄하게 수색하고 있었다. 게다가 골목마다 순찰을 돌면서 만나는 이마다 모두 철저하게 심문하고 조금이라도 미심쩍을 때는 곧바로 체포했다. 그러니 이러한 상황을 뚫고 정보를 보낸다는 것은 하늘에 오르는 것보다 더 어려운 문제였다.

이때 후아이Huai라는 여자가 유격대 병영에 찾아왔다. 크릭이 정보 전달로 골치를 앓는다는 사실을 알고 자신이 그 임무를 맡겠다고 나선 것이었다. 위험한 임무를 자원하는 그녀는 아주 의연했다.

"대장님, 미군 본부에 전달할 정보를 제게 주세요. 제가 할게요!"

"안 돼! 그건 너무 위험한 일이야!"

크릭은 그녀가 이 임무를 잘해낼 거라 생각은 했지만, 이렇게 중대한 임무를 나병 환자에게 맡긴다는 것이 마음에 걸렸다.

그랬다. 불행하게도 후아이는 나병에 걸린 환자였다. 양쪽 다리는 심하게 부었고, 온몸에 붉은 반점과 부스럼이 났다. 이런 그녀가 임무를 맡겠다고 나선 것이다.

"저는 적이 예상치 못할 방법으로 정보를 전달할 거예요. 지도를 양쪽 어깨 사이에 붙여서 숨기면, 무사히 검문을 통과할 수 있어요. 그들은 이것을 보고 제 상처라고만 착각할 테니까요."

후아이는 찢어지게 가난한 가정에서 자란 필리핀인이다. 일찍이 부모님을 여의었고, 성인이 된 뒤에는 결혼해 슬하에 딸 하나를 낳고 남편과 함께 행복하게 살았다. 그런데 일본이 마닐라를 점령하고 나서는 그녀의 행복한 생활이 더는 지속되지 않았다. 남편은 유격대에 참전해 전투에서 희생되었고 그녀는 무시무시한 나병에 걸려 사랑하는 딸과 생이별을 하게 되었다.

하지만 이런 쓰디쓴 고통도 강한 여인을 무너뜨릴 수는 없었다. 일반적으로 적이 점령한 지역에서 활동하는 스파이는 신분 노출을 피하고자 항상 신분증을 위조한다. 하지만 그녀는 굳이 그럴 필요가 없었다. 그녀가 나병 환자라는 사실 자체가 스파이 특별 통행증이 되었던 것이다. 당시 일본군은 마닐라를 점령하고 잔악무도한 짓을 해대며 제멋대로 날뛰었다. 국토가 함락되고 동포들이 치욕을 당하는 것에 그녀는 무척이나 가슴이 아팠다.

어느 날 그녀는 필리핀 여성들과 함께 길을 걷다가 우연히 일본군 병사들에게 모욕적인 희롱을 당하고서 매우 분노해 그들과 싸우려 했다. 그런데 그녀가 앞에 나서자 일본 병사들은 마치 마귀라도 본 것처럼 겁에 질려 도망갔다. 그녀의 얼굴과 피부에 나병으로 생긴 반점이 가득했기 때문이었다. 그러나 그녀는 기분이 나쁘기는커녕 오히려 자신의 병이 적에게 맞설 수 있는 의외의 무기라는 사실을 알고 아주 기뻤다. 그래서 그날 저녁에 바로 유격대를 찾아간 것이다.

그녀는 유격대의 정보를 전달하는 통신원이 되었고, 맡은 임무는 모두 완벽하게 수행했다. 나병이라는 특별 통행증을 가진 그녀가 다가가면 일본 병사들은 그녀를 멀리하거나 아예 도망가 버리기 일쑤였다. 덕분에 그녀는 별다른 문제없이 자유롭게 움직이면서 정보 전달 임무를 훌륭하게 수행할 수 있었다. 그녀는 뜨거운 애국심, 비상한 두뇌와 지혜로 '정찰 영웅'이라는 영예로운 별명까지 얻게 되었다. 이 모든 것을 고려한 필리핀 유격대 지도자 크릭은 심사숙고 끝에 미군 본부에 긴급 정보를 전달하는 중대한 임무를 그녀에게 맡기기로 했다. 그녀는 지도를 몸에 숨기고 길을 나섰다.

그날 작은 키에 남루한 옷차림을 한 필리핀 여성이 마닐라로 통하는 길을 비틀거리며 걸어왔다. 그녀는 등에 광주리를 하나 매고 있었다.

"멈춰라!"

일본 병사의 엄한 목소리가 들려왔다.

"어디로 가는 거지?"

일본 병사는 그녀를 심문하기 시작했다.

그녀는 말없이 몸을 구부린 채 병자의 모습을 보였다. 일본 보초병은 그녀의 몸 여기저기에 붙은 반창고를 보았다. 순간, 울퉁불퉁한 얼굴을 보고 그녀가 나병 환자라는 것을 알게 된 일본 병사는 마치 전염병 환자라도 본 듯이 깜짝 놀랐다. 그는 나병을 전염병이라 오해한 것이었다.

그리고는 자기도 모르게 뒷걸음질쳤다.

"혹시 나병 환자인가?"

그녀는 고개를 끄덕였다.

"이런, 재수 없게 시리. 썩 꺼져라!"

일본 병사는 혐오하는 눈빛으로 손짓하며 그녀를 보내주었다.

일본 병사가 붉은 반점으로 가득한 그녀의 추한 얼굴을 보고 멀리한 덕분에 그녀는 무사히 일본군이 설치한 첫 번째 관문을 통과했고 부지런히 미군 본부로 향해 갔다. 도중에 그녀는 병의 고통과 수면 부족으로 두통이 심해졌지만 불굴의 의지로 이틀 밤을 꼬박 새우며 험난한 길을 지나 마침내 미군 본부에 도착했다. 그녀가 지도를 제때 전달한 덕분에 미군은 일본군의 지뢰 습격을 피할 수 있었고, 미군 장교는 이 사실에 매우 감격했다.

"후아이가 미국 군인 수만 명을 살렸다. 필리핀 국민이 일본 침략자를 쳐부수는 데 커다란 공헌을 했다!"

제2차 세계대전이 끝난 뒤, 미국 정부는 그녀에게 '자유 훈장'을 수여하고 그녀를 전시(戰時)에 가장 똑똑하고 용감했던 스파이로 인정했다.

10

미녀 요달렌

요달렌Jorda len은 유대인을 비밀리에 이스라엘로 이주시키는 작전에서 처음으로 뛰어난 조직 능력을 드러냈다. 아랍 국가, 유럽 등 여러 곳에서 모여든 유대인들은 가슴에 아름다운 큰 꿈을 품고 용감하게 카이로Cairo에 왔다. 이제 그들은 이곳을 거쳐 유대인의 마음속에 중요하게 자리잡은 성지에 가게 될 것이었다. 그들에게 가짜 여권과 위조한 문서를 제공하는 것이 바로 요달렌의 임무였다. 그들은 영국 경찰의 삼엄한 통제 하에 조심스레 이스라엘로 출발하는데……

1940년대 초 카이로 시 중심에 매우 호화로운 저택이 하나 있었다. 이 저택의 주인은 바로 요달렌. 그녀는 이집트의 부유한 유대인 가정에서 태어난 외동딸로, 매우 아름다운 여인이었다. 호리호리한 몸매, 복숭아꽃처럼 아름다운 얼굴, 반짝이는 눈, 찰랑거리는 갈색 머릿결…… 이 모든 것을 갖춘 그녀는 마치 세상에 내려온 아름다운 여신 비너스 같았다. 그녀는 주말마다 사람들을 초대해 무도회와 파티를 열었는데, 이집트 상류 사회 사람들은 모두 그녀에게 초청받는 것을 큰 영광이라 생각했다. 이렇게 요달렌은 당시 이집트 사교계에서 가장 매력이 넘치는 미인으로 꼽혔다.

어느 날 저녁, 평소와 마찬가지로 요달렌은 파티 준비에 정신이 없었다. 이날은 이집트의 파루크Faruk 국왕이 직접 무도회를 개최해서 특별히 정성을 다하고 신경 써서 파티를 준비하는 중이었다. 그때 갑자기 하인이 다가와 유대인 두 명이 문 앞에서 꼭 그녀를 만나야 한다며 고집을 부린다고 알렸다. 요달렌은 썩 내키지는 않았지만 하는 수 없이 그들을 서재로 불러 접대했다. 먼저 요달렌이 입을 뗐다.

"무슨 일로 절 찾아오셨나요?"

그러자 젊은 유대인이 대답했다.

"요달렌 아가씨, 같은 유대인으로서 제 친구 좀 살려주세요."

"무슨 말이죠? 당신의 친구를 살려달라니요?"

"실은 엔초 세레니Enzo Sereni라는 제 친구가 이집트 경찰에게 체포됐습니다. 그런데 듣자하니 지금 카이로의 한 교도소에 있다는데, 곧 총살형이 집행된대요. 제발 이 친구 좀 살려주세요. 당신의 도움이 절실히 필요해요. 제 친구는 정말 무죄가 확실해요."

"이건……."

"요달렌 아가씨, 당신이 고위층 사람들과 왕래가 잦다는 것을 익히 들어 알고 있습니다. 그래서 당신에게 도움을 청하러 온 거예요. 만약 당신이 도와주지 않으면 제 친구는 무고한 죽음을 맞을 수밖에 없을 거예요."

또 다른 친구도 간절한 목소리로 부탁했다.

"네, 제발 그를 살려주세요!"

"좋아요. 친구 이름이 뭐라고 했죠?"

"……지금 그는 가명으로 붙잡혀 있어요."

"가명이 뭔데요?"

"아마 '조레니Joreni'일 거예요."

"좋아요. 한번 노력해 볼게요."

"감사합니다. 정말 감사합니다."

"그렇게까지 감사할 필요는 없어요. 당신이 말한 것처럼 우리는 다 같은 유대인이니까요."

요달렌은 여기저기 전화를 몇 통 걸었다. 그리고 몇 시간 뒤, 엔초 세레니는 교도소에서 풀려나 그 친구들과 재회했다. 며칠이 지나 어느 정도 건강을 회복한 엔초 세레니는 요달렌을 찾아와 감사의 마음을 전했다. 요달렌 앞에 선 엔초 세레니는 매우 말쑥하고 멋있게 생긴 젊은이였다. 요달렌이 그를 서재로 안내했고, 화기애애한 분위기에서 대화를 나누며 두 사람은 곧 서로 호감을 느꼈다.

큰 키에 훤칠한 세레니는 이탈리아 출신으로, 열일곱 살에 팔레스타인으로 이사를 왔다고 했다. 그러고 나서 낙하산 부대에 입대했고, 제2차 세계대전이 터진 뒤에는 나치의 폭정에 극심한 증오를 느껴 전투에 참가했다고 말했다.

"우리 유대인은 파시즘 하에서 짐승보다 못하게 잔혹한 박해를 받으면서 살아왔죠. 그리고 나치에게 붙잡히면 강제수용소에 끌려가 아무런 자유도 누릴 수 없었고요. 수용소에 끌려간 유대인 대부분은 독가스 실험의 희생양이 되어 안타까운 죽음을 맞이했고, 설령 살아났다 하더라도 노예처럼 고역에 시달리며 지내왔어요."

여기까지 말한 세레니는 자신도 모르게 눈물을 흘렸다. 그의 이런 진심이 담긴 말과 행동은 요달렌을 크게 감동시켰다. 세레니는 눈물을 닦고 말을 이었다.

"우리는 영국인이 우리를 도와주기를 바랐죠. 그래서 저는 카이로로 파견되어 그들을 위해 임무를 수행했어요. 하지만 저의 작전은 독일 스파이에게 발각되고 말았어요. 그들은 이집트 경찰을 시켜 제게 죄를 뒤집어씌우고 교도소에 넣어버리더군요. 당신이 도와주지 않았더라면 저는 이미 참혹한 죽음을 맞았을 거예요. 정말 고맙습니다."

"아녜요. 같은 유대인으로서 당연히 도와야죠."

요달렌은 용감한 이 남자를 사랑하게 되었다. 그녀는 그의 특별한 경험에 강하게 끌렸다. 이렇게 사랑스러운 남자를 뒤늦게야 만나게 된 것이 한스러울 정도였다. 하지만 전쟁이 한창 벌어지고 있는 시절에 막 피어난 사랑의 꽃은 만개하지도 못하고 져버렸다.

며칠 뒤, 세레니는 영국인의 지시를 받고 임무를 수행하러 이탈리아로 떠났다. 얼마 지나지 않아 세레니는 또 발각되어 체포됐고, 이번에는 총살형을 선고받았다. 이 소식을 들은 요달렌은 크게 상심했다.

1944년 초 이제 제2차 세계대전의 끝이 가까워졌다. 이때 유대인 자위군은 우수한 비밀요원 리브 아프라하미Aprahami를 카이로로 파견해 스파이 임무를 수행토록 했다. 출발 전 그의 상관은 그에게 요달렌을 피하라고 특별 주문을 내렸다. 상관의 눈에는 요달렌이 문란해 보였던 것이다. 요달렌은 이집트 사회의 최고위층 거물급 인사들과 특별한 관계였지만, 보통은 고급 호텔이나 나이트클럽에서 시간을 보내다가 날이 밝은 뒤에나 귀가했다. 하지만 리브는 그

146

녀가 문란하거나 경박스럽다고 생각하지 않았다. 세레니가 생전에 요달렌에 대해 작성한 보고서를 통해 그녀를 이미 잘 알고 있었다. 그는 기필코 요달렌을 매수해서 이스라엘을 위해 일하게 만들 작정이었다. 그래서 그는 카이로에 도착하자마자 요달렌을 찾아갔다.

이집트에 잠입한 리브의 이번 임무는 세 가지였다. 첫 번째 임무는 유대인 자위대를 위해 이집트에 있는 동맹군의 무기를 구매하거나 훔쳐오는 것이었다. 가능하다면 독일, 이탈리아 군대가 철수할 때 남긴 무기도 가져가야 했다. 두 번째는 영국인의 작전 계획을 파악하는 것이고, 마지막으로 제일 중요한 임무는 이집트에 스파이망을 구축하는 것이었다. 그는 자신의 스파이 조직에 요달렌을 끌어들인다면 일은 성공적으로 잘 처리될 것이라 생각했다. 요달렌은 많은 영국과 이집트 장교를 친구로 두었고, 정부 관료 대부분이 그녀의 손님이었다. 다시 말해 요달렌은 훌륭한 스파이가 될 조건을 갖추고 있었다. 하지만 그녀를 어떻게 설득시켜서 기꺼이 유대인을 위해 일할 수 있게 만든단 말인가? 리브는 요달렌의 천성이 낭만적이고 상상력이 풍부하다는 것을 잘 알고 있었다. 그는 스파이라는 직업의 자극적인 매력으로 그녀의 흥미를 유발하기로 했다.

당시 이집트 상류 사회의 한 영국 남작이 암살되었는데, 이집트 경찰은 수사를 건성으로 진행했다. 그 결과 무고한 유대인만 두 명을 총살하며 수사는 흐지부지 마무리되었다. 유대인에 대한 불공평한 대우를 여실히 보여준 그 사건을 계기로, 매일 술에 빠져 문란한 생활을 하던 요달렌은 큰 충격을 받았다. 그 뒤로 그녀는 유대인에게 강한 동정심을 품게 되었다. 바로 이때 리브가 그녀를 스파이 세계에 끌어들이려고 접근해 유대인의 고통을 설명하며 설득했다. 그는 유대인들이 오직 투쟁을 통해서만 현 상황을 벗어날 수 있다고 말했다. 그는 또 심금을 울리는 역사상 성공한 여자 스파이들의 전설적인 일화를 들려주었다. 리브의 이야기를 들은 요달렌은 흔쾌히 그의 제안을 받아들여 이때부터 뛰어난 스파이이자 시온주의자(고국 팔레스타인에 유대 민족 국가를 건설하는 것이 목표인 유대인 민족주의 운동가. 그들은 민족주의 운동을 '시오니즘'이라고 부른다-옮긴이)가 되었다.

요달렌은 유대인을 비밀리에 이스라엘로 이주시키는 작전에서 처음으로 뛰어난 조직 능력을 드러냈다. 아랍 국가, 유럽 등 여러 곳에서 모여든 유대인들은 가슴에 아름다운 큰 꿈을 품고 용감하게 카이로에 왔다. 이제 그들은 이곳을 거쳐 유대인의 마음속에 중요하게 자리잡은 성지로 가게 될 예정이었다. 그들에게 가짜 여권과 위조한 문서를 제공하는 것이 바로 요달렌의 임무였다. 그들은 영국 경찰의 삼엄한 통제 하에 조심스레 이스라엘로 출발했다. 이 일은 요달렌의 인맥 덕에 성공적으로 끝났다.

요달렌은 실세가 누구인지, 그에게 어떻게 접근해야 할지를 잘 알고 있었다. 또 어떤 경로를 통해야 유대인을 옮길 선박과 자동차, 통행증 관련 사안을 처리할 수 있는지도 이미 다 파악하고 있는 상태였다. 심지어 이스라엘의 특수 요원조차 그녀의 도움으로 영국 경찰을 피할 수 있을 정도였다. 그리고 그녀는 작전 중에 믿을 만한 조수를 한 명 두어 정보를 빨리 모았다. 기자 신분증을 만든 그녀는 정부 기관이나 군사 요충지를 자유자재로 드나들면서 다양한 사람을 인터뷰하고, 작은 단서를 통해서도 정보를 입수했다. 이렇게 시간이 지나면서 요달렌은 뛰어난 특수 요원으로 동료들의 존경을 한몸에 받았다.

1946년 봄, 요달렌은 광란의 무도회에서 아랍 쪽 실세인 모히Mohi를 알게 되었다. 그들의 관계는 아주 빠르게 발전해 서로 못할 말이 없을 정도였다. 그녀는 모히와 자주 만나면서 아랍 연맹의 특별 회의 보고 전문을 손에 넣을 수 있었다.

이스라엘 자위군 본부는 그 보고서에서 중동 국가의 지도자들이 연합해 유대인 국가의 건설에 반대하는 계획을 세웠다는 정보를 입수했다. 하지만 일부 정치가들은 유대인의 입장을 지지하기도 했다. 유대인들은 당연히 그들의 지지를 얻는 것이 매우 중요한 일이었고, 이에 요달렌이 기자 신분을 이용해 유대 국가의 대표와 그들을 지지하는 아랍 인사의 만남을 주선했다.

상관은 많은 정보를 입수한 요달렌의 능력을 인정하며 그녀를 칭찬했다. 하지만 그들은 그녀가 계속 위험에 노출되는 것을 원치 않았다. 결국 요달렌은 이집트를 떠나라는 명령을 받았다.

하지만 요달렌은 그때 이미 사랑의 바다에 너무 깊숙이 빠져 있었다. 그녀의 남자친구는 이집트에 주재하는 남아프리카 장교 앨버트 흐몽Albert Hmong이었다. 1947년 여름 어느 연회에서 처음 만난 이 젊은 남녀는 서로 첫눈에 반했다. 하지만 호사다마라고 했던가. 요달렌이 그의 청혼을 받아들인 지 몇 시간도 채 지나지 않아 앨버트가 출장을 가려고 탑승한 비행기가 추락하고 말았다. 다행히 앨버트는 목숨은 건졌지만 부상 정도는 매우 심각해 바로 병원으로 옮겨졌다. 소식을 접한 요달렌이 급히 병원으로 달려갔지만 의사는 가망이 없다며 고개를 저었다. 요달렌은 혼수상태에 빠진 앨버트를 바라보는 것만으로도 가슴이 찢어지는 듯 아팠다. 그녀는 앨버트가 반드시 살 수 있다고 굳게 믿었다. 몇 개월 동안 그녀는 밤낮을 가리지 않고 애인의 병상을 지키면서 그의 의식이 돌아오기만 간절히 바랐다. 그녀의 정성어린 간호 덕분이었을까? 마침내 앨버트가 깨어났다! 그리고 다행히도 얼마간 의사의 치료를 받은 후 완전히 건강을 회복했다. 그 뒤 앨버트와 요달렌은 성대하게 결혼식을 치르고 함께 이스라엘행 비행기에 올랐다. 그 시절은 이 신혼부부에게 가장 달콤한 순간이었고, 요달렌의 인생에서도 가장 행복한 시간이었다.

그런데 요달렌은 이스라엘에서 남편에게 자신의 진짜 신분을 고백했다. 앨버트는 너무 놀라 혼란스러웠다. 자신과 함께 지낸 아리따운 아내가 자기 몰래 다른 신분으로 다른 생활을 하면서 이스라엘을 위해 일했다는 사실이 도저히 믿어지지가 않았다. 하지만 그는 아내를 사랑하는 마음으로 그녀의 행동을 진심으로 이해하고 이스라엘에서 행복한 가정을 꾸리기로 했다.

앨버트의 휴가는 순식간에 지나가 버렸다. 그는 이제 이집트로 돌아가야 했다. 그리고 요달렌 역시 남편을 따라 이집트로 돌아갈 준비를 했다. 하지만 이스라엘 특수 요원들은 이 부부가 이집트로 돌아가는 것을 반대하면서 이스라엘에 남아주기를 바랐다. 일단 두 사람은 알렉산드리아Alexandria로 돌아갔으나 6개월 뒤에 앨버트는 남아프리카 공무원 생활을 접고 사랑하는 아내와 함께 지내기로 했다. 그런데 이런 불행이 또 있을까. 앨버트가 아내 곁으로 가려고 탄 비행기가 추락한 것이다. 결국 부상 정도가 심각했던 앨버트는 세상을 등지고 말았다.

그후 제1차 중동 전쟁이 발발한 뒤 요달렌은 체포되어 감옥살이를 했다. 그녀의 이스라엘 상관은 위험을 무릅쓰고 온갖 방법을 동원해 중환을 앓는 요달렌을 교도소에서 빼냈다. 이렇게 해서 세상에 나온 그녀는 UN 주재 이스라엘 사절단에서 근무하기도 했다. 하지만 오랫동안 긴장과 스트레스 속에서 살아온 요달렌은 결국 병에 걸리고 말았다. 다행히 1952년에 이스라엘 정부의 배려로 어머니, 아들과 함께 공기 좋은 곳으로 요양을 간 요달렌은 이후에는 평온한 삶을 살았다.

✳ 스파이 역사 속 상식 (10)
이스라엘 건국

성경에 따르면 모세 Mose는 일부 이스라엘인을 데리고 이집트를 떠났다. 모세가 죽은 뒤에는 그의 후계자 여호수아Joshua가 이스라엘인을 이끌어 가나안의 도시국가를 정복했고, 그 이후로 BC 1,000년경에는 다윗David 왕이 예루살렘Jerusalem을 점령하고 요르단을 포함한 가나안 대부분 지역에 이스라엘 왕국을 건설했다. 그리고 다윗 왕의 뒤를 이은 아들 솔로몬Solomon 왕이 죽자 이스라엘 왕국은 남쪽의 유대 왕국과 북쪽의 이스라엘 왕국으로 나뉘었다. BC 133년까지 예루살렘은 유대인의 정치와 종교의 중심지 역할을 했다.

BC 722년에 아시리아가 이스라엘 왕국을 공격했고, BC 586년에는 바빌로니아Babylonia가 유대 왕국을 점령하면서 예루살렘의 솔로몬 성전이 불태워지고 많은 유대인들이 내침을 당했다. 그 뒤에도 예루살렘은 여러 차례 함락되고, 여러 번 불타고 재건되었다. 이때부터 유대인이 정처 없이 떠도는 신세가 되어 세계 각지에 흩어져 살게 된다. BC 61년 로마 군대가 유대인을 공격하고 예루살렘을 점령했다. 그리고 이때 예수 그리스도가

로마 관할인 베들레헴Bethlehem에서 탄생했다. 로마 통치자는 BC 70년과 132년 두 차례에 걸쳐 유대인 부흥의 불씨를 잠재우고, BC 135년에 모든 유대인을 예루살렘 땅에서 몰아냈다. 그리고는 예루살렘을 팔레스타인Palestein이라는 새로운 이름으로 명명했다.

BC 4세기 비잔틴 제국 시절에 많은 기독교인이 팔레스타인으로 몰려들었다. 그때 팔레스타인의 인구는 기독교인, 기독교나 이교도에 귀의한 유대인, 로마인, 원주민으로 구성되었다. 그러다가 BC 7세기 무렵에는 아랍 모슬렘 군대가 북상해 팔레스타인을 포함한 중동 지역 대부분을 점령했다. 모슬렘의 팔레스타인 통제는 그때부터 20세기 초까지 이어졌다. 모슬렘이 통치하던 그 오랜 시간 동안 생겨난 터키의 오스만 제국은 1517년에 팔레스타인을 자국으로 편입했다. 그리고 수단은 이 기간에 세계 각지에 뿔뿔이 흩어져 살던 유대인이 팔레스타인의 각 도시에 정착할 수 있도록 허가했다.

18세기 말에 나폴레옹이 침입했을 때 팔레스타인의 아랍인은 기회를 놓치지 않고 이집트와 터키인의 통치에 들고 일어섰고, 이에 터키 제국은 오히려 그 국경선을 더욱 확대했다. 이를 통해 유대인과 아랍인은 그 수가 동시에 늘어나며, 두 민족의 민족의식도 날이 갈수록 고취되었다. 1880년에 팔레스타인의 인구는 40만 명에 달했고, 그 가운데 유대인 인구는 2만 4천 명이었다. 이때 오스만 정부가 유대인의 이민을 엄격히 제한하기 시작했지만 유대인은 다양한 경로를 통해 팔레스타인으로 이주했다.

19세기 유럽에서 반(反)유대주의 물결이 일고, 유럽 유대인 해방 운동이 곳곳에서 일어났다. 이 소식이 퍼지자 유럽에서 뿔뿔이 흩어져 살던 유대인의 마음속에서는 현재의 민족 국가 이념과 전통 유대인의 터전이 서로 교차하며 시오니즘이 불같이 타올랐다. 특히 동유럽 국가의 반유대주의와 유대인 배척 정책은 유럽 유대인의 팔레스타인 이주를 더욱 촉진했다. 또한 그 시기에 유럽 유대인은 시오니즘을 체계화했다.

1840년대에는 랍비 예후다 알카레이Rabbi Yehuda Alcalay가 시온주의 사상을 담은 헤브라이어 문장을 발표했다. 그리고 1896년에 헝가리계 유대인 변호사인 테오도르 헤르즐Theodore Herzl이 자신의 책 《유대인 국가

The Jewish State〉에서 시온주의를 자세히 서술했다. 다음해 8월에 시온주의자들은 스위스 바젤Basel에서 '제1차 시온주의자 대표 총회'를 열었다. 총회에서는 헤르츨의 이념에 따라 팔레스타인에 유대 국가를 건설하자는 의견이 제기되었고, 회의에 참석한 시온주의자들은 유럽 유대인 수백만 명이 팔레스타인으로 이주하여 팔레스타인 거주 인구의 절대다수를 차지하게 될 것이라 예상했다. 하지만 이는 현지의 아랍인 인구를 전혀 고려하지 않은 예상이었다. 1914년을 기준으로 보면 팔레스타인 거주 인구는 약 70만 명이 되었는데, 그 가운데 아랍인이 무려 61만 명, 유대인은 10만 명이 채 되지 못한 상황이었다.

제1차 세계대전이 발발하자 팔레스타인의 통치자 오스만 제국은 독일과 연맹을 맺었다. 그런데 하필 이 시기에 팔레스타인 지역에서 콜레라와 장티푸스가 유행해 터키 군사 수뇌부가 모든 외국인을 몰아내기로 결정을 했다. 이에 따라 많은 유대인이 다시 팔레스타인에서 쫓겨나는 신세가 되었고, 오직 소련 국적을 가진 유대인만 그곳에 남을 수 있었다.

한편 영국도 아랍인의 도움이 필요했다. 그래서 영국 정부는 아랍인에게 연합국과 터키 간의 전쟁을 지지하면 전쟁이 끝나고 나서 아랍을 독립시켜주겠다고 약속했다. 이로써 1916년에 아랍인 사이에서 로렌스Lawrence를 필두로 터키 통치에 반대하는 세력들이 생겨났다. 하지만 전쟁이 끝나자 영국은 아랍인에게 한 약속을 부인하고, 팔레스타인을 자국의 위임 통치지로 편입시켰다. 이때 팔레스타인 인구는 약 70%가 아랍인, 30%가 유대인과 기독교도였다. 영국 본토에서 시온주의자들이 영국 의회를 설득하려고 애를 써서 결국 영국은 1917년 11월에 '벨푸어 선언Barfour Declaration'을 했다. 선언에서 영국은 팔레스타인에 유대인들을 위한 민족 국가를 건설하고, 유대인들의 권리와 신앙이 침해받지 않게 해 줄 것을 약속했다. 영국이 이렇게 한 것은 혹시 독일이 유대인에게 유사한 약속을 하면 세계의 유대인이 독일 편에 설 수도 있겠다고 생각했기 때문이었다.

영국의 이러한 조치는 팔레스타인에 거주하는 아랍인의 강한 반대에 부딪혔다. 그들은 팔레스타인이 아랍인의 땅이라며 강하게 주장했고, 폭동을 일으키거나 파업을 하는 등 온갖 수단을 이용해 영국에 압력을 행사했다. 게다가 아랍인은 미국의 개입을 유도해서 영국의 중동 정책에 영향을 미치기도 했다. 아랍 지도자 다자니Dajani는 미국 측 대표에게 이렇게 말했다. "유대인과 함께 살 수 없다는 것은 역사가 증명해줍니다. 유대인은 모든 사람의 피를 빨아먹는 민족이니 그들을 원하는 국가는 하나도 없습니다. 이러한 상황에서 유대인 역시 팔레스타인의 아랍인과 충돌하는 것은 피할 수 없다는 점을 인식하고 있습니다."

나중에 이스라엘 초대 총리를 맡게 된 벤구리온David Ben-Gurion은 1919년에 이런 내용으로 담화를 발표했다. "아무도 해결 방법을 제시하지 못했습니다. 우리는 이제 이 영토를 우리의 국가로 만들려고 합니다. 하지만 아랍인 역시 똑같은 일을 벌이고 있습니다."

이 시기에 영국은 예상 밖의 행동을 취했다. 영국의 식민 장관 윈스턴 처칠Sir Winston Leonard Spencer Churchill은 1921년에 메카Mecca의 태수 후세인Hussein의 아들 압둘라Abdullah가 과거에 영국을 위해 참전한 일에 보답한다는 명목으로 요르단 동안 지역의 관할권을 압둘라에게 넘긴 것이었다. 이 땅의 면적은 영국이 관할하는 팔레스타인 총 면적의 4분의 3에 해당했다. 압둘라는 곧바로 국명을 요르단 하심 왕국으로 바꾸고, 1946년에 왕위에 올랐다.

한편 팔레스타인의 면적이 급격하게 줄어든 상황에서도 미국과 영국에 머무르던 시온주의자들은 여전히 4분의 1만 남은 팔레스타인 영토라도 유대인이 이주하기를 촉구했다. 1929년에 팔레스타인은 급격하게 늘어난 인구로 말미암아 결국 경쟁이 치열해지고 경제가 쇠퇴하기 시작했다. 이에 따라 부유하고 좋은 교육을 받은 유대인이 자연스럽게 강한 경쟁력을 가지게 되었고 대대적으로 토지를 구매했다. 그 결과 아랍의 농경 인구가 거처를 잃고 도시로 유입되었다. 이때 아랍인은 유럽과 미국 유대인들이 몰려와 마침내는 상업 경쟁력을 잃은 아랍인을 몰아낼 것이라고 예감했다. 게다가 외국에서 이민 온 부유한 유대인들은 대부분 아랍인과 생활수준이 크게 차이가 나서 현지인의 원망을 불러일으켰다.

1929년부터 1931년까지 유대인들은 아랍인의 무장 습격과 테러 위협에 노출되었다. 또 같은 시기에 나치 독일이 유대인을 박해하기 시작했다. 이렇게 유대인이 박해받는다는 사실이 바깥 세상에 알려지자 영국 정부는 어쩔 수 없이 팔레스타인으로 이주하는 유대인의 수를 늘렸다. 그래서 1933년에서 1935년까지 이주 허가를 받은 유대인은 무려 13만 명 이상이었고, 불법 이민자 수는 만 명을 넘어섰다. 팔레스타인은 그때부터 폭력과 공포의 화약고가 되었다. 테러리즘이 점점 확대되어 영국 당국이 기본 질서조차 제대로 유지할 수 없을 정도였다.

1942년에 미국의 시온주의자들은 뉴욕에 모여 '빌트모어 강령Biltmore Program'을 통과시킨 후 팔레스타인에 유대인 국가를 건설하고 유대인 군대를 설립할 것을 요구했다. 얼마 지나지 않아 아랍인과 유대인은 전면전에 들어갔고 팔레스타인은 양측의 치열한 전투로 일순간 화재와 살인, 강도가 넘쳐나는 전쟁터로 변해 버렸다.

제2차 세계대전이 끝난 뒤에 유럽 각지의 수용소에서 많은 유대인 난민을 석방했는데, 서양 국가들은 너도나도 이들을 수용하려 하지 않았다. 그래서 영국 정부가 유대인의 팔레스타인 이주를 통제하는 방침은 각국의 압력을 받게 되었다. 그 예로 미국은 영국 당국에 유대인의 이주 허가를 승인하라고 요구했다. 하지만 이때 아랍인과 유대인 양측 역시 폭력수단을 사용해 영국 정부에 압력을 가했다. 아랍은 이주 통제를 요구했고, 유대인 측은 오히려 이주 규모를 확대하라고 요구했다. 그러면서 아랍인은 유대인 거주지에 테러를 하고, 유대인은 길을 폭파하거나 다리를 무너뜨렸다. 또 영국 관료를 암살하면서 영국 당국이 유대인 불법 이민자를 체포하는 것에 저항했다.

결국 1947년 4월에 영국은 팔레스타인이라는 골치 아픈 문제를 UN에 넘겼다. 그리고 일 년이 지난 뒤, 팔레스타인 위임 통치가 끝났음을 선포하고 모든 주둔 군대를 철수했다.

1947년 11월 29일에 열린 제2차 UN 총회에서 팔레스타인 땅은 두 국가, 다시 말해 유대 국가와 아랍 국가의 영역으로 각각 나누고 예루살렘은 국제 관리 하에 두도록 하는 '총회 결의 181호'가 통과되었다. 하지만 팔레스타인 거주 아랍인들은 이 결의안을 결코 받아들일 수 없었다. 아랍인은 전체 팔레스타인 인구의 3분의 2나 차지하는데 자신들이 차지한 영역은 겨우 43%에 해당하는 척박한 땅이고, 상대적으로 3분의 1밖에 되지 않는 인구의 유대 국가는 오히려 57%에 해당하는 연해 지역의 비옥한 땅을 차지했으니 말이다. 1948년 5월 15일에 유대 임시정부는 일방적으로 이스라엘 건국을 선포하고, 벤구리온은 초대 총리로 취임했다.

11

적국에 침투한 버트럴

1942년 3월 제2차 세계대전이 한창 진행되던 때 영국의 윈스턴 처칠 수상은 12명으로 구성된 비밀 정보부를 직접 지휘했다. 조세핀 버트럴 Josephine Butler은 이 비밀 조직의 요원 중 한 명이었다. 그녀는 주로 프랑스에 있는 적의 점령 지구를 주 무대로 스파이 활동을 벌였다. 그녀는 교묘하게 여러 신분으로 위장해 50여 차례나 프랑스에 침투했고, 수많은 정보를 입수했다. 덕분에 그녀는 연합군의 노르망디Normandie 상륙 작전이 성공하는 데 큰 공을 세웠다.

1943년 선선한 가을바람이 불던 어느 날 밤이었다. 독일이 점령한 프랑스 투렌Touraine은 아주 조용했고, 은쟁반 같은 달은 구름과 안개 사이를 지나면서 간간이 맑게 빛나는 동그랗고 아름다운 얼굴을 내밀었다.

달빛이 하얀 천을 두른 듯 주위를 가리는 가운데 하늘에서 요란한 비행기 소리가 들렸다. 달빛에 비친 이 군사용 소형 비행기는 바로 영국 왕실 공군의 정찰기였다. 어느 순간 속도를 늦추고 낮게 날던 비행기에서 뛰어내리는 한 사람의 그림자가 보였다. 그녀는 발이 닿기 전에 바닥을 구르더니 벌떡 일어나 몸에 묻은 흙을 털어내고는 재빠르게 어둠 속으로 사라졌다. 과연 그녀는 누구일까? 바로 제2차 세계대전 당시에 활동했던 영국의 유명한 여성 스파이 조세핀 버트럴이었다. 이번 역시 그녀가 비밀스럽게 영국에서 프랑스로 공중 침투해 스파이 활동을 펼친 50여 차례 가운데 어느 한 번이었다.

1901년에 버트럴은 잉글랜드 버킹엄Buckingham에서 7남매 중에 외동딸로 태어났다. 어렸을 때부터 남자 형제들과 놀면서 자란 그녀는 성격이 상당히 남성스러웠다. 열 살 되던 해 벨기에 브루게 Brugge에 있는 수도원으로 보내진 버트럴은 그곳에서 불어를 배웠다. 매우 똑똑할 뿐 아니라 무엇을 보든 간에 한 번 보면 절대 잊지 않을 정도로 기억력도 상당히 좋았다. 버트럴은 파리대학교에서 의학을 전공하고 사회학도 배웠으며 의학박사 학위도 땄다. 운동도 굉장히 좋아해서 펜싱을 배웠을 뿐 아니라 유도는 유단자 수준이었다. 또한 우수한 높이뛰기 선수이자 테니스 선수이기도 했다.

버트럴은 파리대학교를 졸업한 뒤에 병원을 개업해서 전문적으로 암을 연구했다. 또 독일에 능력 있는 외과 의사들이 많아 자주 독일을 방문하기도 했다. 그 의사들 가운데는 유대인도 꽤 있어서 어느덧 버트럴은 인종주의 정책을 표방하는 나치 정권에 강한 불만을 품게 되었다.

처칠이 선택한 그녀 …

1938년 전쟁이 임박했을 무렵, 버트럴은 영국으로 돌아왔다. 그리고 전쟁이 터지면 자신의 의학 지식이 쓸모 있을 거라고 생각한 그녀는 긴급 구호대에 지원했다. 평소 운전 실력이 좋았던 그녀는 교통 부대에 파견되어 병원에 물자를 운송했다. 나중에는 경제 작전부에 파견되기도 했다.

그러던 어느 날 그녀는 한 장교를 만나게 되었다. 그때는 이 사람이 자신의 운명을 바꾸어 놓으리라고는 꿈에도 생각지 못했다. 훗날 그녀는 그로 말미암아 아주 특별한 인생을 살게 되었다.

버트럴이 새로 파견된 군사 부서에서 그녀를 따뜻하게 맞아준 사람이 바로 그 장교였다. 장교는 그녀에게 말했다.

"이곳은 야전 정보 부처이다. 너의 업무는 프랑스에서 온 비밀 정보를 번역하고, 사진의 진위를 감별하는 것이다."

이렇게 해서 버트럴은 새로운 일을 시작했다. 많은 정보가 프랑스 방언으로 쓰여 있었지만, 버트럴은 프랑스 방언에 매우 능통해서 아주 손쉽게 일을 처리했다. 그녀는 점점 이 일의 매력에 빠져들었다.

1942년 2월, 버트럴은 저녁 6시 30분까지 '스토리 도어'로 오라는 연락을 받았다. 그녀는 깜짝 놀랐다. '스토리 도어'라면 처칠만의 비밀 장소가 아닌가. 그 건물은 지하 12m 아래에 저장고와 방탄유리로 통제된 방들이 있었다. 그래서 전시에는 내각이 이곳에서 업무를 볼 정도였다. 저녁에 버트럴을 태운 자동차가 그 건물 앞에 서자, 랜스Lance라는 사람이 그녀를 맞이했다.

버트럴을 안내하던 랜스는 지하실의 어느 문 앞에 섰다. 그가 노크를 하자 안에서 소리가 들렸다.

"들어와!"

문을 열고 들어간 순간 버트럴은 멍해지면서 자신의 눈을 의심할 수밖에 없었다. 지금 자신의 앞에 앉아 있는 사람은 놀랍게도 영국의 처칠 수상이 아닌가!

콧등에 안경을 걸치고 시가를 손에 든 처칠은 버트럴을 위아래로 훑어보고서 입을 뗐다.

"누군가 그러더군. 자네가 감정 컨트롤을 잘한다고."

버트럴은 이내 놀란 감정을 가다듬고 차분한 말투로 대답했다.

"필요할 때는 할 수 있습니다."

"내가 이곳으로 자네를 부른 이유를 알고 있나?"

"모릅니다."

"그럼, 이제부터 가르쳐주지. 자네도 알다시피 지금 아주 치열한 전쟁이 벌어지고 있지. 이 상황에서 우리는 정확한 정보가 필요해! 자네가 정보 요원이 되어주었으면 하는데, 할 수 있겠나?"

"저, 그게…… 만약 제게 환자를 수술하라거나 운전을 하라거나 혹은 보디가드를 하라고 하면 할 수 있습니다. 저는 유도 유단자로 그런 임무라면 충분히 잘 해낼 수 있습니다. 하지만 정보 요원이라면 솔직히 자신이 없습니다. 저는 정보 분야에는 문외한입니다."

처칠은 그녀의 대답에도 아랑곳하지 않고 말을 이었다.

"태어날 때부터 정보에 능한 사람이 어디 있겠는가? 그게 다 배웠으니까 할 수 있는 거지. 아! 자네 유도 배웠다고 했나? 어떻게 그런 걸 배울 생각을 했지?"

"대학 다닐 때 일부 남학생들이 저를 비롯한 여학생들을 괴롭히고 피해를 끼치는 일이 종종 있었습니다. 그래서 유도를 배워 그들에게 한 수 가르쳐주려고 했지요. 한번은 제가 남학생 두 명을 계단으로 던졌더니 다음부터는 저에게 감히 함부로 하지 못하더군요."

이 말을 들은 처칠은 박장대소했다.

"좋아. 자네 아주 똑똑하군. 프랑스 방언에도 능통하고 기억력도 좋다던데…… 자네의 그 훌륭한 재능을 조국을 위해 써보지 않겠는가? 정보 업무에 부족한 점이 있으면 다른 사람에게 배우면 될 걸세."

처칠의 말이 끝나자 바로 누군가가 노크를 하고 들어왔다. 그녀에게 정보 관련 업무를 가르쳐줄 그 소령은 버트럴이 이미 아는 사람이었다.

"버트럴, 자네는 지금부터 친구는 물론이고 가족과도 완전히 연락을 끊어야 하네. 그리고 자네가 런던을 비울 때는 자네의 사촌 동생 플로렌스Florence가 자네 대신 경제 작전부에 출근할 걸세."

"플로렌스……."

그녀는 수상이 자신의 사촌 동생까지 알고 있다는 사실에 또 한 번 놀랐다. 플로렌스는 그녀보다 두 살 어린 사촌 동생이었다. 버트럴과 플로렌스의 어머니는 쌍둥이 자매여서 그들 역시 생김새가 많이 비슷했다. 플로렌스는 열여섯 살이 되던 해에 부모님을 여의어서 버트럴의 어머니가 그녀를 데리고 와 길렀다. 한번은 그녀가 버트럴인 척하고 버트럴의 남자친구와 데이트를 했는데, 그가 전혀 눈치채지 못했다는 일화도 있다.

처칠은 신신당부를 했다.

"이 사실은 철저히 비밀로 해야 하네. 그리고 훈장이나 영예 같은 것은 애초부터 기대하지 말게. 다시 말하면 자네의 일은 희생을

··· 처칠로부터 스파이 업무를 받은
버트럴

의미하지. 앞으로 아주 외로운 생활을 하게 될 걸세. 하지만 이 일은 분명히 조국을 위한 걸세."

"명심하겠습니다."

버트럴은 소령과 함께 처칠의 방에서 나와 슬론Slon 가(街)에 있는 아파트에서 살게 되었다.

프랑스에 공중 침투하라! ···

버트럴은 프랑스에 공중 침투할 준비를 했다. 영국제 물건은 모두 남겨두고, 나침반으로 개조된 라이터만 챙겼다. 이 라이터 때문에 그녀는 피우지도 않는 담배까지 함께 가져갔다.

소령이 그녀에게 말했다.

"이번에는 대리 강사로 위장해야 해. 다른 선생님이 수업에 빠지거나 병가를 냈을 때, 그들을 대신해서 수업하면 돼. 지금까지 파악한 상황에 따르면 독일인은 학교나 술집은 수사하지 않아서 그 직업으로 위장하기로 한 거야. 자, 받아. 하나는 점령지에서 사용할 신분증이고 다른 하나는 기타 지역에서 자유롭게 사용할 수 있는 신분증이야. 물론 이 신분증들은 다 위조된 거니깐 특별히 조심하도록 해!"

버트럴은 낙하산 강하 훈련을 시작했다. 이 훈련은 이미 불혹을 넘긴 버트럴에게는 매우 어려운 일이었다. 훈련 교관은 버트럴에게 몸을 공처럼 움츠리는 요령을 알려주었다. 머리는 최대한 배 쪽에 가까이 하고 무릎은 구부려 팔로 안는 것이었다. 이렇게 해야 부상을 최대한 줄여 안전하게 낙하할 수 있었다. 20여 차례 훈련을 거친 뒤에야 버트럴은 마침내 하강 기술을 터득했다. 그러는 동안 그녀는 앞니와 코가 부러지고, 입술이 터지는 부상을 당했다.

1942년 여름에 버트럴은 프랑스에 침투하라는 임무를 받았다. 비행기를 탔을 때, 그녀는 무척이나 긴장한 조종사를 봤다. 그들의 비행기가 프랑스 해안에 근접하자 지상의 고사포(비행기 공격용의 지상 화기-옮긴이)가 그들을 향해 발포했다. 다행히 조종사의 뛰어난 비행술로 포화는 피할 수 있었다. 비행기는 숲의 상공을 날다가 착륙을 시도했다. 비행기 날개를 나무 꼭대기에 가깝게 대자 나뭇잎과 가지가 쐬쐬 소리를 내며 심하게 흔들렸다. 이윽고 앞에 작은 산이 보이자 조종사는 낙하 명령을 내렸다. 버트럴은 비행기 객실 문을 열고 눈 깜짝할 사이에 뛰어내렸다. 그녀는 이렇게 해서 안전하게 프랑스 땅에 착륙했다.

시계를 보니 새벽 4시였다. 그녀는 지도와 나침반을 꺼내 투르Tours로 가는 고속도로를 찾아 조용히 움직였다. 아침 7시쯤, 그녀는 투르 기차역에 도착했다. 그녀는 불어를 유창하게 구사하며 파리행 기차표 한 장을 끊었다. 그리고 몇 시간 뒤 버트럴은 적국의 점령지인 파리에 순조롭게 도착했다.

이 시기에 파리는 공포 분위기로 가득 차 있었다. 소형 탱크가 큰길을 돌아다니면서 순찰했고, 독일 군용차도 많이 지나다녔다. 또 골목마다 독일의 나치스 친위대가 있었다. 버트럴은 특별히 조심하지 않으면 생명을 잃을 수도 있다는 사실을 잘 알고 있었다.

그녀는 커피숍을 찾았다. 대학생 때 친구로 지냈던 부부가 운영하는 커피숍이었다. 그녀가 커피숍에 들어섰을 때, 독일 병사 몇 명이 커피를 마시고 있었다. 그녀는 자리에 앉아 주인에게 전화가 있는지 물었다. 주인은 그 말의 의미를 바로 알아채고 대답했다.

"뒤편에 있습니다."

그들은 커피숍 뒤편에서 접선했다. 버트럴은 생루이스 섬Ile Saint-Louis의 아파트 경비원 자크Jacques와 연락하고 싶다고 말했다. 커피숍 주인은 그녀를 대신해 자크와 연락하고 약속을 잡았다. 버트럴은 곧 커피숍 주인 부부와 헤어지고 생루이스 섬의 아파트로 가서 자크를 만났다. 자크는 버트럴에게 중요한 정보를 알려주었다. 독일 통치에 저항하는 사람 대부분이 단독으로 일을 진행하고 있다는 것이었다. 그 사람들을 하나의 조직으로 묶으면 대규모의 막강한 조직이 탄생할 것이라고 말이다. 이밖에도 그녀는 다양한 정보를 입수할 수 있었다.

엿새가 지난 뒤 그녀는 지하철을 타고 오스텔리츠 역gare d' Austerlitz으로 가서 투르행 기차로 갈아탔다. 기차 안에도 독일 병사가 몇 명 있었지만 다행히도 그들은 이 프랑스 여인에게 관심을 보이지 않았다. 버트럴은 자신을 태울 영국 비행기가 있는 장소에 도착했다. 그녀는 손전등으로 리산더Lysanders 비행기에 신호를 보내고 무사히 비행기에 올라탔다. 런던으로 돌아온 그녀는 처칠에게 이번 파리행 작전을 보고했다.

오스틴 작전…

버트럴은 프랑스를 몇 차례 오가면서 저항 세력을 조직했다. 어느 날 처칠이 버트럴을 사무실로 불러들였다.

"아주 중요한 임무가 있는데, 꼭 자네가 해주었으면 좋겠네."

"네. 꼭 임무를 완수하겠습니다!"

"연합군은 제2차 세계대전을 준비하고 있다네. 하지만 독일이 이미 연합군의 의도를 눈치챈 것 같아. 최근에 그들이 프랑스 서해안에 방어 태세를 강화하면서 대서양에 토치카Tochka(두꺼운 철근 콘크리트와 같은 것으로 공고하게 쌓은 구축물-옮긴이)를 부설했다네. 그러자면 고급 시멘트가 대량으로 필요하지. 그들은 건축 자재 전문가들을 모아 조직을 꾸렸는데, 그중에 영국인 한 명이 있어."

"반역죄로 처리하실 건가요?"

"아니, 우리는 그를 납치하려고 하네!"

"납치요?"

적의 점령지에서 정보를 입수하는 일도 결코 쉬운 일이 아닌데, 어떻게 살아 있는 사람을 납치한단 말인가! 하지만 평소 어려운 도전을 즐겼던 버트럴은 기쁜 마음으로 그 임무를 받아들였다. 처칠은 이번 작전을 '오스틴Austin 작전'이라고 불렀다.

그 사람은 리옹Lyon에 있는 한 여관에 머물고 있었다. 하지만 독일 경찰이 삼엄하게 경비하며 그를 보호하는 통에 접근하기가 쉽지 않아 보였다.

버트럴과 소령은 완벽하게 작전을 실행하고자 계획을 세웠다. 그들은 여관 밖 하수구에 심한 악취가 나는 알약을 버리기로 했다. 그 알약이 고인 물에 녹으면서 악취를 풍겨 여관 안에까지 냄새가 퍼지면 곧 여관 주인이 하수구 배관공을 부를 것 아니겠는가! 그러면 그때 버트럴과 대원들이 배관공으로 위장해 여관 안으로 들어갈 계산이었다.

이번에도 버트럴은 공중으로 프랑스에 침투했다. 버트럴과 저항 세력 조직원들이 하수구에 알약을 넣자 여관에는 곧 심한 악취가 퍼졌고, 예상대로 독일 경비는 냄새의 원인을 찾고자 급히 배관공을 불렀다. 덕분에 버트럴과 조직원들은 무사히 여관 안으로 들어갔고, 가장 먼저 여관의 내부 구조부터 꼼꼼히 살폈다. 영국인이 묵는 방은 베란다가 있는 3층이었고, 1층에는 창문이 하나 달린 여자 화장실이 있었다. 그리고 여관 뒤편은 막다른 골목이었다.

여관 구조를 확실히 파악한 버트럴은 납치 계획을 실행에 옮겼다. 그녀는 여관에 들어가 그 영국인에게 만나자고 요청했다. 저항 세력 조직원 두 명은 여자 화장실 밖에서 기다렸고, 나머지 두 명은 3층 영국인의 방 베란다 창문 뒤에 숨어 있었다. 버트럴이 3층에 올라가 영국인의 방문을 두들기자 안에서 목소리가 들렸다.

"들어오세요!"

버트럴은 들어가자마자 방안을 살피면서 다른 사람이 없다는 것을 확인했다. 그녀는 문을 걸어 잠갔다. 그리고 문에 꽂힌 열쇠를 재빨리 뺐다. 그 사람은 몸을 돌려 버트럴에게 질문했다.

"무슨 일로 저를 찾아오셨죠? 저는 당신을 잘 모르겠는데요."

"저는 영국에서 왔습니다. 시멘트와 관련된 정보를 알고 싶은데, 도와주실 수 있습니까?"

버트럴은 빠르게 말을 마치고 긴장된 눈으로 그를 바라봤다. 그가 어떤 대답을 할지가 너무나도 중요했기 때문이다.

영국인은 침착한 말투로 말했다.

"잠시만 기다리세요. 서류를 가져다 드리겠습니다."

그는 서류를 핑계로 버트럴에게 벗어나 경찰에 신고하려 했다. 하지만 그의 행동을 예측한 버트럴은 재빠르게 창문 쪽으로 이동해 조직원에게 신호를 보냈다. 그러자 베란다 창문 뒤에 있던 조직원 두 명이 방으로 들어와 영국인을 한번에 기절시키고는 그를 차에 실어 도주했다. 그러는 사이 버트럴은 문을 잠그고 방을 빠져 나왔다. 그런데 밖에는 생각지도 못한 경비 두 명이 있었다. 그중에 한 명이 물었다.

"듣자하니 친구를 찾으러 오셨다면서요? 만나셨나요?"

"네, 찾았어요."

"그런데 왜 이렇게 급히 가시죠? 어디 가시나요?"

"저는……, 사실은 그가 저더러 오늘 밤 이곳에 있으라고 하더군요. 그래서 체크인하러 가요."

버트럴은 이렇게 대답을 대충 얼버무리고 급히 아래층으로 내려 갔다. 그녀의 심장 박동은 갈수록 빨라졌다. 그녀는 경비들이 방문이 잠긴 것을 발견하지 못하기를 바랐다. 들키면 모든 것이 수포로 돌아갈 터였다. 하지만 다행히 경비는 아무것도 눈치채지 못한 듯했다.

그녀는 1층 여자 화장실로 갔다. 원래 계획대로 창문을 통해 이곳을 빠져 나가려 했는데, 창문 유리가 두껍고 견고할 뿐만 아니라 결정적으로 이중창이었다. 버트럴은 죽을힘을 다해 창문 유리를 부수고 겨우 빠져 나와 그곳에서 기다리던 조직원과 함께 달아났다.

그들은 약속한 장소에 모두 모였고, 이로써 이번 작전을 성공적으로 완수했다.

승리를 위한 사명감…

1944년 연합군은 최고의 위장 작전을 감행했다. 이번 작전은 독일이 연합군의 상륙 지점을 노르망디Normandie가 아닌 프랑스 칼레Calais로 착각하게 하는 것이었다. 당시 처칠은 독일 로멜Rommel 전차 사단의 행방을 알고 싶어했다. 이번 상륙 작전의 성패와 직접적으로 관련되기 때문이었다.

처칠은 이번 임무도 버트럴에게 맡겼다. 버트럴은 초등학교 교장 신분으로 위장하고서 노르망디 캉Caen지역으로 갔다. 그녀는 학생들을 다른 곳으로 이동시켰다. 그리고 얼마 뒤 독일은 학생들을 징용하기 시작했다. 1944년 6월 1일에 탱크 십여 대가 초등학교 부근으로 향했다. 그중에는 독일의 최신식 타이거Tiger 전차도 있었다. 이를 본 버트럴은 분명히 근처에 독일의 전차 사단이 있을 거라는 결론을 내렸다. 오직 1급 전차 사단에서만 타이거 전차를 볼 수 있기 때문이었다.

버트럴은 커피와 포도주를 챙겨서 독일군의 지휘 부대를 찾아갔다. 가지고 간 음료를 지휘 부대의 독일인들에게 나눠주자 그들은 매우 기뻐하며 자연스럽게 버트럴과 이야기를 나누었다. 버트럴은 그들과 이야기하면서 슬쩍 벽에 붙은 지도를 보았다. 그 지도에는 깃발이 빽빽하게 꽂혀 있었다.

"이 깃발들 참 재미있네요. 무슨 용도인가요?"

버트럴은 호기심에 찬 목소리로 물었다.

"깃발들은 우리 전차 사단과 오토바이 사단의 위치를 표시해둔 거예요."

독일군이 커피를 마시다가 무심결에 대답했다. 기억력이 매우 뛰어난 버트럴은 이 지도에 표시된 깃발의 위치를 재빨리 머릿속에 넣었다. 학교로 돌아온 그녀는 좀 전에 본 지도를 종이에 다시 그리고, 학교 뒤편에 있는 나무 구멍에 숨겨두었다. 그리고 소령이 보낸 사람이 와서 그것을 가져갔다.

이 중요한 정보를 파악한 연합군은 노르망디에 상륙하기 전에 캉 지역에 전투기를 띄워 폭격하고, 독일군이 숲 속에 숨겨둔 탱크를 심하게 폭파시켜서 노르망디 상륙 작전의 성공을 확실히 했다.

버트럴은 이번에도 완벽하게 임무를 수행하고 영국으로 돌아와 처칠을 만났다. 처칠은 그녀의 성과에 칭찬을 아끼지 않았고, 연합군이 승리하는 데 일등 공신이라고 그녀를 추켜세웠다.

세균전을 막아라

독일은 '최후의 무기'를 개발했다. 비행기에서 투하한 세균폭탄 한 발로 런던 전체가 파괴될 수도 있는 무기였다. 일단 인체가 이 세균에 감염되면 대부분의 사람은 8시간 안에 죽음에 이를 정도였다. 만약 독일이 어떤 도시를 점령하고자 그 도시 상공에서 세균폭탄을 몇 발만 떨어뜨리면 그곳은 순식간에 죽음의 도시로 전락할 것이다. 도대체 어떻게 해야 영국은 물론 전세계에 재앙을 일으킬 이 '최후의 무기'를 막을 수 있을까? 이 막중한 임무를 부여받은 인물은 이제 겨우 스물두 살인 여성 워폰피Weafonphie였다.

독일 '최후의 무기'를 저지하라 …

제2차 세계대전이 거의 끝나갈 즈음에 독일군은 전쟁에서 번번이 패했지만, 히틀러는 끝까지 포기하지 않고 최후의 발악을 했다. 이때 영국 정보국 MI5는 독일이 최후의 무기인 세균폭탄을 개발해냈다는 놀라운 정보를 입수했다. 그 정보에 따르면 비행기에서 세균폭탄을 한 발이라도 투하한다면 런던 전체가 파괴될 수 있다고 했다. 인체가 일단 이 세균에 감염되면 피부에 염증이 생기고 온

몸으로 빠르게 퍼져서 8시간 안에 고통스럽게 사망할 것이라는 정보였다. 게다가 이러한 세균은 전염성이 강해서 환자와 살짝 부딪히기만 해도 쉽게 감염될 수 있다고 했다. 하지만 세균의 생존 기간은 단 3일. 만약 독일이 어떤 도시를 점령하고자 그 도시 상공에서 세균폭탄을 몇 발만 떨어뜨리면 그곳은 순식간에 죽음의 도시로 전락할 것이고, 3일 만에 독일군이 대승리를 거둘 수 있었다.

이런 정보를 입수한 MI5의 비밀요원들은 그야말로 좌불안석이었다. 그들은 긴급회의를 소집해 대책을 논의했다.

"우리가 먼저 폭격기를 동원해 공습하는 건 어떨까요?"

"그건 안 되네. 일단 독일 영토 안에 들어가면 목표물을 조준하기도 전에 독일의 레이더망에 잡혀 오히려 공격을 당할 수도 있어."

"그럼 사람을 보내 독일군 실험실을 파괴합시다."

"그거 좋은 생각이군. 하지만 세균 실험실은 독일 슈투트가르트Stuttgart에 있는 한 건물 지하에 숨겨져 있지 않나. 게다가 경비가 삼엄해서 일반인이 접근하는 것은 상상조차 할 수 없어."

그랬다. 독일연구소에서 일하는 사람은 약 50명 정도로, 모두 엄격한 심사를 거쳐 선발됐다. 그들은 출근할 때도 항상 철저한 보안 검색을 거치므로 외부인이나 낯선 사람은 절대 건물 안으로 들어갈 수 없었다.

"그럼 어쩌지?"

이번 미션의 책임자인 모슨Mawson 국장은 고민 끝에 치밀한 계획을 세웠다. 비밀요원 중에 한 사람이 연구소 직원으로 위장해 몰래 내부로 잠입한 뒤, 세균실을 폭파하는 것이었다. 그는 모든 연락망을 총동원해 독일연구소 직원들의 신상을 조사하고, 그중에서 한 명을 납치해 그와 닮은 사람을 투입하기로 했다. 그렇다면 어떤 사람을 택해야 할까? 그야 물론 평소 눈에 잘 안 띄는 사람이어야 했다. 그들은 오랜 고민 끝에 쉐리브Sherive라는 여성을 선택했다. 다행히 그녀는 차가운 성격의 소유자로 남자친구도 없고 인근에 사는 가까운 친척도 없었다. 그리고 그녀는 연구소에서 사진과 자료 관리를 담당해 실험실 국장하고도 마주칠 기회가 있었다.

이렇게 계획을 다 세웠으니 이제 가장 중요한 문제는 그녀와 닮은 사람을 찾는 일이었다. 그들은 본격적으로 쉐리브와 닮은 사람을 찾아 나섰다. 처음에 고른 비밀요원 두 명은 그녀와 생김새는 매우 비슷했지만 독일어가 영 서툴렀다. 모슨 국장은 갈수록 초조해졌다. 바로 이때 난민 대피소에 쉐리브와 똑같이 생긴 여인이 있다는 이야기를 들었다. 그녀의 이름은 위폰피. 독일에서 영국으로 도망쳐 온 유대인이었다.

위폰피는 1922년에 독일 라인 강Rhein river 근처의 작지만 아름다운 도시에서 태어났다. 부모님의 따뜻한 보살핌 속에서 행복한 어린 시절을 보낸 그녀는 대학 입학 후 학업에 전념하며 하루하루를 보냈다. 하지만 안타깝게도 그 시기에 제2차 세계대전이 발발하면서 그녀의 꿈은 산산조각이 났고, 그녀에게 남은 것은 전쟁의 고통뿐이었다. 그녀는 오직 유대인이라는 이유만으로 모진 학대를 받았다. 유명한 학자였던 그녀의 아버지는 독일인에게 살해되었고, 그녀를 데리고 간신히 영국으로 도망쳐 온 어머니 역시 얼마 지나지 않아 세상을 떠났다. 그녀는 참으로 가여운 여인이었다.

정보를 입수한 모슨 국장은 황급히 난민 대피소로 향했다. 그리고 그는 위폰피를 처음 보자마자 깜짝 놀랐다. 사진 속 쉐리브와 너무나도 똑같았던 것이다!

모슨 국장은 그녀에게 말을 걸었다.

"나는 MI5 요원이오. 당신을 영국의 스파이로 키우고 싶은데 할 생각이 있소?"

그녀의 부모님은 모두 나치의 학대로 죽었다. 그래서 평소에도 나치에 원한이 깊었던 그녀는 국장의 말이 끝나기가 무섭게 바로 동의했다.

"이건 매우 위험한 일이라 항상 생명의 위협을 받게 될 것이오. 우리는 이 일을 억지로 시키고 싶진 않소."

"아니에요, 할게요. 그들에게 꼭 복수하고 싶어요."

"독일어는 어느 정도로 할 수 있죠?"

"어렸을 때부터 독일에서 살았으니 문제없어요."

"그렇다면 우리는 당신에게 모든 희망을 걸겠소. 하지만 당신이 받아야 할 훈련은 정말 고되고 견디기 힘들 거요. 반드시 이겨내길 바라오."

"걱정 마세요. 실망시키지 않을 테니까요."

이렇게 해서 위폰피는 MI5에 들어가게 되었다. 그녀는 정말 혹독한 훈련을 거쳤다. 세균학 관련 지식을 쌓고 현미경 사진술과 자료 처리 방법 등을 배웠을 뿐만 아니라 총 다루는 법, 폭파법, 낙하산 사용법, 실전 격투와 통신 기술 등 다양한 훈련을 거치면서 그녀는 완벽한 스파이로 성장해 갔다. 부모님의 원수를 갚기 위해 그녀는 매일 4시간만 자고, 나머지 시간에는 훈련에 온 힘을 쏟았다. 훈련이 무척 고되긴 했지만 끝까지 이를 악물고 버텼다. 결국 그녀는 스파이로서 매우 뛰어난 능력을 갖추게 되었다. 이런 그녀에게 국장은 칭찬을 아끼지 않았다.

"이건 기적이나 다름없어! 역사상 이렇게 혹독한 훈련 과정을 이겨낸 여성은 없을 거야."

쉐리브로 변신하라…

1944년 2월, 위폰피는 군용 비행기에 올라 홀로 호랑이 굴로 걸어 들어가는 여정을 시작했다. 그녀는 자신의 유년시절을 떠올렸다. 그리고 자기를 끔찍이도 아끼는 부모님을 생각하며 속으로 굳게 다짐했다.

'부모님을 대신해서 꼭 그들에게 복수하겠어요. 무슨 일이 있어도 이번 임무는 반드시 성공할게요!'

낙하지점에 도착한 그녀는 가지고 온 물건을 점검한 뒤 비행기 객실 문 앞에 섰다. 그녀는 한 치의 망설임도 없이 용감하게 뛰어내려 성공적으로 접선 장소에 낙하했고, 그녀를 마중 나온 연합국 스파이 요원 오버Ober와 접선했다. 그녀는 오버가 운전하는 차를 타고 슈투트가르트를 지나 어떤 오래된 건물에 도착했다. 오버를 따라 내려간 지하실에는 납치된 아가씨가 한 명 있었다. 위폰피가 도착하기 전에 MI5 요원이 이미 쉐리브를 성공적으로 납치한 것이었다. 실내의 어두컴컴한 불빛이 쉐리브의 얼굴을 비추자 위폰피는 너무 놀라서 자기도 모르게 소리를 질렀다. '어쩜 이리도 나랑 닮았지?' 쉐리브의 입에는 테이프가 붙여져 있었다. 위폰피는 한동안 눈을 크게 뜨고 자신과 꼭 닮은 그녀를 바라봤다.

오버가 쉐리브의 입을 가린 테이프를 떼어내면서 말했다.

"쉐리브 씨, 두려워하지 않아도 됩니다. 당신이 협조만 잘해준다면 우리는 절대로 당신을 해치지 않을 겁니다. 하지만 당신이 괜히 허튼 생각을 했다가는 우리도 당신을 어떻게 할지 모릅니다."

이렇게 말을 끝낸 그는 위폰피에게 고개를 끄덕여 보이며 시작하라고 했다.

위폰피는 쉐리브에게 말했다.

"걱정하지 마세요. 지금부터 제가 하는 질문에 솔직하게 답해주기만 하면 당신은 무사할 거예요."

위폰피는 쉐리브의 맞은편에 앉아 질문하기 시작했다.

"고향이 어디죠?"

"당신들이 그걸 알아서 뭐하게요?"

"그건 당신이 상관할 바가 아니에요. 많이 알면 다칠 수 있어요."

그녀는 쉐리브의 일상생활, 일, 동료, 친구 등 그녀에 관한 모든 것을 자세하게 물어봤다. 심지어는 출근하는 방법과 동료의 취미, 실험실 구조 등 아주 사소한 사항까지 모두 물어봤다. 그녀는 질문하는 내내 중요한 것을 기록해 두었다. 자세히 물어보고 치밀하게 준비해야 나중에 작전을 펼칠 때 실수를 덜할 것이라고 생각했기 때문이다.

시간은 빠르게 지나갔고, 어느새 날이 밝았다. 그녀는 고개를 들어 다시 쉐리브의 눈을 보았다. 그런데 생각지도 못하게 쉐리브의 오른쪽 눈가에 피멍이 들어 있었다. 그녀는 다급하게 물었다.

"이게 어떻게 된 거죠?"

"그게……."

"여기에서 나가고 싶다면 빨리 대답해요!"

"사실은 그저께 커피숍에서 어떤 남자가 제게 오더니 머뭇거리는 태도로 같이 식사나 하자고 그러더군요. 거절할 도리가 없어서 그와 함께 밥을 먹었죠. 그리고는 그가 절 집까지 데려다주었는데, 문 앞에서 억지로 키스를 하더니 저와 관계를 맺으려고 덤벼들었어요."

쉐리브는 끔찍한 그때가 떠올랐는지 잠시 머뭇거리다가 다시 말을 이었다.

"그건 너무한 거잖아요. 우린 그날 처음 만났다고요. 게다가 전 그가 별로 맘에 들지도 않았어요. 그래서 완강하게 거부를 했지만 그는 계속 들러붙었지요. 어쩔 수 없이 그에게 신고하겠다고 말하자 그는 화를 내면서 주먹으로 제 눈가를 때렸어요. 다음 날 회사에서 동료가 무슨 일이냐고 물었을 때, 저는 창피한 마음에 그냥 넘어졌다고 둘러댔어요."

"실험실 책임자는 누구죠?"

"실험실 주임은 헨네Henne 박사예요."

"헨네 박사는 어떤 사람이죠?"

"예순이 넘은 노인이죠. 아주 오래 전에 아내와 사별했어요. 그는 항상 제게 예쁘다면서 관심을 보였어요. 할 말이 없어도 일부러 말을 시킬 정도였죠."

위폰피는 고개를 끄덕였다. 이때 오버가 오더니 그녀를 재촉했다.

"빨리 끝내, 이제 출근할 시간이야."

그녀는 알았다며 일어나 오버에게 말했다.

"여기 오른쪽 눈가에 피멍 보이죠? 남자한테 맞아서 이렇게 된 거래요. 당신이 날 좀 도와줘요."

오버는 그녀의 말을 이해했다.

"그럼 날 원망하지 말라고."

말이 끝나기가 무섭게 그는 그녀의 오른쪽 눈가를 주먹으로 때렸다. 위폰피는 잠시 머리가 빙빙 돌더니 눈물이 날 정도로 아팠다. 하지만 그녀는 꾹 참고 오른쪽 눈을 문지르며 거울을 보았다. 이제 그녀는 쉐리브로 완벽하게 변신했다. 그리고 이제는 그녀가 오버를 재촉했다.

"갑시다!"

세균 실험실로 잠입하라···

오버는 차를 몰아 위폰피를 쉐리브의 집으로 데려다주었다.

"도움이 필요하면 창문에 손수건을 걸어둬!"

"알겠어요."

오버가 떠나자 위폰피는 서둘러 쉐리브의 옷으로 갈아입고 출근했다. 실험실에 거의 다 와 가자 많은 사람이 그녀에게 인사했고, 그녀도 웃으며 반갑게 인사했다. 한 여자 직원이 다가오더니 그녀에게 물었다.

"너 눈 괜찮은 거야?"

위폰피는 동료와 담소를 나누면서 2층짜리 빨간 건물 쪽으로 갔다.

'이곳이 바로 비밀 실험실이구나.'

경비로 보이는 남녀 한 쌍이 완전 무장을 하고 문 앞에 서서 실험실에 들어가는 사람들을 일일이 검문했다. 위폰피가 문 앞에 다가가자 여자 경찰이 온몸을 수색하고는 곧 손을 흔들어 출입을 허가했다. 그녀는 동료를 따라 자신의 사무실에 들어갔다. 그녀는 사무실에 들어가자마자 바로 주위 환경에 익숙해지려고 노력했다. 그리고 모든 사진과 자료를 정리하면서 나중에 조회할 때에 대응하고자 그것들의 이름을 외웠다.

오후에 그녀는 전화를 한 통 받았다

"지금 바로 AX5 사진 가지고 내 사무실로 좀 올라오게."

그녀는 전화를 건 사람이 다름 아닌 헨네 박사라는 걸 눈치챘다. 이제 본격적인 작전을 시작한다고 생각하니 감격스럽고 긴장감이 감돌았다. 그녀는 자료와 사진을 챙겨서 바로 헨네 박사의 실험실로 갔다. 노크를 하자 문에 불빛이 켜지더니 자동으로 열렸다가 그녀가 들어가니 또 자동으로 잠겼다. 그녀를 보고 넓은 책상 앞에 앉아 있던 헨네 박사가 자리에서 일어났다. 안경을 쓴 그는 지식인의 분위기가 풍겼다. 비록 머리카락은 희끗희끗했지만 얼굴은 꽤 동안이어서 나이만큼 늙어 보이지는 않았다.

"쉐리브, 오늘도 아름답군. 잘 지냈나?"

헨네 박사가 웃으며 물었다. 그는 자료에는 전혀 관심이 없는 듯 보였다.

"늘 똑같죠, 뭐. 박사님은 오늘따라 유독 기분이 좋아 보이시네요."

그녀는 박사의 기분을 맞추려 애썼다.

"당신을 만나서 그렇지. 난 당신 얼굴만 보면 기분이 좋아진단 말이지."

"농담도 잘하세요."

"농담이라니, 아니야. 진심이라고. 당신은 얼굴도 예쁘고 몸매도 좋고, 또 웃는 모습은 얼마나 매력적인지. 당신을 보면 늘 흥분돼."

쉐리브에게 푹 빠진 박사는 그녀의 얼굴을 바라보며 말을 했다.

"박사님, 자꾸 그렇게 말씀하시니 제가 어찌할 바를 모르겠어요."

그녀는 부끄러운 듯 붉어진 얼굴로 대답했다.

그녀가 수줍어하자 헨네 박사는 그녀가 더 귀엽게 느껴졌다.

"이리와."

그는 그녀의 손을 잡더니 부드럽게 안았다.

"난 요즘 정말 생활이 팍팍해. 외롭단 말이지."

속마음이야 그를 뿌리치고 따귀나 한 대 때리고 싶었지만 그녀는 자신의 임무를 위해 꾹 참았다.

"예전부터 박사님을 존경했어요."

"그래?"

헨네 박사는 그 말에 무척이나 좋아하더니 갑자기 그녀를 자신의 품으로 끌어당기고는 강렬한 키스를 퍼부었다. 위폰피는 혐오감으로 구역질이 날 정도였다. 그런데 헨네의 손이 어느새 뱀처럼 그녀의 치마 속으로 향했다.

"안 돼요!"

그녀는 박사의 손을 뿌리쳤다.

"박사님, 너무 빠른 거 같아요."

그녀는 자신의 옷을 단정하게 정리하고서 말했다.

"이제 가봐야겠어요. 너무 오래 있으면 다른 사람들이 의심할지도 몰라요."

헨네 박사는 아쉬워하는 얼굴이었지만 어쩔 수 없이 그녀를 돌려보내주었다.

기밀 입수…

그날 이후로도 위폰피는 헨네 박사와 자주 만났고, 항상 최후의 선은 지켰다.

1944년 3월 위폰피는 MI5에서 4월 5일 전까지 헨네 박사의 연구 자료를 불태우라는 명령을 받았다. 그녀 역시 박사의 자료를 불태워야만 큰 재앙을 피할 수 있겠다고 생각했고, 마침내 헨네 박사의 비밀 금고를 열기로 결심했다. 그녀는 밤이 깊었는데도 잠들지 않고 화장대 앞에 앉아 투명한 거울에 비친 자신을 바라보았다. 거울 속 여인은 아름답고 우아했지만 두 눈에는 근심이 가득했다.

"내가 왜 이 일을 해야 하는 거지? 이게 그만한 가치가 있을까?"

그녀는 자신에게 물었다.

"그래. 죽음을 각오하고 이 일을 하는 거야. 그러니까 그만한 가치가 있어. 망설이지 말자."

그녀는 수천만 명의 목숨을 살리고자 반드시 이 임무를 성공적으로 수행하겠다고 마음먹었다.

점심을 먹은 지 얼마 지나지 않아 헨네 박사가 전화를 걸었다. 그는 야근을 자주 해서 사무실에 침대를 마련해 두고 있었다. 그는 그녀가 헨네의 사무실에 들어서자마자 껴안고 키스를 퍼부었다. 그리고는 그녀를 침대에 눕혔다. 위폰피는 이번에는 거절하지 않았다. 그녀는 눈을 질끈 감았다. 헨네가 그녀의 옷을 벗기고 막 덮치려 할 때, 위폰피는 그를 막았다.

"박사님, 저를 정말 사랑하시나요?"

"당연하지, 그런 건 물어볼 필요도 없어."

"그럼 부탁 하나 해도 될까요? 들어주실 거죠?"

"내가 할 수 있는 일이라면 뭐든지 들어줄게!"

"좋아요. 그럼 당신을 시험해 보겠어요."

위폰피는 주위를 둘러보다가 말했다.

"비밀 금고 좀 열어주세요. 안에 뭐가 들어 있죠?"

"그 안엔 좋은 물건 따위 없어."

"보여주고 싶지 않은 거로군요? 저도 안 보면 그만이에요. 당신은 역시 제가 소중하지 않은 거죠? 저는 그저 아무 부탁이나 해서 당신이 들어줄 수 있나 시험해본 것뿐이었는데 이제 확실히 알겠네요. 이렇게 작은 부탁도 들어주실 수 없다니. 제가 보기엔 박사님은 저를 조금도 사랑하지 않는 거 같아요."

말을 끝낸 그녀는 옷을 입으며 가겠다고 말했다.

"에이, 왜 그래? 저 금고 안에는 기밀 문서가 있단 말이야. 그러니 당신에게는 쓸모없는 것들이야. 하지만 당신이 정말 보고 싶다면 보여줄게."

헨네는 그녀를 달래려고 얼른 비밀 금고를 열었다.

"자, 봐봐. 내 말이 맞지?"

그녀의 예상대로 비밀 금고에는 서류와 샘플이 차곡차곡 쌓여 있었다.

"이게 다 무슨 자료예요?"

"이건 내가 최근에 연구한 세균 배양 방법, 성장 과정 등을 기록한 자료야. 내 피와 땀의 결정체라 할 수 있지. 상부에서도 이 자료의 안전을 매우 중요하게 생각하고 있어."

"좋아요. 안 볼래요."

이 말을 들은 헨네는 기쁜 표정이 되어서는 그녀를 안고 다시 침대로 올라갔다.

세균 박사와 함께 죽음을 택하다 …

문제는 이제부터였다. 영국인과 전세계인에게 재앙을 가져다줄 그 실험실을 어떻게 폭파시키느냐가 가장 큰 문제였다. 위폰피는 베란다 창문에 흰 손수건을 내걸었다. 그러자 오버가 그녀의 손수건을 보고 급히 달려왔다.

"오버, 실험실을 폭파해야겠어요. 그 물건이 보관된 장소는 이미 파악했으니, 이제 필요한 것은 폭약이에요."

"알았어. 내가 준비할게. 그런데 혼자 할 수 있겠어? 아니면 내가 같이 할까?"

"아니에요. 혼자면 충분해요."

"그래. 한 시간 뒤에 폭약을 가지고 오지."

한 시간 뒤에 오버가 폭약을 가져왔다.

"꼭 조심해야 해."

"본부에 제 대신 전해줘요. 반드시 임무를 완수하겠다고 말이에요. 그리고 만약에…… 제가 희생되더라도 저 때문에 슬퍼하실 건 없어요. 다 제가 자원한 일이니까요."

오버가 떠나자 위폰피는 파이 사이에 폭약을 숨겼다. 다음 날 그녀는 파이를 가지고 출근해서 오후에 그걸 들고 헨네의 사무실로 갔다. 이번에도 어김없이 헨네 박사가 그녀에게 키스할 때, 그녀는 마취제를 뿌린 손수건을 꺼내 그의 얼굴을 가리고 온 힘을 다해 그의 입을 막았다. 헨네 박사는 곧 기절했다.

그녀는 박사의 옷에서 열쇠를 꺼내 지난번에 헨네 박사가 열어 보여주었던 비밀 금고를 찾아내고 문을 열었다. 그녀는 서류와 약품 사이에 폭약을 두고 문을 잠갔다. 일 분 뒤면 자동으로 폭약이 터질 것이었다. 위폰피는 모든 일을 끝내고 급히 헨네 박사의 사무실을 빠져 나왔다.

"펑!"

폭발음이 울려 퍼졌다.

"무슨 일이지?"

사무실 앞을 지키고 있던 경비가 달려왔다.

"헨네 박사님께서 또 무슨 실험을 하시나 봐요."

그녀는 이 말을 한 후 급히 달아났다. 이를 수상하게 여긴 경비는 그녀 뒤를 쫓아갔다.

"거기서! 저 여자를 잡아!"

결국 그녀는 붙잡히고 말았다.

그들은 그녀를 교도소로 보내 잔혹한 고문을 가했다. 하지만 그녀는 아무것도 털어놓지 않았다.

어느 날 교도소 문이 열리더니 나이가 지긋한 노인이 들어왔다. 바로 헨네 박사였다. 며칠 사이에 더 늙은 듯한 그는 다정하게 위폰피의 양 손을 잡으며 걱정스러운 말투로 말했다.

"고생하는구나."

"제가 원망스럽지 않아요?"

"아니, 전혀. 내가 어떻게 당신을 미워할 수 있겠어. 메마른 내 삶에 단비를 내려준 당신인걸. 난 당신 덕분에 황혼의 즐거움과 행복을 느꼈어. 진심으로 당신을 사랑했어."

그는 위폰피를 바라보면서 말을 이었다.

"왜 내 실험 자료를 없앤 거지?"

"당신의 실험 자료는 세균전 계획에 이용될 뻔했어요. 그로 말미암아 수많은 사람들이 무고하게 생명을 잃을 수도 있었다고요."

"알았어. 이제 그만해. 나도 이 일로 이미 충분히 고통받았어. 하지만 나로서는 방법이 없어. 그들이 내게 당신의 자백을 받아내라고 강요했어. 나는 당신을 미워하거나 원망하지 않아. 당신이 옳았어. 하지만 헛수고가 됐어."

"왜죠?"

"그 물건을 다시 만들라고 강요받았거든."

"아니, 어떻게 그런 일이……."

"사랑하는 당신, 당신은 그냥 내가 미워서 그 물건을 없애려 한 거라고 진술해. 그러면 당신을 풀어줄 거야."

위폰피는 허탈한 웃음이 나왔다.

'헨네 박사가 살아있는 한 세균전의 계획은 계속될 거야.'

그녀는 재빠르게 머리를 굴려 그 상황을 막을 방안을 생각해냈다.

"사랑하는 박사님, 아직도 저를 사랑하시나요?"

"물론이지, 처음부터 지금까지 쭉 당신을 사랑했지."

"그럼 제게 다시 키스해 주세요."

이 말을 들은 헨네 박사는 감동의 눈물을 흘렸다. 그는 그녀 역시

자기를 사랑한다고 생각한 것이다. 그는 위폰피를 끌어안고 진심 어린 키스를 했다. 그녀는 자신의 입 안에 숨겨두었던 독약을 힘껏 깨물어서 반쪽을 세균 박사의 입 속으로 넣었다. 곧 세균 박사의 얼굴은 새하얗게 질렸고, 의아해하며 그녀를 쳐다봤다.

"당신이, 당신이 어떻게 내게……."

위폰피 역시 통증을 느끼면서 힘겹게 대답했다.

"수천만 명의 목숨을 세균전에서 구해내려면 저는…… 이렇게 할 수밖에 없어요."

바닥에 쓰러진 그녀는 세균 박사가 입에서 붉은 거품을 내뿜으며 경련을 일으키다가 끝내 죽음을 맞는 모습을 끝까지 모두 지켜봤다. 그리고 박사의 죽음이 확실해지자 입가에 미소를 띠더니 안심하고 눈을 감았다.

박사와 함께 희생된 위폰피. 스물두 살의 고귀한 생명은 영국 정보기관의 임무를 성공적으로 완수했다.

일본의 양대 여성 스파이

가와시마 요시코(川島芳子)와 미나미죠 구모코(南造云子)는 유명한 일본 최고의 여성 스파이이다. 그녀들은 특히 중국에서 끊임없이 수많은 악행을 저질렀다. 가와시마 요시코는 남장미인, 방탕한 여인, 절세미인 등으로 유명하다. 그리고 미나미죠 구모코는 두 번에 걸쳐 장제스(蔣介石) 암살을 시도했고 국민당 고관을 매수했으며, 우쑹커우(吳淞口) 요새의 군사 정보를 취득하는 등의 활동을 펼쳐 자국에서 매우 노련한 여성 스파이로 인정받았다. 하지만 한 명은 총살되었고, 한 명은 상해 번화가에서 타살로 사망하여 결말은 좋지 않았다. 그녀들은 대체 무슨 일을 저질렀던 것일까?

1906년 가와시마 요시코는 청(淸)나라 제2대 황제 태종의 맏아들인 호격(豪格)의 10대손, 숙친왕(肅親王)의 딸로 태어났다. 숙친왕은 당시 수도경찰국의 우두머리였다. 그는 절친한 친구였던 베이징(北京) 내 일본 경찰국 국장 가와시마 나니와(川島浪速)에게 아끼는 딸을 양녀로 보냈다. 가와시마 나니와는 양녀에게 동방의 보배가 되라는 의미로 도우친(東珍)이라는 이름을 지어주었다.

··· 가와시마 요시코

도우친은 일곱 살 때 양부를 따라 일본으로 건너갔다. 일본 닌자 집안 출신인 가와시마 나니와는 항상 중국에 대한 적대감이 머릿속에 가득 차 있었다. 그는 도우친에게도 이런 사상을 계속해서 주입시켰다. 나중에 그는 도우친에게 다시 나카코(良子)라는 이름을 지어주었지만, 사람들은 나카코를 요시코로 불러 결국 그녀의 이름은 가와시마 요시코가 되었다.

가와시마 요시코는 타고난 미인이었다. 고등학교 시절, 그녀는 꽃처럼 아름다워 당대 최고의 미인이라는 말까지 들을 정도였다. 당시 가와시마 집에 온 젊은 남자들은 사실 가와시마에게 볼일이 있다기보다는 그의 딸 가와시마 요시코를 보러 온 것이라 해도 과언이 아니었다. 가와시마 요시코는 어렸을 때부터 성격이 거칠고 자유분방했다. 더군다나 가와시마 나니와가 그녀를 사내아이처럼 키운 탓에 그녀는 항상 옷차림도 여느 평범한 여자아이와 달랐다. 그녀 역시 여성스러운 옷차림보다 남장을 더 좋아했고, 머리도 사내아이처럼 잘랐다. 그녀는 중고등학교 시절에 이미 말을 타고 학교에 다녔는데, 때로는 말을 제대로 묶어두지 않아 그 말이 운동장 여기저기를 마구 뛰어다니면서 학교를 엉망으로 만든 적도 있었다.

또 그녀가 남장한 채로 여탕에 들어가서 그 안에 있던 여자들이 갑작스러운 '남자'의 출현에 너무 놀라 소리를 지르는 일도 종종 있었다.

1927년에 스물한 살이 된 가와시마 요시코는 양부의 뜻에 따라 몽고의 독립 운동 수장인 바부자부(巴布紮布)의 아들 간쮀얼자부(甘珠兒紮布)와 정략결혼을 하게 되었다. 간쮀얼자부는 일본 육군사관학교 졸업생이었다. 신혼 첫날밤 가와시마 요시코는 남편에게 아주 당당히 말했다.

"난 나만의 자유가 있어요. 그러니 당신이 내 자유를 간섭하는 것은 절대로 용서 못 해요."

그녀의 으름장에 남편은 어안이 벙벙했다. 결국 2년 뒤 가와시마 요시코는 남편과 이혼하고 다시 도쿄(東京)로 돌아갔다.

1928년 일본 관동군(關東軍)은 둥베이(東北) 지역 군벌인 장쮀린(張作霖)을 비밀리에 제거하려고 계획을 세웠다. 관동군 특무처는 이를 실행하고자 홋타 마사카츠(堀田正勝) 소령을 파견해 그의 스승인 가와시마 나니와에게 부탁을 했다. 그의 양딸 가와시마 요시코를 펑톈(奉天 지금의 선양瀋陽-옮긴이)으로 보내서 대일본 제국의 이익을 위해 관동군의 비밀 임무를 수행하게 하라고 설득한 것이다. 그런데 설득을 하기도 전에 그녀가 먼저 이 일을 하고 싶다고 의사를 밝혀 양부는 생각보다 쉽게 그녀를 임무에 투입시킬 수 있었다.

가와시마 요시코는 친부모를 만난다는 핑계로 둥베이로 갔다. 하지만 사실 그녀의 진짜 목적지는 뤼순(旅順)이었고, 생부는 만나지도 않았다. 그녀는 다롄(大連)에 머물며 시간을 최대한 활용해 둥베이군 정보를 수집했다. 다행히도 청나라 황실의 피를 이은 공주의 의심스러운 행방은 펑톈군 정보부의 주의를 끌지 않았다. 가와시마 요시코는 그 아름다운 외모로 장쉐량(張學良)의 시종부관 정모(鄭某)를 유인해 장쭤린이 기차를 타고 랴오닝(遼寧)으로 돌아온다는 구체적인 노선과 일정을 알아냈고, 이를 관동군 본부에 상세히 보고했다.

1928년 6월 4일 새벽 5시경, 둥베이 지역 군벌 장쭤린이 황고둔(皇姑屯)에서 폭발로 사망했다. 일본 관동군의 음모가 성공한 것이다! 이 일은 가와시마 요시코의 공이 매우 컸다.

1930년에 가와시마 요시코는 상하이(上海)로 갔다. 이제 완벽한 일본 스파이가 된 그녀는 상하이의 호화로운 한 무도회에서 국민당 입법원장인 쑨커(孫科)를 유혹해 그의 여비서가 되었다.

어느 날 쑨커의 책상 위에 있던 문서와 비밀 전보가 온데간데없이 사라졌다. 쑨커는 자신의 비서를 조금도 의심하지 않았지만 가와시마 요시코는 국민당 정보기관에 발각되어 체포되고 말았다. 그녀는 곧 행정원장(行政院長) 왕징웨이(汪精衛)에게 인정을 호소하는 편지를 썼다. 사실 왕징웨이는 섭정(攝政 임금을 대신하여 정치함-옮긴이)을 하는 왕을 암살하려다 체포되었지만, 그의 인물됨을 믿었던 숙친왕이 도움을 주어 석방된 적이 있었다. 그래서 그녀의 편지를 본 왕징웨이는 곧 자신의 인맥을 총동원해 그녀를 보석으로 풀어주었다.

1931년 일본 특무부 우두머리인 도이하라 겐지(土肥原賢二)는 톈진(天津)으로 가면서 상하이에 있던 가와시마 요시코를 데려갔다.

당시 둥베이 지역의 만주국 황제였던 푸이(溥儀)는 너무 급하게 움직이는 바람에 황후 완룽(婉容)을 톈진에 두고 왔다. 이를 안 일본은 가와시마 요시코에게 완룽을 창춘(長春)으로 보내라고 지시했다. 화려하게 치장한 가와시마 요시코는 수많은 검문을 무사히 통과해 마침내 황후를 만났다. 그리고는 만주에 있는 푸이를 만나러라며 수차례 그녀를 설득했고, 결국 황후는 만주행을 택했다. 여기서 특이한 점은 가와시마 요시코가 황후에게 자신처럼 남장을 하고 가자고 제안한 점이다. 그녀는 황후를 차에 태우고 톈진을 나서는 길에 여러 차례 검문을 받았지만 그때마다 침착하게 대응해 무사히 황후를 일본 포함(砲艦 대포를 갖추고 강기슭이나 해안의 수색과 정찰 및 경비를 맡아보는 날쌔고 작은 군함-옮긴이)에 태우고 둥베이로 빼돌릴 수 있었다.

가와시마 요시코는 일본 군정부의 최고 고문인 타다 하야오(多田俊) 소장과 전부터 잘 알고 지냈다. 그녀는 타다 하야오의 목을 껴

··· 1933년 찍은 사진. 가와시마 요시코, 간쭈얼자부, 미산롄장
(사진 왼쪽부터)

안거나 그의 무릎에 앉아 '아버지'라 불렀다. 이렇게 친밀한 그와의 관계 덕분에 가와시마 요시코는 안국군(安國軍) 총사령관으로 임명되었다. 가와시마 요시코는 병사를 모집해 '5,000병력'이라 불리는 부대도 조직했다. 그리고 자신의 이름을 중국식으로 '진비후이(金壁輝)'라고 바꾸면서 진(金)사령관이라는 직함을 얻었다. 진사령관의 어깨 견장에는 별이 세 개나 달렸고, 그녀는 항상 허리에 권총을 차고 말을 타며 위풍당당한 모습을 보였다. 그녀는 어느새 '만주의 마녀'가 되었다. 그러나 오합지졸에 불과했던 이 부대는 소리 소문 없이 금세 사라져버렸다. 항상 문제를 일으킨다는 이유로 관동군이 부대를 급히 해산한 것이었다. 결국 그녀는 혼자 톈진으로 돌아가 동흥루(東興樓)의 여사장이 되었고, 1944년에는 베이징 둥청(東城)구 38번지로 거처를 옮겼다. 하지만 그녀는 1945년 체포되어 1948년 3월 25일에 총살당하고 말았다.

미나미죠 구모코는 가와시마 요시코만큼 유명한 일본 최고의 여성 스파이이다. 미나미죠 구모코는 일본인으로, 1909년에 중국 상하이에서 태어났다. 그녀의 아버지 미나미죠 지로(南造次郎)는 일어 학교 교사로 위장하고 중국에 잠복해 있던 일본 스파이였다. 그래서 그녀는 어렸을 때부터 부친의 영향으로 군국주의 사상이 짙었다. 열세 살이 되던 해에 그녀는 스파이 학교 수업에 참가하고자 일본에 갔다. 당시 그녀의 스승은 바로 도이하라 켄지. 그곳에서 그녀는 중국어, 영어 등 외국어와 각 나라의 문화를 배웠을 뿐만 아니라 사격과 폭파, 변장, 독살과 같은 전문 기술도 익혔다.

스파이 학교를 졸업한 뒤 그녀는 도이하라 켄지의 지시로 중국

다롄으로 가 관동군 본부에서 스파이 활동을 시작했다. 3년이 지난 어느 날 도이하라 켄지는 미나미죠 구모코에게 중요한 임무를 내렸다.

"우린 장제스 주변에 스파이를 심어두려고 해. 국민당의 심장부에 침투하는 일이지. 이 임무를 자네에게 맡기려고 하네."

"걱정하지 마세요. 실망시켜 드리지 않을게요."

미나미죠 구모코는 난징(南京)에 있는 탕산(湯山) 온천 숙소를 찾아가 숙소 소장에게 일자리를 부탁했다.

"집이 망해서 어쩔 수 없이 학업을 그만뒀어요. 그래서 이곳에서 일하고 싶어요."

소장은 예쁘장하게 생긴 미나미죠 구모코의 외모와 가무에 능하다는 말에 혹해 손님들에게 인기가 있겠다 싶어서 규정에 따라 신분을 확인해야 하는 절차도 거치지 않고 바로 종업원으로 채용했다. 이 숙소는 국민당 국방부 전용 숙소여서 비밀 군사 회의는 항상 여기에서 열렸다. 또 저녁마다 파티가 열려 국민당 군사 행정계 인물들이 대거 참석했다. 이런 이유로 일찍부터 일본 특무기관이 탕산을 주시하며 기회를 엿보고 있었다. 미나미죠 구모코는 리아오야촨(廖雅權)이라는 이름으로 이곳에서 일했다. 대개 남자 손님들의 주머닛돈에만 관심을 두는 다른 여종업원들과 달리, 그녀는 그들이 다루는 군사 기밀에 관심이 많았다. 미나미죠 구모코는 외모가 아름다울 뿐만 아니라 사람들과 교제하는 수완도 탁월했다. 덕분에 그녀는 자신의 아름다운 외모로 중국 군관을 유혹해 아주 손쉽게 중요한 군사 정보를 얻을 수 있었다. 그중에는 우쑹커우 요새 사령부가 국방부에 보고한 포대 군사 설비 확장에 관련된 보고서도 있었다. 그 보고서에는 포대의 위치와 포병 분포 상황, 비밀 지하 통로의 배치, 토치카 70여 개의 분포 위치 등 중요한 군사 기밀이 담겨 있었다.

숙소에서는 여느 때와 다름없이 파티가 열렸다. 이때 무대에서 춤추는 남녀를 날카로운 눈으로 바라보는 한 남자가 있었다. 그 사람은 바로 장제스의 기밀 담당 비서인 황쥔(黃浚)이었다. 일본 와세다(早稲田) 대학을 졸업한 재원인 그는 춤추는 여자들이란 하나같이 똑같아서 지루하다고 생각하고 있었다. 그때 그의 등 뒤에서 감미로운 목소리가 들려왔다.

"안녕하세요, 잠시 앉아도 될까요?"

황쥔이 뒤를 돌아보자 눈앞에 빛이 날 정도로 아름답고 신선해 보이는 여자가 서 있었다. 그녀에게 첫눈에 반해버린 그는 흔쾌하게 좋다고 대답했다. 황쥔의 마음을 사로잡은 그녀가 바로 미나미죠 구모코였다. 그녀는 부드러운 목소리로 그에게 물었다.

"왜 춤을 안 추세요?"

"당신이 오기 전까지 적당한 파트너를 찾지 못했거든요."

"어머, 그러셨어요? 그럼, 저랑 같이 추실래요?"

"물론이죠. 좋아요."

그들은 다정히 손을 잡고 무대로 나갔다. 분위기가 무르익자 황쥔이 자연스럽게 말을 걸었다.

"이름이 뭐예요?"

"저는 리아오야촨이에요."

"참 예쁜 이름이네요. 저는 황쥔입니다. 여기서 일하세요?"

"네."

"잘됐네요. 혹시 금붕어 키울 줄 아세요?"

"네? 금붕어요? 당연히 키울 줄 알죠. 어렸을 때부터 키웠거든요."

"제가 요즘 집에서 금붕어를 키우거든요. 나중에 시간 있을 때 저희 집에 오셔서 한 수 가르쳐줄래요?"

"좋아요."

"그럼 약속한 거예요."

며칠 뒤 미나미죠 구모코는 황쥔에게 연락했다.

"지난번에 금붕어 키우는 법 좀 가르쳐 달라고 하셨죠? 오늘 시간이 되는데, 댁에 찾아갈까요?"

"물론이죠. 지금 어디에 계세요? 제가 모시러 갈게요."

"네. 그럼 기다릴게요."

얼마 지나지 않아 미나미죠 구모코는 황쥔이 사는 재외공관에 도착했다. 특별히 신경 써서 치장한 미나미죠 구모코는 그야말로 온몸으로 싱싱한 젊은 매력을 뿜냈다. 마치 이제 막 피어나려는 꽃봉오리와도 같았다. 황쥔은 그녀를 자신의 서재로 데리고 갔다. 그곳에 진귀한 금붕어가 있는 어항이 있었지만 그들은 금붕어 이야기는 단 한 마디도 하지 않았다. 황쥔이 건네준 커피를 마신 미나미죠 구모코는 커피맛이 좀 이상하다는 생각에 슬며시 웃음이 났다. 황쥔이 커피에 흥분제를 넣었다는 걸 눈치챈 것이었다. 사실 그녀는 이런 거 없이도 그와 잘 수 있었는데 말이다. 예상대로 한 잔을 다 마시기도 전에 그녀는 정신이 혼미해졌고 황쥔은 이 틈을 타 재빨리 그녀를 침대에 눕혔다. 섹스가 끝나고 황쥔은 눈물을 보인 미나미죠 구모코를 달랬다.

"당신을 정말 사랑해. 평생토록 변치 않고 당신만 바라보며 잘할게."

미나미죠 구모코는 결국 대어를 낚았다. 손쉽게 황쥔을 매수한 것이다.

"제 친척 중에 상인이 있는데 비밀 정보 좀 알았으면 해요. 도와줄 수 있죠?"

"물론이지. 그 정도야 문제없어."

이때부터 황쥔은 미나미죠 구모코의 '친척'이라는 사람이 밀수하는 것을 도왔다. 또 중요한 정보를 미나미죠 구모코에게 넘기기도 했다. 그리고 가끔 그녀가 황쥔에게 친척이 주는 사례금이라면서 돈을 건넬 때도 있었다.

시간이 어느 정도 지난 뒤, 미나미죠 구모코는 황쥔에게 자신을 일본 특무부 요원이라고 신분을 밝히고 그를 아예 일본 스파이망에 끌어들였다. 그리고 황쥔은 국민당 참모본부, 해군부, 군정부에 분포해 있는 일본 스파이망을 체계적으로 조직했다.

1937년 7월 28일에 장제스는 난징 중산링(中山陵)에서 열린 최고 국방 회의에서 "빠른 속도로 기선을 제압한다"는 방침을 결정했다. 다시 말해서 일본 관동군과 기타 일본군 부대가 아직 서로 작전을 통일하지 못했다는 것을 기회로 삼아 그들을 공격하기로 한 것이다. 구체적으로는 적국 부대가 창장(長江)에서 대규모 공격을 시작하기 전에 먼저 창장 하류의 강물을 모아두었다가 강폭이 가장 좁은 장인(江陰) 수역에서 적국의 배를 침몰시켜 항로를 막고, 다시 해군 함정과 양안의 포화를 이용해 창장항로를 절단하려는 계획이었다. 이렇게 하면 일본 함대가 창장을 따라 서진하는 것을 막을 수 있고, 한편으로 창장 중상류의 지우장(九江)과 우한(武漢), 이창(宜昌), 충칭(重慶) 일대의 일본 군함 70척과 일본 해군육전대(海軍陸戰隊 제2차 세계대전 이전까지 일본 해군에서 해병대 기능을 하던 군대-옮긴이) 대원 6,000여 명

··· 일본 미녀 스파이 미나미죠 구모코

을 포위하여 섬멸할 수 있었다.

최고 기밀인 이 회의 내용은 시종실(侍從室) 비서인 천부레이(陳布雷)와 행정원 주임 비서인 황쥔이 기록을 맡았다. 황쥔은 회의가 끝난 뒤, 바로 이 기밀을 미나미죠 구모코에게 알렸다. 미나미죠 구모코는 이 정보를 급히 일본 대사관 무관 나카무라(中村) 소장에게 전달했고, 그는 직접 비밀 전보로 도쿄에 알렸다.

이렇게 정보를 입수한 일본 해군 육전대는 중국보다 한발 앞서 밤새도록 동쪽으로 이동했다. 그래서 장제스의 명령이 하달되어 장인 요새의 창장 수역이 봉쇄되기 직전인 8월 6일과 7일 이틀 동안에 창장 중상류에 있던 일본 군함과 상선은 모두 빠른 속도로 장인을 지나 창장 입구로 철수했으며, 일본 교민도 배를 타고 이동했다. 결국 장인 요새를 봉쇄하려는 장제스의 계획은 허무하게 무산되고 말았다.

얼마 뒤 장제스가 상하이 항전 전선을 시찰하려고 하는데, 일본군 비행기가 삼엄하게 경계하는 바람에 일정이 자꾸 미뤄졌다.

또 한번은 장제스가 난징에서 최고 군사 회의를 열었을 때 부참 모본부장인 바이총시(白崇禧)가 그에게 주중 영국대사인 후게센 Hugessen이 다음 날 대사 자신의 차를 타고 난징에서 상하이로 간다는 사실을 보고했다. 후게센 대사의 차는 중립국인 영국의 태그가 붙어 있어서 일본 비행기가 함부로 폭격할 수 없었다. 장제스는 그의 의견에 동의하고 영국 대사의 차로 이동하기로 했다. 이번 회의 역시 황쥔이 참석했고, 그는 회의가 끝나자마자 미나미죠 구모코에게 이 소식을 알렸다. 그런데 다음 날 장제스는 갑자기 다른 일이 생겨서 상하이 시찰 계획을 잠시 보류했다. 이렇게 해서 영국 대사만 태운 그 차는 쟈딩(嘉定)구 후닝 고속도로(沪寧 상하이와 난징 간 고속도로-옮긴이)를 달리다가 일본 비행기의 뜻밖의 습격을 받고 전복되어 영국 대사는 복부에 부상을 입었다. 이 소식을 전해들은 장제스는 크게 놀랐다. 그리고 이렇듯 군사 기밀이 계속 새어나가는 걸 보면 자신의 주변에 스파이가 있는 것이 분명하다고 확신했다. 그래서 장제스는 사람을 시켜 비밀리에 스파이 색출에 나섰다.

그동안 정황을 살펴보고서 황쥔이 가장 의심스러워진 그는 황쥔이 묵는 공관에 사람을 보내 24시간 감시하라고 명령했다. 그러나 그쪽 사람들은 모두 황쥔의 측근인데다 황쥔이 평소에 부하들에게 잘 대해줘서 그들의 협조를 구하는 일은 결코 쉽지 않았다.

그때 장제스 측근의 눈에 렌화(蓮花)라는 여자가 들어왔다. 겨우 열아홉 살밖에 안 된 렌화는 가정 형편이 어려워 쭉 황쥔의 집에서 가정부로 일했다. 장제스 측은 그녀를 끄나풀로 만들기로 했다. 그녀에게 국가를 위한 대의라는 걸 알린다면 한번 해볼 만하지 않겠는가.

다음 날 시장을 보러 나간 롄화에게 갑자기 불량배가 다가오더니 그녀를 괴롭혔다. 그때 한 남자가 나타나 불량배를 처치하고 그녀를 구해줬다.

"아가씨, 괜찮습니까? 이제 안심하세요."

　롄화는 그 남자에게 고마움을 표시했다.

"고마워할 필요 없어요. 사실 중국인이 일본놈들에게 많은 괴롭힘을 당하고 있으니 손 놓고 볼 수만은 없지요. 참 가슴 아픈 일입니다. 어떻게 같은 사람끼리 다른 사람을 업신여길 수 있죠?"

　그의 말에 동감한 롄화는 눈물을 주룩주룩 흘렸다. 남자는 그녀에게 자신은 이미 전쟁에 참가하기로 했다는 걸 밝혔고, 두 사람은 몇 차례 만나면서 많은 이야기를 나누었다. 하루는 남자가 자신은 전쟁에 나가기 전에 중요한 임무를 수행해야 한다고 했다. 바로 일본 스파이를 찾아내는 일인데, 그 스파이가 황쥔과 관련이 있다면서 롄화에게 감시를 부탁했다. 어느 날 드디어 롄화가 비밀 전보를 통해 황쥔의 운전기사가 외부에서 돌아와 모자를 하나 황쥔에게 건넸다는 사실을 알렸다.

　모자라고? 비밀은 바로 여기에 있었다. 장제스 측은 곧바로 행동을 개시했다. 특수 요원은 황쥔의 기사를 미행하며 커피숍에 따라 들어갔다. 기사는 벽 쪽의 모자걸이에 모자를 걸어놓고 자리에 앉아 커피를 마셨는데, 특수 요원은 그 모자걸이에 기사가 방금 걸어둔 모자와 완전히 똑같은 모자가 하나 더 걸려 있는 것을 유심히 지켜보았다. 얼마 뒤 한 일본인이 자리를 뜨면서 벽 쪽의 모자걸이 쪽으로 가더니 황쥔의 기사가 걸어둔 모자를 쓰고 나갔다! 이 일본인은 바로 일본 대사관 직원인 오가와 지타로(小河次太郎)였다.

며칠 뒤 오가와 지타로는 모자를 쓴 채 자전거를 타고 커피숍으로 가다가 앞쪽에서 빠른 속도로 달려오던 다른 자전거에 부딪혔다. 바닥에 넘어진 그는 머리 부분이 깨져 심하게 피가 났고, 모자도 바닥에 떨어졌다. 그때 갑자기 사람들이 몰려들어서는 친절하게 차를 잡아 오가와 지타로를 병원으로 보냈다. 오가와 지타로는 얼굴 가득 흐르는 피 따위는 아랑곳하지 않고 머리를 만져보더니 급하게 소리쳤다.

"모자, 내 모자! 누가 내 모자를 가져간 거야?"

그 친절한 사람들은 모두 특수 요원이었다. 본부로 돌아와 모자를 검사하자 예상대로 모자 안쪽에 정보가 담긴 편지가 있었다. 그들은 미리 준비해둔 가짜 편지로 바꿔치기했다. 그 편지는 내일 밤 11시에(스파이들은) 모두 황쥔이 머무는 집으로 모이라는 내용이었다. 특수 요원은 급히 차를 타고 황쥔과 일본인이 만나는 그 커피숍으로 갔다. 그리고 모자걸이에 이미 똑같은 모자가 걸려 있는 것을 확인하고는 조심스럽게 모자를 바꿔치기했다. 새로 가져온 모자 안쪽에는 또 황쥔이 일본 우두머리에게 제공하는 국민당의 부대 이동 상황이나 군사 지도 등의 중요한 정보가 들어 있었다.

사건의 경위를 알게 된 장제스는 화가 머리끝까지 치솟아 긴급 지시를 내렸다.

"당장 그 녀석을 체포하고, 군사 재판을 열도록!"

다음 날 저녁 11시, 황쥔의 집 다락방에서 손전등 불빛이 세 번 깜빡거렸다. 이것은 렌화가 중국 요원에게 스파이들이 모두 도착했다는 것을 알리는 신호였다. 총을 든 헌병대가 순식간에 황쥔의 집에 침투해 모여 있던 스파이들을 모조리 잡아들였다. 오가와 지타로는 외교관 면책 특권이 있어 죄가 인정되지는 않았지만 끝내 자루에 넣어져 황푸강(黃浦江)에 던져졌고, 황쥔은 사형을 선고받았다. 원래 국제관례에 따르면 전시에 체포한 적국 스파이는 사흘 안에 바로 사형을 집행해야 했다. 하지만 국민당 정부 당국은 더 많은 것을 캐내고자 미나미죠 구모코를 사형하지 않았다.

황쥔이 사형된 뒤 미나미죠 구모코는 난징에 있는 라오후치아오(老虎橋) 교도소에 수감되었다. 그러나 몇 개월 뒤 일본군이 난징을 공격하자 미나미죠 구모코는 과거 수완을 발휘해 간수를 설득하고 교도소에서 탈출했다. 그녀는 이미 신분이 노출된 상태라 국민당 통치 지역에는 감히 들어가지 못하고, 상하이에 숨어 지내면서 계속 스파이 활동을 벌였다. 그리고 태평양 전쟁이 발발하자 미나미죠 구모코는 상하이에 있는 일본군 특무 기관에서 특1과 과장(特一課課長)을 맡았다. 그녀는 영국과 프랑스 조계지(租界地 19세기 후반에 중국의 개항 도시에 있었던 외국인 거주 지역-옮긴이)를 자주 드나들면서 항일 지사를 수없이 체포했다. 또, 군통(軍統 중화민국 시대 국민당 특무 기관의 하나-옮긴이)이 남긴 연락소 십여 곳을 파괴하고 군통 특수 요원을 수십 명이나 체포했다. 딩모춘(丁默村)과 리스췬(李士群)을 수장으로 둔 왕징웨이 비밀 기관 역시 그녀가 창설한 것이다. 국민당 정부 정보 부처는 그녀에게 한이 뼈에 사무쳐 여러 번 암살을 시도했지만 그녀는 매번 교묘하게 빠져 나갔다.

1942년 4월 말의 어느 날 그녀는 고급 차를 몰고 상하이 샤페이루(霞飛路)를 지나 바이러먼(白樂門) 커피숍 앞에 멈췄다. 중국식 치파오를 입고 선글라스를 쓴 아름다운 여자가 차에서 내려 커피숍으로 들어갈 때, 갑자기 어떤 사람이 소리쳤다.

"미나미죠 구모코!"

그녀가 습관적으로 뒤를 돌아본 순간, 총성이 울려 퍼졌다. 그녀
는 총 세 발을 맞고 땅에 쓰러졌다. 바로 병원으로 옮겨졌지만 과
도한 출혈로 결국 사망하고 만다. 당시 그녀의 나이는 고작 서른세
살이었다.

* 스파이 역사 속 상식 (11)
일본의 정보기관

일본 제국주의는 대외 침략을 확장하는 과정에서 스파이 활동을 통한 정보 수집을 매우 중요하게 여겼다. 그래서 러일전쟁과 제1차 세계대전 때 수많은 스파이를 파견해 소련 군사 정보를 수집했다. 여기에는 일본 기녀가 아주 중요한 역할을 했다. 일본 기녀는 1880년대부터 블라디보스토크Vladivostok로 건너가 부드럽고 성실하다는 평을 들으며 가는 곳마다 환영을 받았고, 20세기 초에는 이미 방대하고 체계화된 정보망을 조직하여 소련과 극동 지역에 널리 퍼져 있었다.

1903년에 일본 기녀 안도 요시(安藤芳)는 하얼빈(哈爾濱)으로 건너가 전문적으로 소련 군관을 유혹했고, 얼마 지나지 않아 그의 첩이 되었다. 덕분에 안도 요시는 생각보다 빨리 군용 지도를 빼돌려 그날 밤 바로 베이징에 있는 일본 공사관에 정보를 건넸다. 그것은 소련군 병력이 둥베이 지역에 분포된 상황을 그린 상세 지도로, 주둔 지점과 방어 토치카, 물자가 비축된 곳 등 중요한 정보가 기록돼 있었다. 그녀가 소련군의 정보를 수없이 빼돌린 탓에 소련군은 일본과 전쟁을 시작하자마자 번번이 쓰디쓴 패배를 맛보았다. 이렇듯 일본 기녀 스파이의 특별한 역할을 고려해 일본인은 그녀들을 벚꽃이나 일본의 영원한 스타로 비유한다. 심지어는 기녀들을 '최고의 애국자'라 부르며 그 공을 높이 산다. 그러나 이 기녀 스파

이들은 체포된 뒤, 사형되거나 혹은 시베리아 교도소에 갇혀 고통의 세월을 보냈다.

일본의 스파이 활동은 제2차 세계대전 시기에 가장 활발했다. 외국에 주재하는 일본 대사관은 현지 정보를 수집하는 중심기관으로, 일본 참모본부는 자국 외교관들에게 전쟁에 관한 주재국의 입장이나 전쟁 준비 과정 등의 정보를 수집하라는 임무를 여러 차례 맡겼다. 1941년 11월 28일, 호놀룰루Honolulu 주재 일본 영사관 요시가와 다케오(吉川猛夫) 부영사는 진주만에 정박한 선박이 얼마나 되는지 조사한 상세 보고서를 일본에 제출했다. 9일 뒤, 일본 해군 함재기(艦載機 항공모함이나 기타 함선에 싣고 다니는 항공기-옮긴이)가 진주만을 기습 공격해 미국의 태평양 함대에 큰 타격을 입혔다. 나중에 한 군사 사학자가 진주만 공습을 평론하면서 일본 스파이가 미국 태평양 함대에 타격을 주었다는 사실을 인정했다. 일본군은 혼란한 전쟁 기간을 틈타 아르헨티나의 수도 부에노스아이레스Buenos Aires에 라틴 아메리카와 미국을 겨냥한 스파이망을 구축했다. 구도(工藤)라는 사람이 직접 아르헨티나 주재 일본 대사관에 주재하면서 이 스파이망을 지휘했다.

한편 워싱턴 방첩 기관은 탈취한 일본의 비밀 전보를 해독하는 과정에서 일본 스파이망을 위해 충성한 아르헨티나인 중에는 대통령의 아들 카스티요Castillo와 페루 주재 대사의 아들 콜롬브레스Colombres도 있다는 사실을 알아냈다. 도쿄는 1942년, 이 스파이망에 활동 경비로 12만 2,400페소를 지원했다. 일본 외무성은 부에노스아이레스 정보국을 여러 차례 치켜세우면서 지속적으로 업무를 강화해 미국 국내 상황 또는 생산력과 상선 운송 능력에 관한 정보를 정탐하라고 요구했다.

1944년에 미국 연방수사국 국장 후버Hoover가 서명한 보고서에 따르면 이 스파이망은 수차례 파괴 활동을 진행했고 미국과 영국 해군에 화학 물질이 담긴 성녀 조각상을 선물로 보냈다. 결국 이 조각상들 때문에 해상에서 선박이 몇 척이나 폭발했다. 제2차 세계대전 후 미군 점령 당국은 일본의 모든 첩보 기관을 단속했고, 그 가운데 일부 요원은 미군 첩보 기관에 이용당하기도 했다.

1952년에 미국의 대일 점령이 끝나자, 일본은 비로소 미국 중앙정보국의 도움을 받아 자국만의 첩보 기관인 '내각 총리대신 관방 조사실'을 다시 조직했다. 이후 이 첩보 기관은 총리부 산하의 '내각 조사실'로 이름을 바꾸고, 일본 스파이들의 활동을 총괄적으로 담당했다. 또 이 내각 조사실은 일본 최고의 정보기관으로 '일본 중앙정보국'이라고도 불린다. 경찰, 외무성, 일본 방위청의 정보기관이 입수한 정보는 모두 이곳에 보고해야 하고 조사실은 자료를 모아 내각 정책 결정에 참고 사항을 제시한다. 하지만 현재 국제 사회는 제2차 세계대전 패전국인 일본이 대규모 첩보 기관을 보유하는 것을 허용하지 않는다. 때문에 일본 스파이들은 주로 기업 등 민간 기관을 이용해 정보를 수집하며 그래서 한번은 미국 매스컴이 일본 민간기업의 정보 수집 능력이 심지어 미국 중앙정보국보다 한 수 위라고 보도하기도 했다.

제2차 세계대전이 끝난 뒤 일본은 자국 인재 만여 명을 미국에 보내 새로운 공업 기술과 관리 기술을 배워오도록 했다. 이 기간에 미국에 갔던 일본인들은 겨우 25억 달러만 쓰고, 거의 모든 서양의 기술을 일본으로 가져갔다. 이 경비는 미국 평균 한 해 연구 경비의 10분의 1밖에 안 되는 액수이다.

현재 일본 정부가 대외 상황을 조사하는 주요 루트는 일본 무역 진흥회이다. 무역 진흥회는 세계 각국에 백여 개에 가까운 사무처가 진출했고, 일본 정부의 대외 차관과 대외 원조 관련 의견서도 대부분 이곳에서 담당한다. 또한 무역 진흥회는 각국의 정치, 경제, 무역 등 정보를 수집한다. 이 밖에 일본의 마루베니(丸紅) 상사와 미쓰비시(三菱) 상사 등 일류 기업역시 조사부를 설치했다. 일본은 세계 최고 수준의 중국어 암호 해독 기술을 습득했으며, 현재 약 천여 명의 사람들이 전파를 도청하거나 암호를 해독하고 있다.

전쟁이 끝난 뒤 일본 정보기관이 올린 가장 큰 성공 사례는 1983년 9월 1일에 대한항공 여객기가 소련 전투기에 격추된 사건이다. 당시 일본군은 그 소련 전투기의 조종사와 지상 통제원의 통화 내용을 공개해 결국은 소련 비행기가 한국 여객기를 격추해 승객과 승무원 269명 전원을 사망하게 했다는 시인을 받아냈다. 당시 일본 내각 관방 장관은 자위대 감청소가 소련 공군 조종사의 대화 내용을 감청했다고 밝혔다.

냉전이 종식된 뒤, 일본은 빠르게 방위 전략을 조정하면서 군사 정보 업무를 점점 중요시했다. 특히 최근 들어 일본 정보부는 다양한 방식으로 이라크−이란 전쟁, 걸프전, UN의 이라크 생화학 무기 사찰 등 국제 군사 현장에 소장파 장교를 직접 파견하고 있다. 게다가 일본 방위청 '종합정보본부'는 미국과 프랑스의 도움을 받아 방대한 전자 영상 데이터베이스를 구축함으로써 동아시아와 주변국의 정밀 군사 지도와 위성사진을 입수하고 있다. 1997년 3월 30일에 일본 정부는 '내각 정보국'의 기본 방침을 정했다. 그 방침은 내각 정보 조사실, 공안조사청, 해상보안청, 외무성 국제정보국 등 기관을 합병하거나 개편해서 통일된 정보국을 구축하며 정보국은 업무상 자위대 정보 본부와 연계해 정부의 정책 결정에 더 많은 정보를 제공하고 있다.

일본 정부는 내각 정보 조사실 업무를 분담하면서 대외 정보 업무를 국제1부와 국제2부로 나누었다. 국제1부는 주로 첩보, 인물 관련 정보를 담당하고 국제2부는 뉴스 자료나 공개 발언 등의 정보를 수집한다. 두 곳 모두 24시간 동안 운영되고, 수상과 관방 장관에게 보고하는 업무를 담당한다. 1997년 1월 20일에 일본은 방위청 정보 본부 창설을 공식적으로 선포했다. 방위청 정보 본부는 육해공 3군 자위대의 정보기관을 합병한 것으로 정보기관의 일원화를 실현했고 총무부, 계획부, 영상부, 전파부, 분석부의 5개 부서로 구성되었다. 또, 기구 설치는 참모장 연석회의의 통제 아래 방위청 사무차관, 방위국장, 참모장 연석회의 의장, 육해공 3군 자위대 참모장으로 구성된 '방위 정보 위원회'의 지도를 받는다. 그리고 정보본부의 최초 본부장으로는 중국 관련 정보 업무 경험이 풍부한 전 육상자위대 제10사단장인 구니미 마사히로(國見昌宏)가 임명되었다. 일본방위청은 다양한 수단을 통해 수집해 온 정보를 방위청 정보 본부에 종합 보고함으로써 정부 수뇌의 정책 결정에 근거를 제공한다.

히틀러의 '공주 스파이'

오늘날 유럽인들은 그녀가 누구인지 모를 것이다. 하지만 그녀는 제2 차 세계대전 시기에 벌어진 유럽 첩보전 역사상 가장 능력 있는 스파이였다. 히틀러Adolf Hitler는 그녀를 '사랑하는 공주'라 칭했고, 제2차 세계대전 미국 연방수사국은 비밀 비망록에서 그녀를 '남자 만 명보다 더 무서운 여자'라고 설명했다.

스테파니 본 호엔로헤Stephanie von Hohenlohe는 1891년에 오스트리아 빈에서 태어났다. 그녀의 원래 성은 리히트Licht였으나 오스트리아 귀족 호엔로헤Hohenlohe와 결혼하면서 남편의 성을 따라 본 호엔로헤로 바꾸었다. 젊은 시절 타의 추종을 불허하는 미모에 묘한 카리스마까지 풍겨 스테파니는 뭇 남성들의 마음을 단번에 사로잡았다. 이렇게 빈에서 문화 살롱이 열릴 때마다 수많은 귀족 남성의 구애를 한몸에 받던 그녀는 결국 오스트리아 귀족 호엔로헤와 결혼했다. 하지만 얼마 지나지 않아 잦은 불화로 별거를 시작하면서 스테파니는 오스트리아를 떠나 런던으로 건너갔다.

그녀의 지성과 미모는 런던의 사교계에서도 빛을 발했다. 영국의 일간지 〈데일리메일Daily Mail〉사의 사장 로더미어Viscount Rothermere는 어느 파티에서 스테파니를 보고는 첫눈에 반해 버렸다. 그 뒤부터 그는 날마다 스테파니에게 꽃은 물론이고 온갖 선물 공세를 하며 추파를 던졌다. 로더미어의 끈질긴 구애 끝에 스테파니도 점차 그에게 마음을 열어갔다.

1932년 어느 날 로더미어는 스테파니의 환심을 사려고 보통 기자들이 받는 임금의 몇 배를 주는 조건으로 그녀를 〈데일리메일〉의 사회부 기자로 채용했다. 그녀가 받는 연봉은 자그마치 5천 파운드. 그 당시만 해도 이는 실로 엄청난 액수였다. 게다가 그녀가 직접 문장을 쓰면 상당한 원고료를 두둑이 챙겨주기까지 했다. 훗날 알려진 바에 따르면 1938년에 서로 사이가 틀어지면서 로더미어가 스테파니에게 임금을 지급하지 않자 스테파니가 그를 계약 위반으로 고소했다는 설도 있다.

기자가 된 스테파니는 주로 해외 취재를 맡았다. 1933년 어느 날 독일로 가서 취재하던 중에 스테파니는 베를린의 한 집회에서 히틀러와 처음으로 만났다. 스테파니의 매력적인 말투와 카리스마는 야심으로 똘똘 뭉친 히틀러의 시선을 단번에 사로잡았다. 히틀러는 스테파니야말로 자신의 일에 큰 도움이 될 '쓸 만한 재목'이다 싶어 입이 마르도록 그녀를 칭찬했다. 심지어 그녀를 '스테파니 공주'라 부르며 수하 나치 당원들에게도 앞으로 그녀를 그렇게 부르라고 지시하기도 했다.

그 당시 히틀러는 영국의 정보를 빼내려고 혈안이 되어 있었다. 그래서 영국으로 스파이를 수없이 보냈지만, 대부분 영국에 신분이 노출되거나 함흥차사가 되기 일쑤였다. 심지어 어느 스파이는 영국 정보기관에 들어갔다가 오히려 독일 정보를 유출하기도 했다. 히틀러는 스테파니가 영국기자라는 사실을 알고 그녀와 손을 잡아야겠다고 마음먹었다. 게다가 스테파니가 〈데일리메일〉사의 사장 로더미어와 친분이 있다는 이야기를 듣고는 뛸 듯이 기뻐했다.

히틀러가 독일 정권을 막 손에 넣었을 무렵, 히틀러와 정치 이념이 아주 유사한 로더미어가 그를 전폭적으로 지지하면서 나치 정권을 높이 평가했던 것이다. 히틀러는 그간 로더미어와 서신 왕래를 하면서 친분을 쌓았지만 직접 만난 적은 한 번도 없던 터라 스테파니에게 로더미어와 만나게 자리를 마련해 달라고 부탁했다.

1934년에 스테파니의 주선으로 히틀러와 로더미어는 베를린에서 비밀 회담을 했다. 로더미어는 히틀러에게 각별한 관심과 존경의 마음을 아낌없이 표현했고, 두 사람은 앞으로 협력 방향을 진지하게 논의했다.

이런 상황 속에서 히틀러는 스테파니에게 완전히 푹 빠져 그녀와 각별한 관계를 맺었다. 그런데 이를 질투 어린 시선으로 바라보는 여인이 있었으니, 그녀는 바로 히틀러 수하의 또 다른 여성 스파이 유니티Unity. 그녀는 눈엣가시인 스테파니를 어떻게 하면 떨쳐낼까 궁리하다가 게슈타포를 통해 그녀의 호적을 조사했다. 그랬더니 스테파니는 유대인 혈통이 아닌가! 그녀는 뛸 듯이 기뻐하며 곧장 히틀러의 비서에게 달려가 이 사실을 알렸다. 그리고 역시 이것이 보통 일이 아니라 생각한 비서는 사람을 불러 스테파니를 뒷조사해서 그녀가 사기 전적이 있다는 사실도 알아냈다. 오스트리아 귀족 호엔로헤와 결혼한 것도 스테파니가 고의로 접근한 것이었다. 비

서는 즉각 이 사실을 히틀러에게 보고했지만 히틀러는 대수롭지
않다는 듯 넘겼다. 그러자 비서는 근심 어린 눈으로 호소하듯 말했
다.

"각하, 만약 각하께서 그 유대인 여자와 계속 친밀한 관계를 유
지하신다면 그녀는 각하께서 하시고자 하는 '원대한 사업' 뿐 아니
라 언젠가 각하 역시 처참히 무너뜨릴 것입니다. 그녀가 다른 남자
에게 그랬던 것처럼 말이죠."

하지만 히틀러는 그저 껄껄 웃어넘기며 전혀 개의치 않았다. 히
틀러는 스테파니가 자신을 무너뜨리기는커녕 앞으로 자신에게 큰
도움이 될 것을 알고 있었다. 스테파니를 충성심이 지극한 스파이
라고 굳게 믿은 것이다. 훗날 비서가 그에게 또다시 스테파니 관련
일을 언급하자 히틀러는 이렇게 말했다.

··· 히틀러와 '공주 스파이' 스테파니

"게슈타포에서 그녀의 부친을 조사해본 결과, 그는 정통 게르만 혈통이었다."

1936년 어느 날 스테파니는 우연히 히틀러의 수하 본 월드먼Von Waldman 장교와 만났다가 첫눈에 반했다. 헤어날 수 없는 사랑의 늪에 깊이 빠져버린 두 사람은 오랫동안 히틀러의 눈을 피해 밀회를 즐겼다. 그러나 어느 날 이를 알아챈 스테파니의 연적 유니티가 얼씨구나 싶어 곧장 히틀러에게 이 사실을 알렸다. 크게 노한 히틀러는 월드먼에게서 장교 직위를 빼앗고 다시는 그를 보고 싶지 않다며 당장 독일을 떠나라고 명령했다. 반면 스테파니에게는 처벌을 내리기는커녕 도리어 더욱 따스하게 아껴주었다. 이에 스테파니의 연적 유니티는 이번에도 크게 실망했다.

스테파니는 히틀러의 비밀 스파이가 되어 영국으로 건너갔다. 스테파니는 런던의 호화 주택지에 거주하면서 정보를 빼내고자 런던 사교계의 거물급 인사들과 빈번하게 만났다. 무도회나 파티가 열릴 때면 역시 사교계의 꽃 스테파니가 누구보다 돋보였다. 그녀의 빼어난 외모 덕택인지, 당시 영국 정부의 수많은 엘리트들은 스테파니의 말이라면 심지어 죽는 시늉까지도 서슴지 않았다.

한편 스테파니를 늘 미심쩍게 여기던 영국 MI5는 그녀의 일거수일투족을 감시하면서 경계를 늦추지 않았다. 하지만 그들은 그녀가 스파이라는 그 어떤 증거도 발견하지 못했다. 그러는 사이 영국 군사 기밀과 고위층에서 결제하는 기밀 정보가 나치 독일에 고스란히 흘러들어갔고, 독일에서 잠복하던 영국 스파이들이 소리 소문 없이 실종되었다. 그러나 상황이 이러해도 영국 정보기관은 이 기밀들이 전부 어떻게 빠져나갔는지 도무지 감을 잡을 수가 없었다.

끈질긴 추적 끝에 스테파니가 다시금 용의선상에 올랐지만 역시나 어떠한 물증도 없어서 그들은 그저 속수무책으로 당하는 수밖에 없었다.

어느 날에는 스테파니를 미행하던 영국 비밀요원과 그녀가 '숨바꼭질'을 하기도 했다. 런던 시내의 한 여성용품 상점에 들어간 그녀가 한참이 지나도 나올 기미가 보이지 않자 비밀요원은 직접 상점 안으로 들어가 구석구석을 찾았다. 심지어 여자 화장실까지 뒤졌지만 어찌 된 일인지 그녀는 그림자조차 보이지 않았다. 황급히 상점 밖으로 뛰쳐나오자, 스테파니가 상점 앞에 서서 의미심장한 웃음을 지으며 그를 바라보고 있었다. 그야말로 울화가 터질 지경이었다. 하지만 영국 정보기관은 그녀가 스파이라는 증거를 찾지 못한데다 그녀와 영국 사교계의 '특별한 관계' 때문에 스테파니를 함부로 건드릴 수 없었다.

스테파니는 정보를 빼내는 데 능수능란했다. 그녀는 미국계 영국 정치가이자 영국 최초의 여성의원인 낸시 애스터Nancy Astor와 가까이 지내며, 낸시가 창립한 클리프덴Clifden 모임에도 참가했다. 그 당시 스테파니는 차기 영국 국왕 에드바르드Edvard 3세와 친분이 두터운 낸시를 이용해 영국의 갖가지 내부 기밀을 손쉽게 알아냈다. 심지어는 영국의 다우닝 가Downing Street(수상, 재무 장관의 관저가 있는 런던의 한 거리-옮긴이)에 사는 거물급 인사가 침대 위에서 한 말조차 고스란히 독일의 귀에 들어갈 정도였다. 이 모든 것은 스테파니, 그녀가 이뤄낸 것이었다. 히틀러는 스테파니의 공을 치하하며 그녀에게 나치 십자 훈장과 오스트리아의 한 유대인 성곽을 상으로 내렸다.

1939년에 독일이 영국에 선전 포고를 하면서 스테파니는 안전을 위해 대서양 연안의 미국으로 도피했다. 그녀는 미국에서 '평화의 시작'이라는 모임을 만들어 히틀러를 위한 전쟁 자금을 마련했다. 하지만 스테파니를 눈여겨보던 연방수사국의 비밀요원에게 꼬리가 잡혀 결국 체포되고 말았다.

미국 연방수사국은 비밀 비망록에서 스테파니를 '남자 만 명보다 더 무서운 여자', '지독히 교활하고 똑똑하며 위험한 여자'라고 표현했다.

1945년 독일이 전쟁에서 패한 뒤, 미국 교도소에서 석방된 그녀는 다시 독일로 돌아왔다. 긴 세월이 흘렀지만 그녀의 매력은 한결같았다. 독일의 한 신문사에 고문으로 들어가 일하게 된 스테파니는 영국과 미국에서 겪은 숱한 로맨스, 그리고 히틀러와 맺은 남다른 관계에 대해서는 단 한 마디도 언급하지 않고 언제나 침묵을 지켰다. 이제 그녀의 과거를 아는 사람은 아무도 없다. 지극히 평범한 황혼을 보냈던 그녀는 신문사 동료와 후배들의 눈에 그저 자애롭고 존경받는 노인으로 비칠 뿐이었다. 1972년 베를린에서 히틀러의 공주 스파이는 결국 파란만장했던 생을 마감했다.

15

사법부의 미녀 스파이

공개된 전쟁은 언제가 끝이 있기 마련이다. 하지만 은밀히 이루어지는 비밀 전쟁은 좀처럼 끝이 보이지 않는다. 냉전의 불씨가 막 타오를 때였다. 관능적인 한 여인이 미국 사법부 건물 안으로 들어가자 여기저기서 웅성거리기 시작했다. "이야! 섹시한 걸!" 어딜 가나 사람들의 눈길을 끌던 이 여인은 한때 미국 연방수사국을 궁지에 몰아넣었던 바로 그 여인이었다.

카플란Kaplan과 밸런타인 코비체프Valentine Kobechev는 KGB의 스파이다. 오늘은 두 사람이 만나는 날. 이들은 이미 미행이 있음을 눈치채고 이를 따돌리고자 서로 엇갈린 방향으로 걸었다. 카플란은 전차에, 코비체프는 버스에 올라탔다. 버스를 탄 코비체프는 세 정거장을 지나치고 네 번째 정거장에서 문이 막 닫히려는 찰나, 재빨리 버스에서 뛰어내렸다. 결국 그를 따라오던 미행자 두 명은 꼼짝없이 차 안에 갇히게 된 것이다. 맞은편으로 길을 건너가 반대 방향으로 가는 버스에 올라탄 그는 좀 전에 그랬듯 이번에도 차 문이 막 닫힐 무렵 잽싸게 뛰어내렸다.

한편 카플란은 KGB에서 건네준 '해외 활동지도 수첩'에 적힌 대로 교통수단을 바꿔가며 교묘하게 미행자를 따돌렸지만 오늘은 왠지 미행자를 따돌리기가 좀처럼 쉽지 않았다. 이유인즉 연방수사국이 카플란을 체포하려고 오랫동안 특별 작전을 계획해왔기 때문이었다. 특수 요원 30여 명과 무전기를 실은 경찰차가 7대나 동원된 오늘의 작전명은 일명 '뉴욕 작전!' 얼굴에 독기를 품은 후버 국장은 요원들에게 몇 번이고 신신당부했다.

　"그들이 물건을 주고받을 때 바로 현장을 덮쳐야 한다."

　하지만 카플란과 코비체프는 마치 특수 요원들을 골탕 먹이려는 듯 아무것도 교환하지 않았다. 지켜보고만 있으려니 그저 애가 탈 뿐이었다.

　잠시 후 카플란과 코비체프가 36호 지하철역에 모습을 드러냈다. 그들은 그곳에 서서 한참 동안 이야기를 나누었지만 역시 문서는커녕 의심스런 행동은 전혀 하지 않았다.

　"이제 더는 못 기다리겠다!"

　연방수사국 특수 요원들은 문득 두 사람의 장난에 놀아나고 있다는 듯한 느낌을 받았다. 그도 그럴 것이 카플란과 코비체프는 큰길로 나갔다가 다시 골목으로 들어가고 버스, 지하철, 택시를 계속 바꿔 타며 특수 요원 몇 명을 따돌렸다. 하지만 아직까지는 사방에서 그들을 감시하는 연방 특수 요원들의 시야에서 완전히 벗어나지는 못했다. 요원들은 카플란이 혐의가 있는 물건을 코비체프에게 건네거나 그들의 스파이 활동을 확신할 수 있는 장면을 포착했을 때를 제외하고는 그들을 체포할 법적인 근거가 없는 탓에 마냥 지켜볼 수밖에 없었다. 이때 코비체프가 전화박스 안으로 들어갔다.

그리고 아주 공교롭게도 버스 한 대가 전화박스 앞에 멈춰 서자 코비체프는 그 틈을 타 재빨리 도망쳤다. 당황한 특수 요원들이 서둘러 이 사실을 본부에 알리자 명령이 떨어졌다.

"즉각 체포해라!"

명령이 떨어지자마자 체구가 우람한 연방수사국 특수 요원들이 쏜살같이 달려가 카플란과 코비체프를 검거했다.

이것이 바로 종전 후 미국에 엄청난 파문을 일으켰던 소련 스파이 사건이다.

카플란은 언제부터 공산주의에 빠져든 것일까? 이것은 현재 분명하게 알려진 바는 없으나 그녀가 공산주의 이론을 신봉했던 것만큼은 확실하다.

급진파 학생에서 보수파 정부관원이 되기까지…

발리슨Balison 대학은 뉴욕 서남부 교외에 자리하고 있다. 책 냄새가 물씬 풍기는 캠퍼스 안으로 들어가면 높이 솟은 고목들로 에워싸인 빨간 건물과 말끔히 다듬어진 잔디, 그리고 구불구불 흐르는 시냇물이 펼쳐져 아련한 추억과 향수를 불러일으킨다. 하지만 겉만 보고 이곳을 평화로운 도원경(桃源境 이 세상이 아닌 무릉도원처럼 아름다운 경지. 이상향—옮긴이)쯤으로 생각한다면 오산이다. 명심하라. 눈에 보이는 것만이 다가 아니다.

학생식당 한편에 있는 계산대 위에 학교에서 자체 제작한 무료 주간지가 잔뜩 쌓여 있었다. 그리고 그 문장 하나하나에는 화약 냄새가 가득 배어 있었다.

"처칠Churchill 수상님, 2차 대전이 계속 미뤄지고 있는 연유가 도대체 무엇인가요?"

"루즈벨트Roosevelt에게 또 묻겠습니다. 유명무실한 '무기대여법Lend-Lease Act(제2차 세계대전 중 미국이 연합군에 군사원조를 하고자 제정한 법률—옮긴이)'을 고수하려는 의도는 무엇입니까?"

"소련인이 겁쟁이가 아니라는 것은 스탈린그라드 전투에서 이미 증명되지 않았습니까?"

"파렴치한 무기대여법!"

날카로운 비판을 서슴지 않는 문장들은 학생들을 미혹시키기에 충분했다. 이 글의 필자는 '작은 고슴도치'라 불리는 한 여학생. 바로 주디 카플란Judy Kaplan 그녀이다.

카플란은 1922년 뉴욕의 어느 유대인 가정에서 태어났다. 그녀의 선조들은 남북전쟁 전에 모두 미국으로 건너와 이곳에 정착했고, 카플란은 장난감 가게를 운영하시는 아버지 밑에서 넘치지도 모자라지도 않게 살았다.

"교수님께서는 소련인 95%가 스탈린 정권에 불만을 품고 있다고 하셨는데 그들이 독일인에게 완강히 저항하고 있는 것은 어떻게 설명하실 겁니까?"

세계정치 과목을 가르치는 해리Harry 교수가 강단에서 스탈린을 비난하는 발언을 하자 카플란은 뼈 있는 질문을 퍼부었다.

"저, 그건 말이지……. 카플란 학생, 지금은 수업 중이니까 그 문제는 수업 끝나고 다시 얘기하도록 하지. 알겠나?"

발리슨 학교에서 카플란은 풍운아로 불렸다. 당시 3학년이었던 그녀는 사회법과 사회심리가 전공이었지만 그녀의 관심사는 온통 국제사회, 특히 한창 진행 중인 제2차 세계대전에 쏠려 있었다. 그 시절 많은 미국인이 그랬듯 카플란 역시 독일 침략군에게 저항하는 소련인의 용기와 결심에 찬사를 아끼지 않았다. 그녀는 글뿐만 아니라 각종 연설회에서도 제2차 세계대전의 공약을 지키지 않는 처칠을 소인배나 위선자라고 비난했다.

카플란은 격앙된 목소리로 연설을 했다. 새까만 머리카락 아래로는 눈이 총기 있게 빛났고, 초승달 모양의 짙은 눈썹은 그녀만의 카리스마를 한껏 돋보이게 했다. 카플란의 야무진 입에서 날카로운 비판이 뿜어져 나오면 관중은 너도나도 고개를 끄덕였다. 이렇게 그녀는 언제나 사람들에게 야심 넘치는 비범한 여성으로 비쳤다.

졸업식 전날 주디 카플란은 민간 기구가 조직한 '소련·미국 청년 방문 행사'에 참가해 생전 처음으로 소련인과 대면했고, 그녀와 소련의 인연은 이렇게 시작되었다.

이 만남은 그녀의 미래에 커다란 영향을 끼쳤다. 나중에 발표된 연방수사국의 분석에 따르면 그녀는 이때부터 소련과 매우 특별한 관계를 맺은 것으로 보인다.

카플란은 우크라이나 청년 전투 영웅 대표단과도 만났다. 전쟁터에서 나치와 생사의 고투를 벌이던 영웅들을 직접 만나자 그녀는 사뭇 감회가 남달랐다. 그녀는 그들의 용기와 담력에 존경을 표하며, 나치와 겨룰 기회조차 얻지 못했던 자신의 신세를 한탄했다. 대표단 중에서 푸른 눈의 우크라이나 여인을 만난 카플란은 더욱 탄복을 금치 못했다. 다소곳한 그 여인이 바로 독일 병사를 300여 명이나 총살한 저격수인 것이었다!

대표단을 만난 이후 카플란은 어찌 된 일인지 좀 조용해졌다. 그녀는 마음속에 칼날을 감추고, 그동안 잘 찾지 않았던 도서관과 열람실을 전전했다.

"지금은 졸업 논문을 써야 해. 이렇게 손 놓고 있다가는 취직도 못할 거야."

그녀는 '동유럽 전쟁의 정세 전망과 미국의 대책'이라는 논문을 썼다. 논문에서 카플란은 그간 자신이 주장했던 관점을 부정하며 소련이 군사 영역에서 자리를 잡으면 미국은 점차 영향력을 줄이면서 최후에는 소련에 원조를 끊어야 한다고 주장했다. 카플란은 이 논문으로 교수들의 호평을 받으며 학교 우등생이라는 명예까지 안게 되었다. 그녀는 정식으로 사회에 첫발을 내딛기 시작했다. 처음으로 지원한 곳은 미국 중앙정보국이었다.

킹스턴Kingston 교수는 중앙정보국에 있는 친구에게 편지를 써서 재능이 넘치는 카플란을 추천했다. 그녀는 관례에 따라 보안 검사를 받았다. 하지만 결과는 놀랍게도 불합격이었다. 중앙정보국에 있던 친구는 킹스턴 교수에게 단호하게 말했다.

"아무리 뛰어난 인재라 해도 조금이라도 급진적인 성향이 있어서는 안 되네."

언론의 자유를 외치는 국가에서 정치 경향을 따지다니, 참 웃지도 울지도 못할 일이었다.

카플란은 이에 굴하지 않고 다른 곳에 지원했다. 다음 목표는 사법부. 닷새가 지나 그녀는 합격통지서를 받았다. 1944년 6월에 카플란은 사법부 뉴욕 지사의 군무국 경제 작전팀에 정식으로 입사했다. 성실한 근무 태도 덕분에 그녀는 입사한 지 반 년 만에 상사 맥팔레인McFarlane의 총애를 한몸에 받았다.

"그 자리에 있기에는 자네 실력이 너무 아까운 것 같군. 좀더 중요한 일을 맡아줘야겠어."

1945년 초 그녀에게 전근 명령이 떨어졌다. 일주일 안으로 워싱턴에 가서 정치 애널리스트를 맡으라는 것이었다! 중앙정보국에서 거부한 카플란이 중앙정보국 기밀문서를 마음껏 볼 수 있는 자리에 오르다니, 참 재미있지 않은가?

카플란은 날이 갈수록 성숙해졌다. 이제 그녀에게서 급진적이고 막무가내였던 철부지 이미지는 조금도 찾아볼 수 없었다. 그녀는 늘 철두철미했으며 자나깨나 일밖에 몰랐다. 일말고 다른 것에는 관심조차 두지 않는 그녀는 동료에게는 좋은 본보기이자 상사의 눈에는 보기 드문 인재였다. 그녀는 풋내기 신입 사원처럼 시키는 대로 고분고분하게만 굴지도 않고, 미모의 여비서처럼 풍만한 가슴이나 늘씬한 다리를 무기로 들이대며 상사의 환심을 사려고 하지도 않았다. 그녀는 그저 자신의 능력과 노력으로만 하루하루 발전해 갈 뿐이었다.

상사의 총애를 받다…

카플란은 서유럽 국가들에 관련된 일을 맡았다. 이 일은 비록 그녀의 관심 분야는 아니었지만 금세 여기에 몰두해 업무를 척척 처리해냈다. 미국법에 따르면 외국 회사가 미국에서 사업을 하고자 할 때, 그 기업의 대리인이 미국 사법부에 가서 직접 등록을 하고 등기 절차를 밟은 뒤 사법부의 심의를 받아야 한다. 그러나 사실 이는 명목상의 구실일 뿐이고, 미국의 궁극적인 목적은 다른 데 있었다. 심의 과정에서 사법부가 중앙정보국을 대신해 외국 회사와 기업 상황을 정탐하고 연방수사국을 도와 외국 회사와 기업, 그리고 대리인의 배경을 낱낱이 조사했던 것이다. 사법부는 제2차 세계대전 시기에 나치 독일, 일본, 이탈리아의 첩보 임무를 맡기도 했다. 이런 연유로 사법부 직원들은 중앙정보국의 '국외 활동 동향'부터 연방수사국의 '투데이브리핑', '주간동향' 그리고 기타 정보 연구 기관의 연구 자료까지 수많은 기밀 자료를 접할 수 있었다.

카플란은 읽을 수 있는 모든 자료를 닥치는 대로 읽어댔다. 매사에 결단력 있고 철두철미한 그녀는 연구 보고서를 쓸 때도 역시 강한 호소력을 유감없이 발휘했다.

"카플란 같은 인재는 반드시 요직에 두어야 해요. 그녀에게 철의 장막Iron Curtain(제2차 세계대전 이후 소련과 동유럽 공산주의 국가가 채택한 정치적 비밀주의와 폐쇄성을 자유주의 진영에서 비유적으로 이르던 말-옮긴이) 국가를 맡깁시다."

평소 카플란을 총애하던 과장의 추천으로, 그녀는 드디어 소련과 기타 동유럽 국가의 업무를 맡게 되었다. 그녀는 며칠씩 야근을 해가며 산더미처럼 쌓인 공문서 작성 업무를 한 치의 빈틈도 없이 완벽하게 해냈다.

그리고 상황을 더욱 완벽히 파악하려 한다는 핑계로, 그녀는 틈만 나면 문서실로 가서 각종 기밀문서를 섭렵했다. 그녀는 특히 연방수사국의 '국가안보 비망록'에 관심을 보이며 매회 하나도 빼놓지 않고 읽었다. 비망록에는 미국에 상주하는 소련과 기타 동유럽 국가 외교관들의 감시 상황과 역(逆)스파이 관련 기밀이 빼곡히 적혀 있었다. 또 문서실 서류함에는 몇 년 동안의 자료들이 잔뜩 쌓여 있었다. 이 자료들은 국가 안보시스템에 관련된 것이라 마음대로 버릴 수도 없고, 그냥 두기엔 자리만 떡하니 차지하는 것 같아 여간 애물단지가 아니었다. 그러던 어느 날 카플란이 나서서 이 자료를 말끔히 정리했다. 이러니 상사의 사랑을 안 받을 수 있으랴.

카플란은 이때쯤부터 뉴욕에 가서 주말을 보내는 습관이 생겼다. 주마다 가는 것은 아니고, 2~3주에 한 번씩이라 과장도 이를 충분히 이해해주었다. 사실 그녀와 과장은 남다른 관계였다. 과장은 유부남이었지만, 카플란은 별로 개의치 않았다. 그리고 물론 그녀도 과장에게 자신의 사적인 일에는 간섭하지 말아달라고 부탁했다.

"저는 아직 결혼은 안 했지만 남자친구는 있어요. 남자친구가 뉴욕에 있어서 한 달에 한두 번은 보러 가야 해요."

과장은 카플란의 말이라면 언제나 순순히 들어주었다. 그녀는 연구 보고서를 쓸 때도 과장을 통해 과장 이상 직급만 볼 수 있는 내부 문서를 마음 놓고 빌려 보았다.

눈 깜짝할 사이에 3년이란 세월이 흘렀다. 카플란은 전과 마찬가지로 일에 몰두했다. 그동안 그녀와 과장의 관계는 더욱 가까워졌고, 그녀는 며칠에 한 번씩 과장의 사무실에 가서 온갖 자료를 읽었다. 카플란의 업무 성과는 나날이 빛을 발했다. 게다가 그녀는 시간을 쪼개 대학원 강의를 들으며 국제관계 석사 학위를 땄고, 소련 계획경제를 주제로 한 논문을 쓰기도 했다. 그렇게 해서 카플란은 어느덧 공산주의 전문가로 변모해 갔다.

그러던 어느날 카플란은 워싱턴에서 외교 행낭Pouch(본국 정부와 재외공관 사이에 문서나 물품을 넣어 운반하는 가방–옮긴이) 사건이 발생하면서 그녀의 숨겨진 정체가 드러났다.

220

외교 행낭에서 발견된 단서…

1947년 8월 연방수사국은 몰래 가로챈 소련의 외교 행낭 속에서 자신들이 소련 외교관을 감시했던 기록 문서를 발견했다.

외교 행낭을 개봉하는 작전은 일명 '알리바바 프로젝트!' 이를 위해 도장 위조 전문가, 촬영 전문가, 암호 해독 전문가 등 각 분야의 전문가들이 한자리에 모였다. 서류 봉투가 도착하자 먼저 암호 해독 전문가가 행낭의 입구를 살폈다. 일반적으로 외교 행낭에는 자신들만 알아볼 수 있는 암호 장치가 설치되어 있기 때문이었다. 암호 해독이 끝나자, 나중에 복원할 때 원상태 그대로 돌려놓을 수 있도록 사진 촬영 전문가가 행낭 입구를 찍어 인화했다. 다음으로 봉투 입구의 봉랍Sealing Wax(편지를 봉하고 문서에 압인을 찍는 데 널리 사용되었던 물질-옮긴이)을 분리할 차례였다. 이때가 가장 신중을 기해야 하는 순서이다. 각국의 봉랍 배합 방법이 각기 다른 데다 상대국 전문가들이 여기에 어떤 술수를 부려 놓았는지도 가늠할 수 없어서 특수 요원들은 봉랍을 긁어 찌꺼기까지 보관해 놓는다. 이제 우편물 개봉 전문가가 행낭에서 문서를 꺼내자, 촬영 전문가가 재빨리 우편물과 문서를 촬영했다.

연방수사국 특수 요원들은 이 알리바바 프로젝트를 통해 자신들의 기밀이 누설되었다는 것을 알아차렸다.

연방수사국은 8월 15일에 이렇게 감시 일지를 기록했다.

"주미 소련 대사관 사무처 3급 비서관 구스타프 바우어Gustaf Bauer는 4월에 3주 동안 여덟 차례 폭음했고, 그중에 여섯 차례는 공공장소에서 술을 마셨다. 심지어 음주 운전을 하다가 자동차 헤드라이트를 망가뜨리기도 했다."

그런데 이것이 소련의 외교 행낭에 있던 문서와 정확히 일치했다! 소련이 자신의 외교관을 직접 미행한다 하더라도 연방조사국과 토시 하나 다르지 않게 감시 기록을 쓴다는 것은 있을 수 없는 일이었다. 미국의 기밀이 노출된 것이 분명했다.

물론 소련인도 바보가 아닌 이상 훔친 문서가 든 외교 행낭을 떳떳하게 들고 다니지는 않았을 테지만, 어찌 되었건 밀사의 부주의로 이것은 미국의 손에 들어왔다.

연방수사국은 이때부터 줄곧 모스크바와 워싱턴을 오가는 외교 문서를 주시했다. 그러나 두 달이 지나도 기밀 유출 사건은 실마리조차 잡지 못하고 사건은 점점 미궁에 빠졌다.

연방수사국의 타국 외교관 감시 기록은 대부분 '일급 기밀'의 비망록에 기록된다. 문제는 '일급 기밀' 비망록의 배포 범위가 매우 넓다는 것. 위로는 대통령 사무실, 내각 부장, 참모장 연석회의의 장관부터 아래로는 중앙정보국, 사법부 등 관련부처의 중급 관원에게까지 배포되었다. 이들 주위의 비서나 사무관, 연구원들은 제외한다고 하더라도 이렇게 많은 사람 중에서 기밀 유출자를 찾아내기란 그야말로 모래사막에서 바늘 찾기였다.

1948년 12월 14일 연방수사국에 드디어 희소식이 들려왔다. 소련의 외교 행낭에서 엄청난 단서를 찾아낸 것이다. 그것은 바로 대사관 공무원들의 업무에 참고 자료로 제공하려고 연방수사국이 작성한 외국 기업의 블랙리스트였다. 이것이 어떻게 소련인의 손에 들어가게 된 걸까?

연방수사국은 즉각 추적 조사에 들어갔다. 이 블랙리스트는 AAA급 기밀문서로, 관련 부처의 업무 참고 자료로 쓰일 뿐 일반적인 정부 회람 문서가 아니었다. 그리고 이것은 연방수사국, 중앙정보국, 사법부 이렇게 세 기관에만 배포되며 사법부에서 이 문서를 열람할 수 있는 권한은 사법부 부장, 형사국 국장, 그리고 외국 대리인 등기과 과장 이렇게 세 사람뿐이었다.

직위를 막론하고 대대적인 조사를 벌인 끝에 마지막으로 과장의 차례가 되었다. 그는 자신이 기밀문서를 가지고 있을 때만큼은 추호의 실수도 하지 않았다고 확신했다. 그러다 잠시 후 과장은 그의 신망이 두터운 정치 연구원 한 명이 가끔 업무상 필요할 때 그를 통해 기밀문서를 빌려 읽는다고 털어놓았다. 연방수사국 특수 요원들은 본부로 돌아가자마자 그 신망 두텁다는 정치 연구원의 뒷조사를 했다. 이렇게 해서 카플란은 순식간에 유력한 용의선상에 올랐다.

이제 카플란에 대한 실마리가 하나 둘 잡히기 시작했다.

"대학 시절의 그녀는 급진파 성향이 강했어요. 그녀가 공산주의로 전향했을 가능성은 충분합니다."

"소련 청년 대표와 만났던 일이 중요한 계기가 된 것이 아닐까요? 그녀는 급진적인 입장을 감추고 정부의 기밀 부처로 입사하라는 소련의 회유에 넘어간 것 같습니다. 사회법과 사회심리학을 전공하던 학생이 중앙정보국에 지원한다는데, 의심이나 했겠습니까?"

후버 국장은 용의자를 해고하지 않고 그대로 직위에 두는 것이 영 내키지 않았지만 카플란의 공범을 잡고자 당분간은 그대로 지켜보기로 했다. 연방수사국은 미끼를 준비해 그녀 주변의 스파이를 일망타진할 계획이었다.

그때부터 카플란의 모든 행동은 24시간 내내 감시당했다. 연방수사국은 전화 도청은 물론이고 그녀의 우편함까지 샅샅이 뒤졌으

며, 카플란과 연락하는 모든 사람을 감시 대상으로 삼았다. 연방수
사국은 미국 육군 정보부에서 전파 감지 장치를 탑재한 차를 두 대
빌려와 그녀의 집 근처 차고에 세워두었다. 이 역시 그녀가 무전기
로 소련과 연락하는 만일의 상황에 대비하고자 한 것이었다. 이렇
듯 그녀 주위에 그물을 가득 쳐 놓았으니 이제 카플란은 독 안에
든 쥐나 마찬가지였다. 그러나 이 상황을 전혀 모르는 그녀는 평소
처럼 열심히 일을 하고, 2~3주에 한 번씩 뉴욕에 가서 주말을 보냈
다. 그러던 어느 날 카플란은 부모님과 남자친구를 보러 간다며 뉴
욕으로 향했고, 특수 요원들이 그녀의 뒤를 바짝 쫓았다.

고양이에게 잡힌 생쥐 …

"용의자가 맨해튼Manhattan으로 향하고 있습니다!"

특수 요원들은 사령관 플레처Fletcher에게 즉각 보고했다.

"주시해!"

뉴욕의 펜실베이니아Pennsylvania 기차역에서 내린 카플란은 부모
님 집과는 정반대 방향으로 향했다. 카플란을 미행하던 특수 요원
밀러Miller는 그녀에게서 잠시도 눈을 떼지 않고 뒤를 바짝 쫓았다.
이때 브로드웨이Broadway와 193가 거리가 교차하는 지점에 검은 머
리의 키 작은 한 남자가 나타났다. 카플란은 이 남자와 함께 이탈
리아 식당으로 들어가 식사를 하고는 지하철역으로 걸어가며 끊임
없이 이야기를 나누었다. 미행하는 요원은 정체가 드러날까 봐 가
까이 다가갈 수가 없어 그들이 무슨 이야기를 나누는지 도통 알 수
가 없었다. 그런데 지하철을 기다리던 두 사람이 말다툼이라도 하

는 듯 갑자기 언성을 높이기 시작했다. 카플란은 심지어 신문지를 돌돌 말아 남자를 때리기도 했다. 둘은 그렇게 실랑이를 벌이다가 지하철이 도착하자 함께 올라탔다. 지하철이 125가에 도착해 막 문이 닫히려는 찰나, 조금 전까지만 해도 내릴 생각이 전혀 없는 듯 앉아 있던 남자가 갑자기 쏜살같이 뛰어내렸다. 목표물이 순식 간에 사라진 것이었다!

연방수사국이 신속하게 조사를 벌인 끝에 그 검은 머리 남자는 소련인이라는 사실이 밝혀졌다. 남자의 이름은 밸런타인 알렉시스 코비체프Valentine Alexisvic Kobechev. 건축가인 코비체프는 1946년에 UN주재 소련 대표단의 비서 신분으로 미국에 들어왔다. 처음에는 외교관 신분이었지만 지금은 맨해튼으로 파견되어 UN의 새 복합 건물을 짓는 일을 맡고 있었다. 그는 현재 외교관 비자를 가지고 있지 않고 외교 면책 특권도 없으니 정말로 그가 스파이라면 즉각 체포할 수 있었다.

사건의 진상이 밝혀질 무렵, 후버 국장은 사법부에서 당장 카플 란을 쫓아내야 한다고 강력하게 주장했다.

"사건이 일단락됐는데 카플란을 해고시키면 왜 안 된다는 거야!"

범인과 증거물을 동시에 잡으려고 골머리를 앓던 특수 요원들은 애가 탔다. 물론 하루빨리 체포를 서둘러야 하지만 지금으로서는 별다른 뾰족한 묘책이 없었다. 그들은 덫을 놓기로 했다.

안토르크Antorg 무역 회사는 이미 잘 알려진 소련의 정보기관이었 다. 이 사건을 맡은 연방수사국의 람페어Lamphere는 이 회사에 미국 스파이를 심어놓았다는 거짓 문서를 만들었다. 카플란이 이 문서 를 본다면 코비체프에게 즉각 이 사실을 알릴 것이 분명했다. 예상대로 카플란은 이 문서를 보자마자 곧바로 뉴욕으로 건너갔다. 서로 다른 방향에서 출발한 카플란과 코비체프는 교차 지점을 향해 걸었다. 두 사람이 어깨를 스치는 순간, 카플란이 눈 깜짝할 사이에 코비체프에게 종이쪽지 하나를 건넸다. 그리고 카플란은 다시 워싱턴으로 돌아왔다. 람페어는 이때다 싶어 또 다른 미끼를 던졌다. 그는 비망록에 이런 내용을 써 내려갔다.

"안토르크 회사는 현재 미국의 음파 탐지기에 눈독을 들이고 있다. 우리는 중개인을 통해 안토르크 회사의 미국 대표 아시돌 가비 니들맨Asidors Gaby Needleman과 연락하려고 한다. 하지만 우리는 그를 완전히 믿지는 못하므로 그가 얼마나 믿을 만한 사람인지 시험해보려고 한다. 그가 우리에게 얼마나 가치 있는 정보를 건네주는지 한 번 기다려보겠다."

사실 람페어가 언급한 스파이 니들맨은 지극한 충성심을 가진 소련의 애국자였다. 이런 정보를 스파이가 본다면 귀가 솔깃할 것이 분명했다. 결국 또 미끼에 걸려든 카플란은 다시 뉴욕으로 건너갔다. 이번에 연방조사국은 경찰 30여 명과 경찰차 7대를 동원해 카플란 체포 작전, 일명 '뉴욕 프로젝트New York Project'를 실행했다.

카플란 기소 물거품이 되다…

카플란의 핸드백에는 람페어가 거짓으로 작성한 비망록 2부가 들어 있었다. 이러한 기밀문서는 카플란 같은 직위의 사원은 절대 볼 수 없었다. 함정에 걸려든 것이 분명했다. 그리고 그녀의 핸드백에는 또 다른 기밀 정보가 담긴 연방수사국 자료 30여 부와 세 사람의 약력, 그리고 그녀가 코비체프에게 건네는 중요한 문서들도 들어 있었다. KGB가 사람을 매수할 때 먼저 약력을 요구하는 점을 보아 그녀는 스파이가 틀림없었다.

1949년 4월 25일 워싱턴은 카플란 사건과 관련해 1차 공판을 열었고, 카플란은 법정에서도 그 뛰어난 언변을 유감없이 발휘했다.

연방수사국은 법정에서 카플란의 간첩죄를 고발하며 그녀를 체포할 때 그녀의 가방 속에 들어 있던 기밀문서를 증거물로 제출했다. 소송인은 확신에 찬 어조로 말했다.

"이 자료들은 카플란이 코비체프에게 건네주려고 가지고 있던 것입니다."

연방수사국은 배심원들이 체포 당일의 정황을 이해하기 쉽도록 전문가를 불러 용의자들이 접견하던 상황을 안내도 위에 자세히 그렸다. 하지만 카플란은 이에 굴하지 않고 당당한 어조로 말하기 시작했다.

"저는 코비체프를 죽을 만큼 사랑했어요. 물론 아내가 있는 남자를 사랑했기에 늘 불안 속에 살아야 했지만요. 하지만 프로이트Sigmund Freud도 이렇게 말하지 않았나요? '감정은 때로 머리로 이해할 수 없다'라고 말이에요. 제 말이 잘못되었나요?"

"그렇다면 두 사람이 만날 때 사람들의 눈을 피해 여기저기로 숨어 다닌 이유는 무엇입니까?"

"코비체프의 부인은 그야말로 질투의 화신이었어요. 항상 남편을 의심하던 부인은 사람까지 시켜 저희를 미행했지요. 제가 코비체프와 함께 있었다는 것은 인정해요. 하지만 이건 지극히 사적인 일 아닌가요? 연방수사국 사람들은 제가 그에게 물건을 건네는 것을 봤다는데, 이건 절대 사실이 아니에요! 제가 언제 어디에서 누구에게 국가 기밀을 팔았다는 거죠?"

그녀는 오히려 당당하게 반문했다. 그리고는 다시 애절한 러브스토리를 하나하나 털어놓기 시작했다. 금방이라도 눈물을 쏟을 것 같은 그녀의 눈은 진심을 말하는 것 같았고, 법정 안은 이내 술렁이기 시작했다. 그러자 뭔가 잘못된 방향으로 흘러가고 있는 분위기를 느낀 소송인이 다그쳤다.

"그럼, 당신은 어째서 기밀 자료를 핸드백에 넣고 있었던 거죠? 게다가 왜 그것을 사람들이 많은 공공장소까지 가져갔습니까?"

"그건 제 부주의였어요. 너무 바빠 정신이 없어서 들고나간 건데 이것도 죄가 되나요?"

카플란의 변호사 아치볼드 파머Archibald Palmer는 법정에서 이렇게 진술했다.

"카플란은 코비체프와 세 차례 밀회를 가졌습니다. 이는 순전히 두 사람의 사적인 데이트였지요. 그녀 가방 속에 들어 있던 자료는 그녀가 소설을 쓰려고 가지고 있던 것뿐입니다. 안타깝게도 그 소설은 이미 다 태워버려서 오늘 법정에는 가져오지 못했습니다. 판사님, 지금 연방수사국은 코비체프의 가방에 있던 125달러가 카플란에게 주는 사례금이라고 했는데, 그럼 제가 하나 묻겠습니다. 연방수사국은 수많은 요원을 동원해 기밀문서를 유포한 범인을 잡으려고 했습니다. 그렇게 중요한 기밀문서의 값어치가 고작 125달러입니까?"

카플란과 소련 '까마귀(KGB의 남성 요원을 지칭하는 말-옮긴이)'의 러브스토리는 하루 아침에 전국 신문의 1면을 장식했다. 게다가 일부

삼류 신문사들은 이 사건을 부풀리며 몇 차례 더 연재하기도 했다. 그러자 미국 사회에는 그녀가 40년대의 마타 하리라는 둥, 소련이 사법부에 에로 여배우를 스파이로 보냈다는 둥, 온갖 루머가 판을 쳤다. 〈뉴욕 위크엔드 뉴스New York Weekend News〉지는 이런 글을 실었다.

"풍만한 가슴을 가진 사법부 여직원은 바로 붉은 소련의 훌륭한 무기였다. 고도의 훈련을 받은 외교관도 그녀의 매력을 거부할 수는 없었다. 그렇다면 우리도 카플란처럼 빵빵한 여성을 천 명이고 만 명이고 보내면 소련을 공격하는 것이 식은 죽 먹기 아니겠는가? 하지만 미국에는 이런 여성이 극히 드무니 안타까울 따름이다."

람페어는 증인으로 법정에 나가 자신이 거짓으로 꾸민 비망록을 증거로 제시했다.

"이것은 제가 거짓으로 꾸민 문서지만, 이중에는 실제 정보도 있습니다. 소련에 정보를 파는 스파이를 잡으려고 미끼를 던진 거죠."

람페어는 카플란이 비망록에서 관련 문서를 뽑아가는 사진을 가리키며 덧붙였다.

"이 사진을 보고도 카플란이 무죄라고 하시겠습니까?"

변호사 파머는 반발했다.

"그것은 증거가 될 수 없습니다. 이 자료로 카플란의 유죄를 증명하려 한다면 법정에 비망록 전체를 증거로 제시해야 합니다."

파머의 이 한 마디로 법정 조사는 교착 상태에 빠져들었다. 비망록 전체를 공개한다면 미국에 엄청난 피해를 가져올 것이 분명하니까 말이다. 연방수사국은 무척 난감했다. 만약 비망록을 공개하지 않으면 카플란의 고소를 취하해야 하지 않겠는가. 또한 사법부도 카플란의 스파이 사건으로 자신의 얼굴에 먹칠하는 것보다는 카플란의 사건을 아예 포기하는 편이 낫다고 생각하고 있었다. 파머는 연방수사국과 사법부의 이러한 심리를 진즉에 간파하고, 연방수사국에 비망록 전체를 공개하라고 더욱 강력히 요구했다. 결국 재판은 잠시 휴정에 들어갔다. 그리고 한 시간 뒤, 법관이 진지하게 판결문을 낭독했다.

"비망록이 공개되면 기밀 첩보원과 정찰 수단이 모두 폭로된다는 연방수사국의 우려는 이해한다. 하지만 더욱 공정한 판결을 위해 카플란의 가방에 있던 자료와 관련된 연방수사국의 비망록을 변호사 파머에게 공개하는 것을 특별히 허가한다."

연방수사국은 하는 수 없이 파머에게 비망록을 건네주었다. 그런데 얼마 지나지 않아 기밀 정보는 매스컴에 낱낱이 공개되었고, 연방수사국이 전국 각지에 심어놓은 스파이 10여 명의 신분도 모두 폭로되었다.

그러던 어느 날 특수 요원들은 카플란의 러브스토리에 새로운 사실을 하나 발견했다. 케어리Carey 요원은 카플란에게 물었다.

"카플란 씨, 코비체프가 당신의 유일한 남자이라고 장담할 수 있습니까?"

"물론이죠."

"그렇다면 1949년 1월 7일은 볼티모어Baltimore에 있는 호텔, 다음 날은 필라델피아Philadelphia에 있는 또 다른 호텔에서 사피로Shapiro 부인의 이름으로 사피로 씨와 함께 묵은 일은 어떻게 설명하시겠습니까?"

연방 특수 요원 케어리는 그날 둘이 먹은 아침 식사와 룸서비스

영수증 사본을 증거로 제시하면서 두 사람이 함께 있었다는 사실을 증명했다. 그는 법관에게 이렇게 말했다.

"만약 카플란과 사피로의 일이 사실이라면 카플란과 코비체프의 러브스토리는 조작된 것이 분명합니다. 카플란과 코비체프의 만남 역시 연인 사이의 데이트가 아니라 스파이간의 비밀 접선인 거죠."

장장 20여 시간의 법정 공방 끝에 법관은 카플란에게 국방 정보를 빼돌린 간첩죄와 정부 기관의 문서를 훔친 절도죄가 있다고 보고 10년의 징역형을 선고했다.

1950년 초에 카플란 사건은 다시 2심에 들어갔고, 이날은 코비체프도 피고인으로 법정에 섰다. 그리고 두 사람 모두 유죄라고 판단한 법관은 각각 15년의 유기 징역을 선고했다.

두 달 뒤 소련 대사관은 미국 정부에 10만 달러를 지급하고 코비체프를 보석으로 빼냈다. 그리고 카플란은 2심 판결 후 연방 순회 상소 법원에 상소했다. 1950년 12월 리디어 핸드Lideer Hand 대법관은 그간의 판결을 뒤집고, 연방수사국은 사전에 충분한 시간과 증거를 갖추고 구속영장을 신청하라는 판결을 내렸다. 핸드 법관은 확실한 증거 없이 체포하는 것은 엄연한 불법 행위라며 카플란의 석방을 선고했다. 변호사 파머 역시 이 틈을 타 두 가지를 집요하게 파고들었다. 함부로 도청하는 것은 불법이며, 체포 과정 또한 석연치 않다는 것이었다.

연방수사국은 이제 헤어 나올 길이 없었다. 이제 와서 카플란의 재심을 요구할 수도 없고, 재심을 한다 해도 승소하리라는 보장이 없었다. 핸드 대법관도 연방수사국이 그녀를 고소할 때 제시한 증거들이 불법으로 획득한 것임을 알고 있었지만, 카플란 사건을 이렇게 덮을 수는 없다고 생각했다. 그는 오랜 고민 끝에 판결을 내렸다.

"기존의 판결을 뒤집었지만, 피고의 유죄가 확실하므로 원 기소는 기각하지 않겠다."

결국 카플란은 4만 달러의 보석금을 내고 당당하게 구치소를 나왔다. 신문사들은 너도나도 카플란이 풀려난 소식을 대서특필했다. 그 뒤 얼마 지나지 않아 카플란은 마흔한 살의 변호사 소콜로프Sokolov와 결혼을 했다.

당시 〈뉴욕 타임스The New York Times〉는 이와 같이 보도했다.

"그녀가 교도소에 들어가지 않은 것은 죄가 없어서가 아니라 미국 법률의 허점을 잘 이용한 덕분이다. 미국법, 이렇게 허술해도 되는가! 이는 미국인에게 큰 실망과 슬픔만을 안겨주었다."

하지만 카플란은 조금도 동요하지 않았고 오히려 전보다 더욱 자유로운 생활을 즐겼다. 연방수사국은 그녀에게 동해안을 벗어나지 말 것을 명령했지만 이는 그녀에게 전혀 문제가 되지 않았다. 카플란은 뉴욕의 어느 교외에 집을 짓고 차를 한 대 샀으며, 덴마크 강아지까지 키우면서 여유로운 생활을 즐겼다. 그곳 주민들은 해질 무렵이면 풍만한 몸매의 아름다운 귀부인이 강아지를 끌고 가로수 길을 한가로이 거니는 모습을 자주 볼 수 있었다. 훗날 그녀는 아이를 네 명 낳고 여느 가정주부처럼 평범한 생활을 했다.

제2차 세계대전 당시 대부분 정보 조직은 외교 행낭을 타국의 기밀을 빼내는 주요 수단으로 삼았다. 그래서 외교 행낭을 개봉하고 처리하는 조직까지 만들어 체계적으로 운영할 정도였다.

어느 한 국가의 외교 행낭을 타깃으로 삼으면 우선 정치적 분위기를 살핀 뒤 절도 작전에 들어간다. 공항이나 정류장, 항구를 비롯해 일부 대도시의 우체국 역시 그들의 주요 작전 수행지가 되었다. 외교 행낭이 작전 수행지에 도착하면 눈에 띄지 않으려고 배달원 복장을 한 행동 요원들이 가지각색의 자물쇠를 잽싸게 열고 일반 차량으로 위장한 비밀 자동차 안으로 행낭을 가져온다. 그러면 행낭을 실은 차는 곧바로 실험실을 향해 빠르게 질주한다. 이제부터 일각을 다투는 시간 싸움이 시작되는 것이다. 그들은 차가 막히는 만일의 상황까지 고려해 실험실까지 걸리는 시간을 재빨리 계산한다.

외교 행낭은 그들이 잠시 '빌린' 것이기 때문이다. 실험실에서 기다리던 기술자들은 외교 행낭을 받아 먼저 행낭의 모든 봉제선을 살펴본 뒤, 능숙하게 확대경으로 각종 암호와 기관명을 식별한다. 외교 행낭은 일반적으로 굵거나 가는 실이 가로, 세로로 겹쳐서 단단하게 묶여 있다. 제삼자가 쉽게 열 수 없도록 매우 복잡하게 묶어 놓지만 알고 보면 정확한 원리에 따라 봉인된 것이다. 아주 미묘한 변화에도 외교 행낭이 노출되었다는 것을 금방 알아차릴 수 있으므로 행낭을 열 때는 각별히 조심해야 한다. 검사를 다 거치면 기술자들이 봉랍을 녹이고 떨어진 농 하나하나를 모두 모아둔다. 행낭을 복원할 때 반드시 똑같은 봉랍을 써야 하기 때문이다.

봉랍의 종류는 수없이 많아서 똑같은 봉랍은 거의 없다고 할 수 있다. 그러므로 봉랍의 농 한 방울도 아주 세심하게 다뤄야 한다. 이제 행낭은 개봉 전문가에게 넘어간다. 개봉 전문가는 제아무리 복잡하게 엉킨 매듭이라 해도 일말의 흔적도 남기지 않은 채 단번에 풀어낸다. 그의 조수가 그의 옆에 서서 필요한 도구를 재빠르게 건네고, 절개 전문가는 마치 외과 의사처럼 정확하고 민첩하게 손을 움직인다.

행낭을 절개할 때는 모든 동작을 하나하나 사진으로 남겨놓아야 한다. 복원할 때 사진을 보고 비교해 가며 한 치의 오차도 없이 원상태로 돌려놓아야 하기 때문이다. 행낭을 절개하고 나면 검사원은 문서나 작은 가방이 행낭 안에 놓여 있던 위치를 정확히 기억하고자 스케치를 하거나 사진으로 남기고, 문서를 행낭에서 꺼내 전용 탁자에 올려놓는다.

기술자들은 문서를 자외선 아래로 통과시켜 문서에 암호나 기호가 새겨 있는지를 살펴본다. 그러고는 접착제가 붙어 있는 부위에 납작하고 얇은 메스를 살며시 밀어 넣어 봉투 덮개를 연다. 이때 절대로 문서 원본을 건드려서는 안 된다. 그리고 봉투를 열어 문서를 꺼내 펼친 뒤에 특수 마이크로카메라로 촬영하고, 문서를 다시 그대로 봉투 안에 넣는다. 그동안 특수 요원들은 이렇게 숙련된 솜씨로 수많은 국가의 외교 행낭을 빼내 엄청난 기밀 정보를 손에 넣어 왔다.

16

아인슈타인을 사랑의 늪에 빠뜨린 그녀

2004년 7월에 러시아 상트페테르부르크Saint Petersburg 정치경찰박물관Politics Police Museum에서 러시아 미녀 스파이들의 초상화 전시회가 열렸다. 그리고 이 전시회에서 앨버트 아인슈타인Albert Einstein과 소련 스파이 마르가리타 코넨코바Margarita Konenkova의 비밀스러운 사랑이 만천하에 공개되었다. 미녀 스파이 마르가리타 코넨코바 초상화 옆에는 이런 설명이 적혀 있었다. "제2차 세계대전 시기, 마르가리타는 미국 원자 폭탄 관련 기밀을 손에 넣고자 프린스턴Princeton 대학의 학식 깊은 학자들로만 구성된 팀에 들어갔다. 그리고는 예순이 넘은 대과학자 아인슈타인마저 유혹해 자신의 치마폭에서 놀아나게 했다."

호수의 수면에는 동그란 비취색 부평초가 떠 있고, 그 사이로 반짝반짝 빛나는 자그마한 국화가 보였다. 멀리 내다보니 하느님이 특별히 이 호수에 선물로 금가루를 뿌려준 것 마냥 눈부시게 빛났다. 호숫가에는 연인처럼 보이는 남녀가 한 쌍 앉아 있었다. 그들은 서로 다정하게 손을 잡고 호숫가에 앉아 호수와 푸른 산이 만들어낸 아름다운 경치를 조용히 감상하고 있었다. 마치 인형 같은 미모의 여성은 조용하고 온화하며 청초해 보였고, 남성은 약간 나이가 들어 보였다. 돌출된 암석 아래 웅덩이가 두 개 나란히 파인 듯 이마가 툭 튀어나오고 눈은 움푹 들어갔지만, 그는 한눈에 봐도 영리한 사람 같았다. 또한 그의 머리카락은 마치 싱그러운 잎이 덥수룩하게 뭉친 것처럼, 뭉게구름이 한데 엉킨 것처럼 아무렇게나 흩날렸다. 이 나이 든 남성은 바로 그 유명한 과학자 아인슈타인이었다. 그리고 그의 곁에 있는 여성은 소련의 유명한 조각가 세르게이 코넨코바Sergei Konenkova의 아내 마르가리타였다.

마르가리타는 아름답고 총명한데다 신비한 매력까지 물씬 넘치는 여성으로, 소련의 여성 스파이 서른 명 중에 가장 유명한 한 명으로 꼽힌다. 그녀는 뛰어난 미모로 소련의 전설적 베이스 가수였던 표도르 샬리아핀Fyodor Ivanovich Shalyapin과 천재 작곡가 세르게이

··· 소련 미녀 스파이 마르가리타

··· 천재 과학자 아인슈타인

라흐마니노프Sergei Vasilyevich Rachmaninov의 마음을 사로잡기도 했다.

1924년에 미모의 젊은 여성 마르가리타는 남편을 따라 미국으로 와서 소련 예술 전시회를 열었다. 모스크바Moskva 당국의 허가를 받아 학술 연구를 목적으로 남편과 함께 미국에서 머무르게 된 것이다. 이렇게 미국에서 20여 년이란 세월을 보낸 마르가리타는 미국에 있는 소련 여성 스파이 옐리자베타 자루비나Yelizaveta Zarubina에게 이끌려 스파이의 길로 들어섰고, 소련을 위해 미국의 최첨단 기술 정보를 수집해 왔다.

1933년 아인슈타인은 히틀러의 박해를 피해 미국으로 와 프린스턴 대학원에서 교수직을 맡았다. 1935년에 프린스턴 대학원이 아인슈타인에게 존경을 표시하는 의미로 코넨코바에게 그의 조각상을 만들어달라고 요청했는데, 어느 날 자신의 조각상을 보러 코넨코바의 작업실에 간 아인슈타인은 그곳에서 마르가리타를 보고 첫눈에 마음을 빼앗겨버렸다. 그 뒤로 아인슈타인은 코넨코바의 작업실을 문턱이 닳도록 드나들었다. 한번은 아인슈타인이 코넨코바가 바삐 일하는 틈을 타 마르가리타에게 자신의 상대성이론을 설명해주었다. 마르가리타는 어려운 이론을 이해할 수는 없었지만 귀 기울여 열심히 들었고, 아인슈타인은 이에 크게 감동했다.

어느날 그는 많은 공식을 쓰다 갑자기 자신의 두상을 가리키며 '알마Alma'라는 이름을 붙였다. 그러면서 '알마'가 바로 앨버트와 마르가리타의 약어라는 설명을 덧붙였고 마르가리타는 매우 기뻐했다. 두 사람은 대화를 나누면서 서로 상대방에게 호감이 생겼다. 종종 가슴이 찌릿찌릿하는 느낌을 받았다. 물론 두 사람은 나이 차가 무려 17살이나 났다. 그 당시에 아인슈타인은 쉰여섯 살, 마르가리타는 겨우 서른아홉 살이었다.

1936년에 아인슈타인의 부인 엘사Elsa가 병으로 죽고 난 뒤, 마르가리타는 아인슈타인과 예전보다 더 자주 만나면서 그의 마음속 빈자리를 채워주었다. 게다가 당시에 코넨코바가 작업실에서 보내는 시간이 점점 늘어나면서 아인슈타인과 마르가리타는 더욱 쉽게 가까워질 수 있었다. 아인슈타인은 마르가리타와 함께 시간을 보내고자 머리를 굴렸다. 그래서 그는 1939년에 코넨코바에게 마르가리타가 심각한 병에 걸렸다는 내용의 편지를 보냈다. 뿐만 아니라 편지에 의사의 소견서까지 동봉해 공기 맑고 경치 좋은 새러낙 호수Saranac Lake 부근에 가서 요양하는 것이 어떻겠냐고 제안했다. 이때 소견서를 써준 의사는 사실 그의 친구였고, 아인슈타인은 이미 새러낙에 유람선과 별장을 빌려둔 상태였다.

제2차 세계대전이 발발하자 소련 정부는 마르가리타를 소련 구제위원회 비서로 임명하고 본격적으로 외교 업무를 맡겼다. 마르가리타는 이렇게 공식적으로 명함을 내밀 만한 직업이 생기자 일하는 것이 훨씬 수월해졌다. 그리고 얼마 지나지 않아 그녀는 아인슈타인과 함께 레이크 스트리트Lake Street 6번 가에 집을 샀다. 바로 이곳이 아인슈타인이 편지에 종종 언급하던 '보금자리'로, 해마다 휴가를 보낸 교외의 거처이다.

그런데 시간이 흐름에 따라 마르가리타의 감정에도 차츰 변화가 생겼다. 처음에는 업무상 사심 없이 아인슈타인을 유혹한 것이었으나, 나중에는 온화하고 재능이 넘치는 이 과학자를 마음 깊이 진심으로 존경하게 된 것이었다. 하지만 이런 변화도 그녀가 스파이 활동을 하는 데는 전혀 영향을 미치지 않았다.

1945년 7월 16일에 미국은 첫 번째 원자폭탄의 폭발 실험을 성공리에 마쳤다. 그래서 소련이 미국을 막으려면 최대한 빨리 미국의 원자폭탄 연구개발 정보를 손에 넣어야 했다. 때마침 마르가리타는 아인슈타인과 자신의 특별한 관계를 이용해 소련 정보기관과 미국 과학자를 연계하는 중간자 역할을 했다. 그리고 그 해 8월에 마르가리타는 아인슈타인과 함께 새러낙으로 마지막 여행을 가서 자신이 스파이라는 것을 밝혔다. 아인슈타인은 마르가리타의 처지를 충분히 이해했고, 그녀가 임무를 완수하지 못하면 곤란해질 수 있다는 것도 잘 알았다. 그래서 그는 사랑하는 사람을 위해 어쩔 수 없이 소련 정보기관과 접촉하기로 했다. 마르가리타는 바로 아인슈타인과 뉴욕 주재 소련 영사관 부영사 유리 미하일로프Urey Mihaylov의 만남을 주선했다.

1945년 8월 30일에 아인슈타인은 마침내 뉴욕에서 유리 미하일로프를 만났다. 그리고 그날 마르가리타는 소련에 친척을 만나러 가야 한다는 핑계로 미국을 떠났다.

유리 미하일로프는 신변에 위협을 받을지도 모른다는 생각에 아인슈타인과 정기적으로 만나는 장소를 프리스턴시 교외의 한 호숫가로 바꿨다.

마르가리타는 귀국하자마자 아인슈타인이 미국에서 보낸 편지를 받았다. 편지에는 항상 사랑한다는 말이 대부분이었고, 유리 미하일로프와 만났다는 말이 간략하게 언급되었다.

"……미하일로프가 당신이 모스크바에서 잘 지낸다는 말을 전해 주었어. 걱정하지 마. 나도 잘 지내고 있으니까. 당신 하는 일 모두 잘 되길 빌게……."

··· 마르가리타와 아인슈타인

그리고 그는 다른 편지에서도 유리 미하일로프와 만난 일을 언급했다.

"나와 만난 뒤에 미하일로프는 곧바로 영사에게 보고하더군……."

어떤 편지에는 미하일로프가 아인슈타인에게 충고했다는 내용이 적혀 있기도 했다. 아인슈타인은 뉴욕 주재 소련 영사관의 부영사를 꽤 신임하는 듯했다.

미하일로프가 약속 장소를 뉴욕시에서 프린스턴의 교외로 바꾸겠다고 이야기하자, 아인슈타인은 멀리 모스크바에 있는 마르가리타가 떠올랐다.

"……날마다 밤이 늦어서야 뉴욕에서 출발해 약속 장소로 가. 당신에게 이렇게 피곤한 삶을 살라고 한다면 당신은 버틸 수 없겠지……. 물론 바쁘게 살아야 할 사람은 당신이 아니지만 말이야. 조국에서 보내는 휴가 동안 즐겁고 건강하게 지내길 바라오."

이렇듯 마르가리타는 아인슈타인을 꾀어내는 임무를 아주 성공적으로 완수했다. 그 임무는 바로 유리 미하일로프와 아인슈타인이 정기적으로 만나도록 약속을 잡는 것으로, 그 성과는 아주 컸다. 몇 년 뒤 마르가리타와 단독으로 연락하고 구체적으로 업무를 지시한 소련 안보부서 책임자 파벨 수도플라토프Pavel Sudoplatov는 그녀를 이렇게 평가했다.

"마르가리타는 출중한 여성 특수 요원이다. 그녀는 복잡하고 위험한 맨해튼Manhattan에서 안정된 기반을 잡고 아인슈타인처럼 명성이 자자한 과학자를 유혹했으니 실로 뛰어난 스파이이다. 아인슈타인은 유리 미하일로프를 만날 때마다 소련이 아직 개발하지 못한 미사일과 핵무기 등 최첨단 기술 자료를 건네주었다. 이 점만 봐도 마르가리타가 보기 드문 스파이계의 영웅이라는 사실을 알 수 있다."

수도플라토프의 이런 평가는 역사적 사실과도 들어맞는다.

제2차 세계대전이 끝나기 전에 스탈린은 소련이 반드시 다른 나라보다 먼저 핵무기를 제조해야 한다고 결정하고 모스크바 본사에 지시를 내렸다. 그 명령은 바로 아인슈타인의 곁에 있는 마르가리타에게 핵무기 관련 최첨단 자료를 입수하는 임무를 맡기라는 것.

또 1945년 8월 20일에 스탈린은 소련 국가인민위원회의 주요 지도자를 불러들여 쓸 만한 핵무기 제조 기술 자료를 빨리 손에 넣으라고 지시했다. 분명한 점은 이 어려운 사명을 해낼 수 있는 사람은 단 한 명, 바로 마르가리타밖에 없다는 사실이었다. 스탈린이 소련 정보총국 책임자를 만나던 날, 미국에서 임무를 수행 중인 마르가리타는 중요한 기밀을 전했다.

당시 아인슈타인은 미국이 핵무기 제조 기술을 단독으로 보유하는 것을 반대하며 미국 정부가 원자폭탄으로 여러 나라를 위협하는 것에 적대감을 품은 상태였기에 그녀는 바로 이 점을 교묘하게 이용해서 소련에 관련 자료를 제공하라고 설득을 시작했다. 아인슈타인을 비롯 이 일에 관련된 주요 인물은 핵무기 전문가 하이젠

베르크Werner Karl Heisenberg, 맨해튼의 핵무기 연구 제작 책임자 존 로버트 오펜하이머John Robert Oppenheimer였다. 이 두 명은 아인슈타인의 오랜 벗으로, 사람을 좋아하면 모든 것을 다 주어도 아까워하지 않는 성격이었다. 그들은 자신의 마음속 우상을 숭배하는 것처럼 우상의 연인에게도 똑같이 존경을 표했고 은연중에 많은 정보를 주었다.

얼마 뒤 소련이 원자폭탄 실험에 성공하자 미국 정계는 떠들썩해졌다. 소련의 원자폭탄 연구개발 속도가 예상보다 훨씬 빨랐기 때문이다.

이런 면에서 마르가리타 코넨코바는 세상에 알려지지 않은 진정한 영웅이었다. 일을 성공리에 마친 마르가리타는 남편 코넨코바와 함께 1945년 크리스마스이브에 돌연 미국에서 자취를 감췄다. 그리고 두 사람은 며칠 뒤 소련 국가보안위원회KGB 본부에 홀연히 모습을 드러내었다.

공을 세운 그들 부부는 정부에서 주는 최고의 상을 받고 호화로운 주택과 시골 별장도 얻었다. 그리고 마르가리타는 특수 요원 훈장을 받았으며, 코넨코바는 과학원의 회원이 되었다. 하지만 그들은 번잡한 이 도시를 빨리 떠나라는 지시를 받았다.

그 뒤로 그들은 시끄러운 도시를 벗어나 이름을 감추고 평범하게 살아갔다. 마르가리타는 깊은 밤이 되어서야 정성스레 보관해두었던 미국에서 온 편지와 발신자 이름만 새겨진 구식 손목시계를 몰래 꺼내 보았다.

그러면서 조용히 편지를 읽으며 아인슈타인과 이별하던 때를 회상했다. 그녀가 몰래 미국을 떠났다는 소식을 들은 아인슈타인은 매우 슬퍼했지만 그녀를 붙잡으려고 하지는 않았다. 오히려 자신의 마음을 억누르고 아인슈타인이라고 이름을 새긴 손목시계를 풀어 마르가리타의 손목에 채워주었다.

마르가리타는 귀국한 뒤에 진심으로 자신을 사랑해주었던 아인 슈타인이 그리워 그에게 사랑이 담긴 편지를 보냈고, 이를 통해 그 들이 사랑했던 사실은 만천하에 공개되었다. 마르가리타가 세상을 떠난 뒤 그녀의 후손이 유품을 정리하다가 독일어로 쓰인 러브레터 아홉 통을 발견했는데, 그것은 바로 아인슈타인이 보낸 것이었다.

그 편지 아홉 통에는 마르가리타를 향한 아인슈타인의 감정이 여 지없이 드러났다. 그는 애칭을 써가며 두 사람이 함께했던 그 시절 을 그리워하는 마음을 편지에 담았다. 그의 편지에는 이런 내용도 있다.

"사랑하는 마르가리타, 당신의 편지를 받을 수 없으니 도무지 근 황이 어떤지 알 수가 없군. 어떻게 해야 이 곤란한 국면을 벗어날 수 있을까 곰곰이 생각해 봤어. 사람들은 모두 내가 똑똑한 사람이 라고 입에 침이 마르도록 칭찬하지만, 지금 내가 할 수 있는 건 아 무것도 없어……. 그래서 요즘은 마법과 예언에 관련된 책을 보고 있지. 그 책을 보니 그런 생각이 들었어. 우리도 모르게 악마가 장 난을 쳐 우리의 편지를 잃어버리게 하는 건 아닐까 하는……. 지금 모든 사물이 어렴풋하게 느껴지는 저녁에 소파에 누워 당신이 준 담뱃대를 물고 당신이 좋아했던 펜으로 편지를 쓰고 있어……. 바 쁘지 않으면 빨리 답장해주길 바래. 당신에게 키스할 날만 손꼽아 기다리고 있겠어."

아인슈타인

앨버트 아인슈타인Albert Einstein, 1879~ 1955은 세계적으로 이름을 떨친 독일계 미국 과학자로 현대 물리학의 창시자이다. 1879년 3월 14일 독일의 울름Ulm에서 태어나 1955년 4월 18일에 미국의 프린스턴에서 사망했다.

아인슈타인은 1900년 취리히Zurich 공과 대학을 졸업하고 1909년에 대학 교수직을 맡았다. 1914년에는 윌리엄William 황실 물리연구소 소장 겸 베를린 대학 교수를 역임했고, 1940년에 미국 국적을 얻었다.

19세기 말은 물리학에서 혁명적인 시기로, 아인슈타인은 실험에서 출발해 물리학의 기본 개념을 다시 고찰했다. 이를 통해 그간의 물리학 이론을 송두리째 흔들어 놓았다. 천문학은 그가 이루어낸 성과 덕분에 더욱 발전했고 그의 광양자설Light Quantum Theory은 천체물리학, 특히 이론 천체물리학에 크나큰 영향을 미쳤다. 이론 천체물리학 가운데 항성대기론Stellar Atmosphere은 양자론Quantum Theory과 복사론Radiation theory을 기초로 한 것이다. 아인슈타인은 특수 상대성이론Special Theory of Relativity을 통해 에너지와 질량 간의 관계를 분명하게 밝혔고, 오랫동안 과학자들의 골칫거리였던 '항성(恒星) 간 에너지의 근원'이라는 난제를 해결했다. 또 고에너지 물리 현상이 점점 늘어나고 있다는 사실을 발견했으며, 특수 상대성이론은 이러한 현상을 해결하는 가장 기본적인 이론으로 자리매김하게 되었다. 일반 상대성이론General Theory of Relativity 또한 천문학 분야에서 오랫동안 풀리지 않았던 수수께끼를 풀었고, 나중에 검증된 광선 스펙트럼 현상을 적용해 많은 천문학 이론의 기초가 되었다.

아인슈타인이 천문학에 가장 큰 성과를 낸 것은 바로 우주론Cosmology이다. 그는 상대론적 우주론Relativistic Cosmology을 발견하였고, 정지 상태의 무한한 동역학Dynamics 모델을 제시했다. 우주학 원리와 스펙트럼 공간 등 신개념을 도입해 현대 천문학의 발전을 이끌어냈다.

244

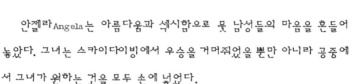

스카이다이빙의 여왕

안젤라Angela는 아름다움과 섹시함으로 뭇 남성들의 마음을 흔들어 놓았다. 그녀는 스카이다이빙에서 우승을 거머쥐었을 뿐만 아니라 공중에서 그녀가 원하는 것을 모두 손에 넣었다.

안젤라는 아름답고 섹시한 여성이었다. 외모만 보면 그녀는 실제 나이보다 열 살은 더 어려 보여 무척이나 귀엽고 사랑스러웠다. 그녀는 1950년대에 열렸던 소련 스카이다이빙 시합에서 가장 아름다운 우승자였다. 그녀는 자신의 일을 매우 사랑했고, 국내외 스카이다이빙 대회에서 몇 차례나 상을 받아 '스카이다이빙 여왕'이라고 불렸다.

1954년 봄, 스카이다이빙의 여왕 안젤라는 소련 대표단을 따라 이탈리아에 가서 스카이다이빙 공연을 했다. 그들은 이탈리아의 수도 로마에서 스카이다이빙 공연을 끝낸 뒤에 쇼핑도 하고 이곳저곳 돌아다니며 달콤한 휴식을 즐겼다. 이때 사건이 하나 터졌다. 안젤라가 외출 기회를 틈타 이탈리아 정부의 한 부서로 쳐들어가서는 자신이 소련 정부에 박해를 받고 있으며, 서양의 민주와 자유를 존경하니 정치적 망명을 하고 싶다고 간곡히 호소한 것이었다! 이탈리아 정부는 그녀가 애타게 바라는 데다 실력이 뛰어난 스카이다이빙 선수라는 것을 알고 그녀의 요구를 들어주었다. 물론 소련 정부에서 노발대발하며 이탈리아 정부에 항의를 표했지만, 이탈리아는 이에 전혀 아랑곳하지 않았다. 결국 안젤라는 로마 스카이다이빙 클럽의 평생 운동선수 겸 교련으로 초빙되었다.

안젤라는 로마에서 스카이다이빙 강의를 하면서 이 클럽의 코치 조지 펠릭스George Felix를 사랑하게 되었다. 조지도 사랑의 늪에 빠졌고, 두 사람은 한시도 헤어지기 싫어 바로 결혼했다. 결혼 뒤 안젤라와 남편 조지는 '안젤라 스카이다이빙 공연 회사'를 차렸고, 서유럽 각지를 돌며 순회공연을 했다. 또 그녀는 이탈리아의 낙하산병과 북대서양조약기구NATO의 공군을 위해 스카이다이빙 공연을 하고 단기간이지만 강의도 했다. 이렇게 그녀는 자신의 명성과 미모를 등에 업고 점차 많은 군사, 정치계의 주요 인물과 사귀었고 장군과 교관 가운데 몇 명은 그녀의 추종자가 되기도 했다.

사실 이 모든 것은 KGB가 교묘히 쳐 놓은 덫이었다. 일찌감치 소련 군대 총참모부 정보총국 제3국에서 안젤라의 재능을 알아보고 그녀를 스파이로 고용했던 것이다. 몇 년 동안 스파이학교에서 엄격한 훈련을 받은 안젤라는 우수한 성적으로 졸업시험을 통과해 졸업자 몇백 명 가운데 대표로 선발되기도 했다. 안젤라가 이번에 받은 소련 정보기관의 명령은 바로 서양에 의탁하는 척하면서 이탈리아에 있는 스파이망을 이끌라는 것이었다.

1956년 가을 안젤라는 자신의 남편도 그 스파이망에 끌어들였다. 조지는 이탈리아 하류 계층 출신으로 자수성가해 그동안 남부럽지 않게 살았다. 하지만 가슴속 깊은 곳에서는 자산가를 증오하고 노동당 정부를 지지했다. 또 사회주의를 숭배하면서 유럽은 미국이 시키는 대로 해서는 안 된다고 생각했다. 덕분에 안젤라가 별다른 노력을 들이지 않고도 쉽게 목적을 달성할 수 있었다.

조지 펠릭스는 군대에서 스카이다이빙 기술을 지도하도록 허가받은 스카이다이빙 전문가여서 북대서양조약기구와 이탈리아의 해·공군 기지를 드나들 수 있었다. 그는 스카이다이빙을 하는 틈을 타 초소형 카메라에 비밀기지 사진과 동영상을 무수하게 담아왔다. 또 중요 인물을 만날 기회가 생기면 몸에 머리카락보다 더 가는 녹음기를 숨겨서 상대방과 대화한 내용을 녹음했다. 펠릭스는 특히 스냅 샷을 찍는 데 도사였다. 문서나 계획서, 도면 등을 접촉할 기회만 생기면 죄다 찍어왔다.

안젤라 역시 스카이다이빙을 한다는 핑계로 수많은 금지 구역에 들어갈 수 있었다. 그녀는 낙하산 앞부분에 정교한 고성능 카메라를 설치했다. 이것은 소련 드네프르Dnepr 공장에서 제조한 상품으로, 움직임에 따라 전원을 켜고 끌 수 있으며 셔터는 자동으로 초당 9번이나 눌러졌다. 또한 3천 미터 공중에서 지상에 있는 목표물도 선명하게 찍을 수 있었다. 이 스파이 도구의 성능은 1950년대 당시에 세계 최고의 수준이라고 해도 과언이 아니었다.

안젤라는 테크닉이 뛰어난 스카이다이빙 선수로, 마치 낙하산이 펼쳐진 것처럼 손을 활짝 펴서 스카이다이빙을 했다. 다시 말하면 비행기에서 뛰어내린 뒤 몸을 수평으로 해서 잠시 하강하다가 낙하산을 펼치는 것이다. 2천 미터나 되는 상공에서 스카이다이빙을 할 때는 선수에게 10~12초 간 자유 낙하 시간이 생긴다. 더 높은 곳에서 스카이다이빙을 한다면 자유 낙하 시간은 더 길어질 것이며, 안젤라는 이 시간을 충분히 활용했다. 이렇게 해서 아펜니노Apennino 반도의 군사 기지 사진을 손에 넣을 수 있었고 얼마 뒤 이 사진은 모스크바 정보총국의 사무실 책상 위에 올려졌다.

1956년 말에 안젤라는 조지와 함께 여행을 떠났다. 먼저 서유럽 국가 몇 곳을 돌아보고, 마지막으로 우크라이나의 오데사Odessa에 도착했다. 조지는 그곳에서 보름간 특수 요원 속성 훈련을 받고, 안젤라의 비밀 통신원 역할을 맡게 되었다.

북대서양조약기구에서 공연할 때 안젤라는 전쟁 경험이 많은 쉰여섯 살 몽고해리Montgoharry 장군을 알게 되었다. 안젤라는 온갖 수단을 동원해 그를 유혹했고 이내 두 사람은 친구가 되었다.

당시 이탈리아 북부의 해변에는 지도에 표기되지 않은 작은 항구가 있었다. 소련은 이곳이 군사 시설 보호 구역이며, 북대서양조약기구와 이탈리아 군대가 각종 신형 어뢰를 연구개발하고 생산하는 비밀 공장이 있다는 사실을 알아내고서 안젤라에게 이 기지의 평면도를 가져오라고 명령했다. 만약 다른 지역이었다면 이 일은 그녀에게 식은 죽 먹기였을 것이다. 하지만 이곳은 당국의 경계가 삼엄해 평면도를 빼내는 것이 결코 쉽지 않았다. 특히 이 지역 상공은 기지의 전용 비행기말고 다른 비행기는 진입조차 할 수 없었다. 여기저기에서 정보를 수집한 안젤라는 이곳 경계 책임자가 공군 부참모장 몽고해리 장군이라는 것을 알게 되었다. 그래서 그녀는 몽고해리 장군과 가까워질 방안을 생각해 내려고 머리를 썼다.

248

한번은 그녀가 이탈리아 공군의 제4스카이다이빙학교 학생들 앞에서 스카이다이빙 공연을 했을 때 몽고해리 장군이 군을 대표해 그녀에게 감사를 표했다. 장군은 유머러스한 사람이었다. 그리고 얼마 지나지 않아 그녀는 국방부에서 개최한 이브닝 파티에 참석해 몽고해리 장군과 우연히 만난 척했다.

그녀는 장군과 처음 만났을 때를 회상하면서 말했다.

"그때 당시 장군님은 퍽 인상 깊었어요."

이브닝 파티가 끝날 때쯤 그녀는 이튿날 오후에 열리는 자신의 스카이다이빙 공연에 장군을 초대했고, 몽고해리 장군도 흔쾌히 승낙했다. 스카이다이빙 공연이 끝난 뒤 그들은 함께 저녁식사를 했다. 안젤라는 장군이 자신에게 호감을 품고 있다는 것을 알아채고, 눈치 빠르게 말했다.

"다음 주에 제노바Genova에서 열리는 여자 스카이다이빙 훈련팀 공연을 보러 갈 건데, 괜찮으시면 함께 가실래요? 그래 주신다면 영광이에요."

안젤라에게 푹 빠진 장군은 물었다.

"정말 그렇게 생각해요?"

안젤라는 그를 지그시 바라보며 말했다.

"어떻게 해야 믿으시겠어요?"

3일 뒤 그들은 함께 제노바로 떠났다. 그곳에 도착한 날 오후에 안젤라는 넓고 푸른 바다를 바라보며 마음속에서 뜨거운 열정이 솟구쳐 오르는 것을 느꼈다. 그녀는 갑자기 바다 위에서 스카이다이빙을 하면 어떻겠냐며 몽고해리 장군에게 비행기를 타고 가서 바다 위에서 스카이다이빙을 하고 싶다고 말했다. 몽고해리 장군은 그녀의 부탁을 들어줄 수 있는 권한이 있으니 근처 군 전용 공항에 전화 한 통만 걸면 됐다. 하지만 이곳은 비밀 기지와 매우 가까운 금지 구역이라 그는 잠시 머뭇거렸다. 안젤라는 그가 망설이는 것을 보고 금방 풀이 죽은 척했다. 그러자 장군은 생각을 바꿨다.

'그녀는 세계적으로 유명한 스카이다이빙 선수인데다 자유를 만끽하는 사람이니, 이곳에서 스카이다이빙을 하는 건 큰 의미가 있겠지. 이런 부탁도 들어주지 못하면 내 체면도 말이 아닐 거야.' 그는 약간 우물쭈물하더니 결국에는 그녀의 부탁을 들어주기로 했다.

다음 날 오전 그는 소형 군용 수송기에 안젤라를 태우고 바다 위로 날아갔다. 비행기가 공중에서 한 바퀴 돌고 난 뒤, 그녀는 비행기에서 개구리가 폴짝 뛰어내리는 것처럼 사뿐히 뛰어내려 12초 동안 하늘을 날더니 낙하산 줄을 당겼다. 그녀는 이 귀중한 12초를 위해 2주나 준비했다. 하지만 확실히 그만한 가치가 있었다. 낙하하면서 어뢰 제조 공장과 부두 시설을 이미 사진기에 담은 것이다! 게다가 몽고해리 장군은 그 뒤에도 계속해서 그녀의 손바닥에서 놀아났다.

안젤라는 대담하면서도 한편으론 세심해서 모든 일을 철두철미하게 처리했다. 하지만 남편이자 비밀통신원인 조지는 그녀와 달리 빈틈이 많았다. 그는 용감하긴 했지만 신중하지 못해서 결국 그의 덜렁대는 성격이 화근이 되었다. 그는 종종 이탈리아 각지에서 스카이다이빙 공연을 하고 강의하는 틈을 타 정보를 전했다. 그러면서 로마 주재 소련 대사관을 찾아가 공군 무관 코체토브Kochetov 소령과 몇 번씩 만나는 바람에 이탈리아 방첩기관의 주의를 끈 것이다!

일은 안젤라가 전혀 예상치 못한 방향으로 진행되었다. 1956년 겨울에 오스트리아 주재 소련 상무 참사가 서양에 투항했고, 자신이 KGB 소속이라고 밝히면서 이탈리아에 이미 소련의 스파이망이 대규모로 구축됐다고 폭로했다. 이탈리아 당국은 조사에 박차를 가했고, 소련 외교관과 접촉한 사람들은 한 명도 빠뜨리지 않고 조사 대상에 포함시켰다. 조사를 진행하면서 그들은 점차 안젤라가 이곳에 몸을 의탁한 것에 강한 의심을 품었다. 조지가 소련 스파이라면 안젤라의 신분도 명확해질 것이었다. 그러나 그들은 증거를 찾지 못해 때를 기다릴 수밖에 없었다. 소련 당국도 조지 부부가 이탈리아 당국에 감시받는다는 사실을 알고 모든 스파이 활동을 잠시 중단하라고 명령했다. 그 뒤로 조지 부부는 스카이다이빙에만 몰두하며 단서가 될 만한 것은 전부 숨겼고, 시간이 지나면서 어느덧 그들이 스파이라는 소문도 점차 가라앉았다.

눈 깜짝할 사이에 10년이 흘렀다. 그동안 안젤라와 조지는 평온한 나날들을 보냈고, 이탈리아 방첩 기관은 줄곧 그들을 감시해 왔지만 어떠한 허점도 발견하지 못했다.

그러던 어느 날 한 사건이 터지면서 마침내 그들의 신분이 발각되었다. 그것은 바로 1967년 3월에 소련에서 일어난, 세상을 발칵 뒤집은 모반 사건이었다. 스탈린의 여인 스베틀라나Svetlana가 인도인 남편의 유골을 가지고 귀국한다는 것을 핑계삼아 인도 주재 미국 외교관의 도움을 받아 미리 준비해둔 인도 항공 회사의 비행기를 타고 서유럽 국가로 몰래 떠났다. 그때 KGB는 스베틀라나가 뉴델리를 떠나면 로마를 거쳐 스위스로 갈 거라는 믿을 만한 정보를 손에 넣었다. 모반자가 특별한 신분이니만큼 정치적 파문도 컸고, 이 때문에 소련 당국은 골머리를 앓았다. KGB 이탈리아 스파이망 담당자 안젤라는 본부의 다급한 비밀 전보를 받고, 어떤 대가를 치르든지 반드시 모반자를 붙잡거나 제거하라는 명령을 받았다. 심사숙고 끝에 안젤라는 위험한 방안을 한 가지 내놓았다. 그녀는 로마 공항 관리실에 심어둔 그녀의 끄나풀에게서 스베틀라나가 탄 비행기의 구체적인 도착 시각을 전해 들었다. 그리고 공항에서 시내로 가는 도로에 적당한 장소를 물색해 수하와 함께 잠복하고 그곳에서 작전을 개시했다.

안젤라의 계획은 이랬다. 그녀의 수하가 각각 경찰과 구경꾼인 척하며 길을 막아서면 모반자의 차량이 이곳을 지날 때 어쩔 수 없이 속도를 줄여 서행해야 하니 그때 구경꾼과 경찰이 일제히 그녀를 붙잡는다는 것이었다. 만약 그녀를 생포하면 납치해서 4.8킬로미터 가량 떨어진 곳으로 데려가 차를 갈아탄 다음, 동남쪽 교외의 버려진 교회당에 가둘 계획이었다. 그곳에는 밀실이 있어서 임시 감옥으로 쓸 수도 있었다. 문제가 생기면 즉시 특수 제작한 강력한 소이탄으로 자동차를 불태워버릴 계획이었다. 특수 제작한 이 소이탄은 장갑차의 강판도 녹일 정도로 화력이 대단했다. 이렇게 완벽한 계획을 세웠으니 이제 스베틀라나는 거의 죽은 목숨이나 다름없었다. 게다가 그들은 이 계획을 반드시 성공시키고자 경찰차를 미리 두 대나 준비해서 도로에 세워두었다.

하지만 그들은 로마 경찰이 먼저 손을 썼으리라고는 전혀 생각지도 못했다. 사실 스베틀라나의 소식이 퍼지고 난 뒤 미국 중앙정보국CIA이 서유럽 각국의 정보기관에 절대 소련이 먼저 스베틀라나를 잡지 못하게 하라고 미리 통보한 것이었다. 소련 측이 분명히 서유럽 각지에 잠복해 있는 스파이에게 행동을 개시하라고 명령할 것이므로 이번 일은 소련 스파이들을 잡아들일 수 있는 절호의 찬스였다. 그래서 몇몇 서양 국가는 스베틀라나의 보호를 강화하는 한편, 일부 의심이 가는 스파이들을 감시하는 데도 총력을 기울였다.

안젤라와 조지, 그녀의 수하들이 세운 이 긴박감 넘치는 계획 역시 이탈리아 경찰의 레이더망을 벗어날 수 없었다. 안젤라의 수하가 로마에 도착한 지 5일이 지난 후 경찰이 그들의 거처를 급습해 조지와 안젤라 그리고 그 밖에 세 명을 체포했다. 다음 날 그들의 거처를 다시 수색한 경찰은 그곳에 숨겨져 있던 물건들을 보고는 아연실색했다. 초고주파 단파 트랜시버, 암호 체계, 은현잉크(隱現 ink 종이를 가열하거나 적당한 화학 약품으로 처리해야만 쓰인 글씨를 읽을 수 있는 잉크-옮긴이)와 현상액, 마이크로필름microfilm(문서나 도표 따위를 축소 복사해서 보존하는 필름-옮긴이), 망원 렌즈 카메라, 고정밀도 도청기, 권총, 소형 자동소총……

안젤라 부부가 잡히면서 마침내 서양 국가를 놀라게 한 스파이 사건의 실마리가 드러났다. 아마도 이번 임무가 시급하지만 않았더라도 안젤라는 절대 모습을 드러내지 않았을 것이다. 안젤라는 체포된 뒤 조금도 두려워하는 기색을 보이지 않았다. 경찰이 심문할 때 그녀는 침착하면서도 의연하게 대처했다. 그리고 조용히 성경의 한 구절을 외웠다.

"예수가 말하길 본래 우리는 더 많은 일을 할 수 있다."

어느새 눈물이 그녀의 뺨을 타고 흘렀다.

피오나 스파이 사건

노르웨이의 총리 부인 피오나 Fiona는 남편보다 스무 살이나 어렸다. 피오나는 성격이 활발해 사회 공익사업에 매우 열성적이었다. 뛰어난 외교 능력에 영어, 불어, 소련어까지 두루 섭렵한데다 우아함과 미모까지 겸비한 그녀는 총리와 함께 사교 모임에 참가할 때마다 남편을 더욱 돋보이게 했고, 많은 유권자의 표심을 사 총리의 연임에 한몫 톡톡히 했다. 이런 그녀가 정말 소련의 스파이였을까?

1970년에 노르웨이의 총리 부인 피오나가 병으로 세상을 떠났다. 이에 노르웨이의 전 국민은 친근한 이미지의 아름답고 우아한 국모를 잃은 슬픔에 잠겼다. 노르웨이 국민이 피오나를 애도하며 침통함에 빠져 있을 때, 모스크바의 KGB 본부 건물 기밀실에도 자그마한 영당(靈堂)이 마련되었다. 이곳에 조문하러 온 사람들은 모두 KGB의 요원으로, 피오나의 영정 사진을 묵묵히 바라보다가 영당에 꽃을 바쳤다. 그들은 몸을 굽혀 그녀에게 마지막 인사를 하며 경의를 표했다. 그들은 피오나의 됨됨이에 반한 사람들이었고, KGB

는 피오나가 소련을 위해 한 모든 일을 잊을 수 없었다. 도대체 피오나는 소련을 위해 어떤 일을 한 것일까?

노르웨이의 총리 게르하르트센Einar Gerhardsen은 '가장 위대한 정치가'라고 불리는 영예를 누렸고, 1945년부터 1965년 동안 노르웨이 총리로 연임한 바 있다. 그는 노르웨이를 세계에서 가장 복지가 훌륭한 나라로 탈바꿈시켰다. 덕분에 그는 노르웨이 국민의 존경과 숭배를 한 몸에 받았을 뿐만 아니라 국제적으로도 이름을 알리게 되었다.

게르하르트센 총리의 아름다운 부인 피오나는 총리와 나이 차이가 스무 살이나 났다. 피오나는 좌파 성향이 강해 줄곧 소련에 호감을 품고 있었다. 노르웨이 정계에서 인지도 높은 정치가인 그녀는 1950년대에 노르웨이 노동당 청년단을 이끌었으며, 소련 공산주의 청년단과 자매결연을 맺기도 했다.

피오나는 성격이 활발해 사회 공익사업에도 매우 열성적이었다. 뛰어난 외교 능력에 영어, 불어, 소련어까지 두루 섭렵한데다 우아함과 미모까지 겸비한 그녀는 총리와 함께 사교 모임에 참가할 때마다 남편을 더욱 돋보이게 했고, 많은 유권자의 표심을 사 총리의 연임에 한몫 톡톡히 했다.

피오나는 노르웨이의 청년 공익사업에 열성적으로 참여했을 뿐만 아니라 여성과 아동의 권익을 합법적으로 보호하는 데도 두 팔을 걷어붙이고 나섰다. 그녀는 국내의 각 중소도시 민·사법부서와 각지의 여성 민간단체를 방문해 노르웨이 국민과 아동의 사회적 지위와 처지를 이해하고자 노력했다.

남편과 다툰 끝에 가정을 떠나 갈 곳이 없어 어려움을 겪는 사회

각계각층 여성들의 이야기를 전해 듣고는 기부금을 모아서 유럽 최초의 '여성 보호 센터'를 세우기도 했다. 그래서 피오나는 한때 매스컴에서 집중적으로 조명을 받기도 했다.

얼굴만큼 마음씨까지 예쁜 피오나가 사회 공익사업과 사교 모임에 열심히 참가하게 된 계기는 선천적으로 활발한 성격과 넘치는 열정을 주체하지 못하는 성격 때문이기도 했지만, 무엇보다 총리 부인으로서 말 못할 고충을 해소할 돌파구가 필요했기 때문이었다. 남편과 나이 차이가 스무 살이나 나다 보니 부부 사이에는 정신적, 신체적으로 장벽이 생길 수밖에 없었다. 게다가 총리가 날마다 격무에 시달리니 두 사람은 함께 잠시 시간을 보내는 것조차 힘들었다. 인생에서 가장 빛나는 시기에 있던 피오나는 남편의 명성에 누가 되지 않도록 상류사회에서 받는 심리적인 부담과 고통을 그저 묵묵히 견뎌내는 수밖에 없었다. 그래서 그녀가 생각한 스트레스를 푸는 최고의 방법은 스트레스를 발산할 수 있는 적당한 무언가를 찾는 것이었다. 하지만 그녀는 한 나라 총리의 아내로서 행여나 남편이 걱정할까 봐 하소연도 하지 못했고, 노르웨이에서 가장 화목한 가정이라는 이미지를 망가뜨릴까 봐 누구에게도 그 고민을 털어놓지 못했다.

그녀가 선택할 수 있었던 방법은 오직 하나, 그것은 바로 사회 활동에 활발히 참여함으로써 자신의 몸을 지치게 해 마음속 깊은 곳에서 느껴지는 고독을 잊는 것이었다. 총리 부인 피오나의 이런 고충은 노르웨이의 그 누구도 알아차리지 못했지만, 날카로운 시선의 한 사람은 가녀린 그녀의 마음속에 미세한 흔들림이 있는 것을 포착했다.

제2차 세계대전이 끝나고 나서 서양 국가들은 북대서양조약기구를 설립했다. 이 국제 조직이 위협적인 존재로 떠오르자, 소련 정보부는 호시탐탐 기회를 엿보며 북대서양조약기구 혹은 그 회원국의 약점을 캐내려 했다. 당시 유럽에는 냉전시대의 산물인 바르샤바조약기구Warsaw Pact와 북대서양조약기구라는 두 거대 집단이 서로 대항하고 있었다.

노르웨이는 1949년에 북대서양조약기구에 가입했고, 창립국 중에 하나이기도 했다. 하지만 노르웨이는 북대서양조약기구의 일부 조치에 이의를 제기했다. 예를 들면 노르웨이는 줄곧 나토 군대가 노르웨이에 주둔하고 핵무기를 배치하는 것을 허가하지 않았다. 또 제2차 세계대전이 끝나갈 무렵에 소련이 노르웨이 북부에 군대를 파견한 적이 있었다. 그래서 게르하르트센 총리는 소련을 그다지 나쁘게 생각하지 않았다. 당시 현지 주민은 소련 군대를 나치의 손에서 자신들을 구해줄 영웅으로까지 생각할 정도였다.

이러한 시대적인 배경하에 게르하르트센 부부의 좌파 성향까지 고려한 소련은 먼저 총리 부부에게 접근해 북대서양조약기구를 무너뜨릴 기회를 엿보기로 했다. 노르웨이 집권당인 노동당 정부가 북대서양조약기구에서 벗어나 중립적인 태도를 취하도록 전략을 세우기로 한 것이었다.

KGB 또한 피오나에게 관심을 두고 그녀를 조사했다. 그녀의 개인 정보, 사회 경험, 정치적 성향, 성격, 특징, 사생활까지 모든 면을 샅샅이 조사했다.

피오나는 노르웨이 북부 지역에서 태어났고, 1945년에는 현지 주민과 함께 자신들을 위해 독일을 쫓아낸 소련 군대를 환대한 적이 있었다. 피오나와 소련의 인연은 그때부터 시작되었다. 피오나가 이끄는 노르웨이 노동당 청년단은 소련의 공산주의 청년단과 우호적인 파트너 관계를 구축하길 바란다는 의사를 여러 차례 표명했다.

그러자 KGB 전문가들은 피오나를 심층 분석하고서 소련에 호감이 있으니 사상적으로 그녀에게 영향력을 행사할 수 있을 것이고, 나이가 지긋한 남편과 원만하지 못한 성생활을 이용해 그녀에게 접근하면 될 것이라 판단했다. 다만 총리 부인이면서 정치가로서의 관리 능력이 뛰어난 피오나에게 접근하려면 만반의 준비를 해야 했다. 1954년에 노르웨이 노동당 청년단은 소련과 노르웨이 양국의 빈번한 교류에 힘입어 소련 공산주의 청년단과 공식적으로 자매 결연을 맺었다. 그리고 노르웨이 총리 부인 피오나는 소련의 초청을 받아 아르메니아공화국 수도 예레반Erevan을 우호 방문하고, 양국 청년단의 협력 합의 체결 기념식과 이곳에서 거행되는 제1회 양국 청년 우호 행사에 참가했다.

소련의 관광 외교부서는 노르웨이 총리 부인을 맞이하고자 많은 준비를 했다. KGB 두벤스키Dubensky 장군은 KGB 특수 요원 가운데 적당한 남자 요원을 한 명 물색했다. 그는 소련인 벨야코브Belyakov였다. KGB의 이 젊은 스파이는 운동선수처럼 패기가 넘쳤다. 냉정해 보이는 옆모습과 건장한 체구의 그는 거부할 수 없는 강렬한 남성미를 풍겼다. 벨야코브는 학생일 때부터 운동 방면에 뛰어난 실력을 보여 유망주로 여겨졌고, KGB에 들어와 훈련을 받을 때도 전 과목을 우수한 성적으로 통과했다. 게다가 뛰어난 관찰력, 민첩한 두뇌 회전, 과감한 일 처리 능력 등 스파이가 되는 데 필요한 모든 조건을 갖춘 인재였다. 그리고 여인의 심리를 잘 파악해 재빠르게 여성의 환심을 사는 것도 그의 장기였다. 이런 그에게 노르웨이 노동당 청년단의 안내를 맡으면서 피오나에게 접근하라는 임무가 내려졌다.

피오나가 이끄는 노르웨이 노동당 청년 대표단은 소련에 도착하자마자 소련 정부와 국민에게 뜨거운 환영을 받았다. 벨야코브는 안내를 하면서 자신의 재능을 뽐내는 한편으로 배려 깊은 모습을 보여주었다. 그의 유머 감각과 건강미는 확실히 피오나의 마음을 끌기에 충분했다. 만남이 잦아지면서 피오나는 벨야코브에게 호감이 생겼다. 하지만 그녀는 노르웨이로 돌아온 뒤 남편의 일을 적극적으로 도왔다. 그 이듬해 노르웨이 총리는 소련의 초청을 받아들인 최초의 북유럽국가 지도자로서 모스크바를 공식 방문했다. 이로써 북대서양조약기구를 향한 소련의 외교 공세는 오랫동안 고대하던 중대한 전환기를 맞았다.

얼마 뒤 벨야코브는 외교관으로서 노르웨이에 파견되었다. 그리고 소련 대사관의 협조로 벨야코브는 피오나와 스릴 넘치는 밀회를 즐겼다. 그 뒤 노르웨이의 정치, 경제 등 중요 정보와 북대서양조약기구 내부의 일부 기밀 정보가 KGB의 손으로 흘러들어갔다.

피오나의 남편은 1986년에 세상을 등졌다. KGB는 피오나가 스파이라는 사실을 절대 발설하지 않았다. 그러나 소련이 해체되고 나자 KGB 두벤스키 장군은 침묵을 깨고 이 완벽한 결말을 뒤집었다. 그는 외부에 이 모든 것이 자신이 직접 계획하고 실행한 세계 스파이 역사상 매우 성공적인 사례로, 자기 평생 KGB에서 맡았던 임무 가운데 가장 눈부신 성과라고 득의양양하게 밝혔다.

19

'제비'의 유혹

깊은 밤 영화관에서 세련된 머리 스타일에 짙은 유혹의 향기를 풍기는 리디아 호반스카야Lidia Hovanskaya가 프랑스 대사 곁에 앉아 달콤한 목소리로 줄거리를 통역해주고 있었다. 명품 프랑스 향수의 향기가 코끝을 스치자 모리스 드랑Maurice Drang은 파리의 로맨틱한 사랑이 떠올랐다. 특히 그녀가 부드러운 몸을 대사에게 살포시 기대고, 머리카락이 대사의 얼굴에 살짝 스치자 그는 솟구치는 욕정을 참을 수 없었다.

1956년 6월 어느 날, 아침부터 비가 내렸다. 보슬보슬 가늘게 내리는 비가 바람을 따라 흩날렸다. 모스크바 호텔의 한 객실에서 KGB 대령 쿠나벤Kunaven은 안락의자에 앉아 창 밖에 내리는 비를 바라보며 골똘히 생각에 잠겼다. 이때 그의 부하 크로트코프Korotkov가 방으로 들어왔다.

대령은 크로트코프를 쳐다보며 말했다.

"제비가 모스크바 주재 프랑스 대사를 끌어들일 방법 좀 생각해보게."

크로트코프가 얼이 빠져 아무 말도 하지 못하고 멍하니 서 있자, 대령은 벌컥 고함을 쳤다.

"이건 니키타 세르게이비치Nikita Sergeivich가 직접 명령하셨어. 이번에는 대사를 꼭 끌어들여야 하네."

"알겠습니다."

크로트코프는 분부대로 처리하겠다고 재빨리 대답했다. 크로트코프는 그루지야 트빌리시Tbilisi 출신으로, 극작가 겸 영화 각본가이자 KGB 요원이기도 했다.

쿠나벤은 크로트코프를 힐끗 보더니 지시를 내렸다.

"프랑스 대사 이름은 모리스 드랑이다. 그는 샤를르 드골Charles Andr Marie Joseph De Gaulle의 절친한 전우로, 제2차 세계대전 시기에 드골과 함께 런던으로 망명하여 동고동락을 해온 친구이자 프랑스 망명 정부의 고위 관리이다. 그 뒤에 뉴욕이나 도쿄 등지에서 외교관으로 일한 적이 있지. 1955년 12월에 처자를 데리고 모스크바에 왔다고 하더군. 우리는 반드시 그를 손에 넣어야 해!"

1958년 겨울 혹독한 추위가 찾아온 모스크바에 티 없이 맑고 깨끗한 순백의 눈꽃이 흩날리며 떨어지는 모습은 마치 아름다운 은색 나비가 나부끼는 것 같았다. 그리고 이때 KGB는 크로트코프에게 여성스파이 '제비'를 보내 대사를 달콤한 사랑에 빠뜨리라는 명령을 내렸다.

크로트코프는 '제비'를 몇 명 선발하고, 그중에서 리디아 호반스카야를 첫 번째 '제비'로 정했다. 그녀는 외교관이었던 전 남편을 따라 프랑스에 간 적이 있었다. 크로트코프가 그녀를 선택한 이유는 총명하고 프랑스어가 유창한데다 서양 국가의 사교 예절을 잘 알았으며 현재 이혼한 독신이기 때문이었다. 그녀는 여전히 아름다웠으며 그 누구도 그녀의 매혹적인 눈길에서 헤어나지 못했다. 게다가 연애 고수인 그녀가 드랑 대사를 유혹하는 것은 식은 죽 먹기였다.

크로트코프는 '제비'가 대사에게 자연스럽게 다가갈 수 있도록 영화 시사회를 개최하기로 했다. 소련 문화부가 개최한 영화 시사회에 프랑스 대사 부부를 초청했다. 크로트코프는 시사회를 진행하기 전에 대사에게 특별히 첫 번째 '제비'를 통역사라고 소개해주었다. 영화 시사회는 소련에서 유명한 모스크바 대형 극장의 유명한 여성 발레 무용수 마야 폴리세스카야Maya Pollyseskaya 초청 공연 등 다채로운 행사로 꾸려졌다.

깊은 밤 영화관에서 세련된 머리 스타일에 치명적인 유혹의 향기를 풍기는 리디아가 프랑스 대사 곁에 앉아 달콤한 목소리로 줄거리를 통역해주고 있었다. 명품 프랑스 향수의 향기가 코끝을 스치자 드랑은 파리의 로맨틱한 사랑이 떠올랐다. 특히 그녀가 부드러운 몸을 대사에게 살포시 기대고, 머리카락이 대사의 얼굴에 살짝 스치자 그는 솟구치는 욕정을 참을 수가 없었다. 그러면서 그녀는 KGB의 지시에 따라 그를 모른 척하며 틈틈이 대사 부인에게 열심히 내용을 설명하며 통역해주었다. 대사는 일순간 실망한 기색이었다.

며칠 후 크로트코프는 대사 부인에게 전화해 자신의 집으로 대사 부부를 초대했다.

"제가 지금 프랑스와 소련의 합작 영화 대본을 쓰고 있는데, 막히는 부분이 있어서 대사님께 도움을 좀 받고자 합니다. 와주시면 정말 영광이겠습니다."

"대사님께서는 분명히 가실 거예요."

대사 부인은 흔쾌히 승낙했다. 크로트코프의 집에는 이번에도 리디아가 통역을 해주러 와 있었다. 또 KGB는 모스크바 프라하 호텔Prague Hotel에 저녁 식사를 예약해 놓고선 리디아에게 통역을 맡겨 프랑스 대사를 대접하도록 했다.

유명한 극작가이자 문화계의 유명 인사가 와서 우스갯소리로 분위기를 띄웠고, 모두 체면 차리지 않고 마음 편히 저녁 만찬을 즐겼다. '제비'들도 얼굴 가득 웃음을 띠며 공연을 펼쳤고, 대사도 그녀들을 따라 함께 춤을 추었다. 대사는 마치 구름 위를 걷듯 젊은 시절로 되돌아간 것만 같았다. 공연이 끝난 뒤에는 들꿩 요리를 먹고 후식으로 커피를 마셨다. 귀로는 아름다운 음악 소리가 들리고, 눈앞에는 아름다운 미녀들이 보이는 그 상황을 대사는 마음껏 즐겼다.

어느 날 여 소령 빌라Villa가 대사 부인에게 교외로 놀러 가자고 권했다. 그리고 크로트코프가 이 틈을 타 대사에게 전화를 걸어서는 화가의 작품을 감상하러 오라고 청했고, 대사는 곧바로 승낙했다.

대사는 크로트코프의 운전사가 모는 검은색 시보레 승용차를 타고 전시회장으로 갔다. 그곳에서 크로트코프와 리디아가 그와 함께 작품을 감상하자 대사는 너무 기뻤다. 작품을 다 감상하고 대사가 돌아가려 하자 리디아가 애교 넘치는 목소리로 대사에게 말했다.

"존경하는 대사님, 차로 좀 데려다 주실래요?"

그동안 리디아를 마음에 두고 있던 대사는 내심 기뻤다.

"이렇게 아름다운 숙녀를 데려다준다니 영광이군. 어서 타."

리디아는 차를 타고 오는 내내 대사에게 바싹 달라붙어 있었다. 그녀는 집 앞에 도착하자 마치 제비가 나는 것처럼 사뿐히 차에서 내려 몇 걸음 가더니 갑자기 휙 돌아보며 미안하다는 투로 말했다.

"죄송해요. 감사하다는 말을 잊어버렸네요. 집에 들어가서 차 한 잔 하고 가실래요? 소련의 평범한 여성이 어떻게 사는지 궁금하지 않으세요?"

대사가 기뻐하며 차에서 내리자 리디아가 그의 팔짱을 끼고 다정하게 집으로 들어갔다. 집에 들어서자마자 그녀는 겉옷을 벗었다. 그녀의 아름다움이 방안을 더 환하게 만들었고, 희미한 불빛 아래에서 뜨거운 눈빛으로 대사를 바라보자 대사는 그만 다리에 힘이 풀리고 말았다.

운전기사는 그 순간을 '드랑 대사는 두 시간이 지나서야 아파트에서 나왔다'라고 기록했다. 이후 리디아는 바로 쿠나벤 대령에게 보고했다.

"그는 두 시간 동안 저와 함께 침대에서 보내다 갔어요."

"잘했어. 조금 더 힘내고, 너무 심하게는 하지 말라고."

리디아는 명령에 따라 대사와 밀회를 즐겼다. KGB는 드랑이 비록 지금은 모스크바에 있지만 마치 파리나 런던, 또는 뉴욕에 있는 것처럼 로맨틱하고 편안하게 리디아를 만날 수 있도록 분위기를 조성했다.

KGB는 큰일을 도모하고자 때를 기다리는 것이었다. 그들은 프랑스의 정세가 변하길 기다렸다. 1958년 5월 파리에 있는 KGB가 드골이 프랑스 총리가 될 가능성이 아주 크다는 정보를 보냈다. 쿠나벤은 즉각 '제비' 계획에 새로운 정치적 요소가 가미되었다는 사실을 깨달았다. 드랑은 드골의 친밀한 전우이자 심복이니 오랫동안 세계를 돌아다니며 일군 외교 생명을 끝내고 귀국하여 정부의 주요 관직을 맡을 것이 아닌가. 쿠나벤은 긴급회의를 열어서 논의 끝에 이번 '제비' 계획을 그만두기로 했다.

회의에서 쿠나벤이 진지하게 말했다.

"리디아에게 이 일에서 손을 떼라 할 거야."

크로트코프는 놀라서 물었다.

"왜 그러시는 겁니까?"

"그녀가 일을 잘하기는 하지만 우리는 중요한 걸 잊고 있었어. 우리는 남편이 있는 제비를 보냈어야 했어. 드랑에게도 이 사실을 알려야 했고. 프랑스 대사관은 그녀가 이혼 경력이 있다는 걸 알아. 다시 그녀에게 임무를 맡긴다면 일이 복잡해질 거야."

크로트코프는 그제야 사태를 깨닫고서는 리디아에게 임무를 즉각 중지하라 하고 직접 나서서 일을 마무리했다.

리디아는 프랑스 대사에게 전화를 걸어 말했다.

"모스크바를 떠나 새로운 영화를 찍게 됐어요."

리디아가 떠나자 드랑은 적적했다. 그러나 얼마 뒤에 새로 선발된 '제비'가 다시 대사의 곁에 보내졌다. 새로운 '제비'는 드랑도 안면이 있는 라리사Rarisa였다. 그녀는 키가 큰 늘씬한 미녀로, 겉으로 보기에는 청순한 이미지였지만 성격이 아주 털털했다. 그녀는 남자를 유혹하는 자신만의 비결이 있었다. 그녀는 모스크바에 집이 없었기에 고급 아파트를 얻을 수 있는 기회라 생각하고 흔쾌히 이 임무를 받아들였다.

라리사는 지시에 따라 결혼 증명서를 위조하고, 남편은 지질학자로 일 년 내내 타지에서 지내며 최근에는 시베리아에 탐사하러 가서 언제 돌아올지 모른다고 설정했다. 사실 드랑은 이런 것을 다 알았지만 사랑에 굶주려 있던 터라 그리 신경 쓰지는 않았다.

7월 프랑스 대사가 라리사에게 전화를 했다.

"아름다운 라리사를 만나러 가려고 해."

라리사는 즉시 크로트코프를 찾아가 재촉하며 말했다.

"상사의 지시도 없이 저 혼자 어떡하란 말이에요? 한 시간 뒤면 대사가 올 거란 말이에요."

그래서 크로트코프가 상사에게 전화했지만, 그는 부재중이었다. 크로트코프는 결국 어쩔 수 없다는 듯이 말했다.

"나도 어찌해야 할지 모르겠어."

라리사는 웃음을 참지 못하고 한바탕 크게 웃었다.

"그럼 가서 능력을 발휘해봐."

라리사는 급히 자신의 집으로 돌아갔다. 그런데 숨 돌릴 겨를도 없이 드랑이 콧노래를 부르며 문을 두드렸다. 라리사는 수줍은 듯이 대사를 방으로 들였고, 드랑은 자신의 목적을 달성했다.

한편 KGB는 덩치가 좋고 인상이 험악한 미샤Misha라는 보디가드를 고용해 일을 처리하도록 했다. 그리고 전문가가 정확한 위치에 도청기와 카메라를 설치했다. 모든 준비를 완벽하게 마친 뒤 크로트코프는 드랑 대사에게 전화를 걸었다.

"존경하는 대사님, 내일 야외에서 식사라도 하시는 게 어떠세요? 제 친한 여자 친구인 라리사도 함께 가려고 하는데……."

대사는 그의 말이 끝나기가 무섭게 가겠다고 대답했다.

다음 날 아침 크로트코프 일행은 드랑과 함께 경치 좋은 공원으로 나들이를 갔다. 이날 대사는 라리사가 비위를 잘 맞춰준 덕분에 기분이 아주 좋아 보였다. 크로트코프가 대사에게 이제 돌아가야 하지 않겠냐고 묻자 대사는 호탕하게 웃으며 말했다.

"라리사가 강가로 수영하러 갔네."

대사를 따라 강가로 가자 라리사가 푸른 물결이 이는 강가에서 어린아이처럼 놀고 있는 모습이 보였다. 드랑은 물속에 있는 라리사의 모습에 눈을 떼지 못했다. 특히 그녀가 물 위로 모습을 드러낼 때는 마치 아무것도 걸치지 않은 것처럼 보였다. 수영복을 가지고 가지 않아서 얇은 실크 속옷만 걸치고 물에 들어갔기 때문이었다. 그녀는 연꽃보다 더 아름다워 보였고 대사는 자신도 모르게 중얼거렸다.

"정말로 타고난 미인이야."

수영을 다 마치자 드랑 대사는 라리사를 따라 그녀의 집으로 갔다. 집에 들어서자마자 드랑은 거칠게 그녀를 끌어당겨 자신의 품에 와락 껴안았다. 라리사는 못 이기는 척 그의 품에 안기며 속삭였다.

"대사님, 다음에요. 남편이 곧 돌아올 거예요!"

하지만 대사는 이미 너무 흥분한 상태라 아무 소리도 들리지 않았다. 그들이 서로 엉겨 붙어 있을 때 갑자기 '쿵'하고 문 차는 소리가 들리더니 남자 두 명이 들어닥쳤다! 남편은 눈앞의 광경을 보고는 화를 참지 못하고 대사를 흠씬 두들겨팼다. 하지만 명령에 따라 얼굴에는 상처가 나지 않도록 주도면밀하게 일을 처리했다. 물론 라리사 역시 육체적인 고통을 맛보아야 했다. 그녀는 정말 리얼하게 연기했다. 그러다가 클라이맥스라고 생각된 순간 그녀는 울

부짖으며 소리쳤다.

"그만 해요! 그 사람은 프랑스 대사라고요!"

그 말이 떨어지기 무섭게 다른 한 남자가 남편의 손을 막았다.

"됐어. 그만해."

남편은 그래도 화가 가시지 않는지 씩씩대며 말했다.

"어디 이런 막돼먹은 대사가 다 있나! 당신이 이 나라에서 쫓겨나는 꼴을 내 이 두 눈으로 직접 봐야겠어. 세상사람 모두 이렇게 낯가죽 두꺼운 대사가 있다는 걸 알아야 해!"

대사 드랑은 기가 죽어 겨우 방을 빠져 나왔다. 차에 녹초가 된 몸을 싣고 두 손으로 얼굴을 감쌌다. 하늘에 가득한 아름다운 노을을 볼 마음도 없고 먹잇감을 찾아 짹짹거리며 날아다니는 제비를 감상할 마음도 들지 않았다.

깊은 밤 정적을 깨고 외교부 고위 관리, 실제로는 KGB 요원의 집에 전화벨이 울렸다. 바로 드랑 대사였다. 드랑이 어쩔 수 없이 그에게 사건의 전모를 털어놓자 요원은 일부러 과장되게 말했다.

"일의 사태가 정말 심각하군요. 하지만 제가 있는 힘껏 도와드리겠습니다."

이 고위 관리는 사건을 해결한 뒤 바로 대사에게 알렸다.

"해결하기 어려운 문제였지만 힘 좀 썼습니다. 그 사건은 이제 대충 해결되었습니다."

대사는 감사의 뜻을 비쳤다.

"고맙소. 도움이 필요하면 언제든지 말하시오. 은혜를 갚지 않으면 사내대장부가 아니지요."

그 고위 관리는 대사와 우정을 더욱 돈독히 다지고자 리디아를 다시 대사의 곁으로 보냈다. 그리고 대사의 섹스 스캔들을 없었던 일로 취급하면서 오히려 더욱 예의를 갖춰 대했다.

1963년 9월 2일에 크로트코프는 소련 작가와 화가 예술단을 따라 런던을 방문했다. 그때부터 열하루가 지난 어느 날 크로트코프는 영국 정보국 MI5를 찾아가 모스크바에서 있었던 사건을 밀고했고, 영국 주재 프랑스 방첩 기관 고위 관리는 곧바로 프랑스 정보부에 보고했다. 프랑스 정보부는 드랑 대사가 탐닉에 빠져 여자 치마폭에서 놀아나는 것의 심각성을 깨닫고 즉각 드골 대통령에게 보고했다. 대통령은 이 이야기를 듣고 노발대발하여 바로 소환령을 내려 드랑을 파리로 불러들였다.

파리에서 드골은 옛 친구 드랑을 만났다. 그는 안경을 고쳐 쓰고선 드랑을 바라보더니 한숨을 쉬며 말했다.

"그래, 드랑. 그 '제비'와 어디 계속 어울려보게나!"

일단은 드랑이 프랑스를 배신했다는 정확한 증거가 없었기에 기소는 피할 수 있었지만, 드랑은 자신의 지위에서 물러날 수밖에 없었다.

이렇게 해서 KGB는 오랜 시간 공을 들였지만 결국 여성 스파이와 요원만 잃고 말았다. 그리고 프랑스 최고 정책 결정 기구에 개입하겠다는 꿈도 물거품이 되고 말았다. 여기에서 그들이 실패한 가장 큰 원인이 바로 크로트코프의 배신 때문이라는 사실은 충격적이었다. KGB는 이 배신자를 찾아 죽이려 했지만 가만히 앉아 당할 크로트코프가 아니지 않겠는가. 그는 쥐도 새도 모르게 감쪽같이 미국으로 도망갔고, 그의 진짜 집 주소를 아는 사람도 없어서 KGB는 어쩔 수 없이 포기를 해야 했다.

제2차 세계대전이 발발한 뒤, 케케묵은 스파이의 성(性)적 수단은 과학 기술이 발전함에 따라 획기적으로 도약했다. 대상을 유혹할 때, 선진 기술을 도입한 도청기와 카메라 등 과학 기술 설비의 힘을 빌렸던 것이다.

KGB의 '제비'(여성 스파이)와 '까마귀'(남성 스파이)는 모두 직업 훈련을 받은 뛰어난 요원인데도, 지금까지 그들이 성적 수단으로 스파이 활동을 펼친다는 것은 참 부끄럽기 그지없는 일이다. KGB의 '제비'와 '까마귀'는 생활이 단순하며, 몰래 정보를 엿듣거나 스파이망을 구축하지 않아도 된다. 더욱이 질척거리며 살 필요도 없다. 그들 혹은 그녀들은 다만 자신의 몸을 밑천삼아 효과적인 방법으로 사냥감을 유혹하면 그만이다. 행동의 목적이라든가 결과를 알 필요가 없으며, 그들의 상사 또한 그들에게 많은 것을 알려주지도 않는다. 그러나 그들이 받는 엄격한 훈련은 결코 만만치 않다. 그런 점에서 KGB는 그들에게 정신적이고 육체적으로 고통을 줄 뿐만 아니라 심지어 윤리 도덕이나 이성을 잃게 해서 그들의 삶을 망가뜨린다고 해도 과언이 아니다.

KGB의 '제비'가 되는 훈련을 받은 여성은 순진무구했던 소녀에서 모든 일을 하찮게 여기며 아무 남자하고나 잠자리하는 것을 부끄러워할 줄 모르는 여자로 전락해 버린다. 사실 많은 '제비'가 임무가 없는 시간에 술집에 나가거나 사기 행각을 벌였다. 하지만 KGB가 그녀들을 보호하는 탓에 피해자들은 그저 벙어리 냉가슴 앓듯 참아야 할 뿐이었다.

'까마귀'들의 훈련 역시 아주 엄격했다. 이들 남성 요원은 심리학에 정통해야 할 뿐 아니라 여성의 성욕을 자극하는 능력도 익혀야 했다. 하지만 그들은 훈련에서 정신적으로 견뎌내는 것이 가장 힘들었을 것이다. 그들이 유혹하는 대상은 주로 추악하고, 아무런 삶의 낙도 없이 하루하루 무미건조하게 살아가는 중년 여성이었기 때문이다. 그래서 그들의 실습 대상도 대개 못생기거나 촌스럽고 지저분한 시골 여성이었고, 성격이 괴

팍한 노처녀와 성관계를 가지기도 했다.

'까마귀'들은 그들이 익힌 성 테크닉과 심리학 기술을 이용해 이 노처녀들의 성욕을 자극하고 자신의 말이라면 뭐든지 믿게 만들었다. 심지어 그녀들은 '까마귀'를 위해 흉악무도한 범죄를 저지르기도 할 정도였다. 이 '까마귀'들 역시 KGB의 훈련을 받고 나서는 순결한 소년에서 몰염치한 인간으로 타락하는 경우가 다반사였다.

20

사랑에 눈먼 그녀

여자는 사랑을 위해 모든 것을 바칠 수 있다고 한다. 이제 한 젊은 여비서의 이야기를 하려고 한다. 스파이를 하면서 겪는 위험이나 일이 발각되면 자신의 모든 것이 무너질 수 있다는 사실을 그녀도 이미 잘 알고 있었다. 하지만 그녀는 아무 생각 없이 스파이로 활동했다. 그 이유는 바로 두 글자 때문이다. 바로 '사랑'. 그녀는 사랑을 위해 자신의 모든 것을 포기했다.

헬가 베르거Helga Berger는 파리 라스파이Raspail 가(街)에 있는 알리앙스 프랑세즈Alliance Francaise(전세계 학생들에게 프랑스 언어와 문화를 소개하는 문화교육원-옮긴이)에 입학할 때만 해도 자신이 세계대전이 끝난 뒤 가장 위험한 '마타 하리'가 되리라고는 꿈에도 생각하지 못했다.

방년 스무 살인 그녀는 갈색 머리에 몸매는 작고 통통하며 두 눈은 매우 똑똑해 보였다. 아름다운 외모는 아니었지만 여성적인 매력이 물씬 풍기는 여성이었다.

1961년 9월 어느 날 그녀는 파리 알리앙스 프랑세즈에 입학해 학업에 열중했다. 그녀는 신중하고 부끄러움을 잘 타는 성격이었지만 그 누구보다도 부지런하고 열심히 했기에 1년 만에 졸업시험을 통과했다. 대학을 졸업한 뒤에는 고향으로 내려가 화학 공장에서 비서로 근무했다. 다시 삼 년이 지난 뒤 본Bonn으로 간 그녀는 신문에서 구인 광고를 보고 바로 지원해 외교부 비서로 채용되었다. 생각보다 일을 쉽게 찾을 수 있어서 헬가는 무척 기뻤다.

하지만 그녀는 독일 연방정부 외교부에 채용된 순간부터 '로미오Romeo 요원'의 감시 대상으로 동독 국가정보부 슈타지SSD 산하 해외정보중앙본부HVA의 집중 주시를 받았다.

헬가는 '비서의 집'이라 불리는 건물에서 지냈다. 이곳의 생활은 편안하고 조용했으며 그녀는 날마다 창문 너머로 도시 풍경을 감상했다. 저 멀리 있는 고층 건물과 짙푸른 나무를 바라보면 어느새 마음이 트이면서 기분이 좋아졌다. 그녀는 이곳 환경이 매우 좋았고 평생 이곳에서 편안하게 생활하며 일하기를 바랐다. 하지만 밤이 되면 종종 시내 커피숍에 가서 혼자 오랫동안 시간을 보냈다.

1968년 3월 어느 날 저녁 그녀가 한 커피숍에서 아이스크림을 사 먹고 집으로 돌아가려 할 때, 한 낯선 남자가 그녀에게 다가와 점잖게 물었다.

"아가씨, 근처에 극장이 어디에 있는지 알려주시겠어요?"

"동쪽으로 100미터 정도 가시면 극장이 보일 거예요."

헬가는 친절하게 대답해주었다.

"감사합니다."

그 남자는 훤칠하고 큰 체구에 남성미가 물씬 풍겼다.

헬가는 심장이 마구 두근거렸다. '정말 멋있다!' 마음속으로 그의 멋진 모습에 감탄하던 그녀는 한편으로 지난날 열렬히 사랑했던 피에르Pierr가 떠올랐다. 그녀는 지금 눈앞에 서 있는 이 남자가 바로 지난날의 피에르였으면 얼마나 좋을까 하고 간절히 바랐다.

"지금 극장에 가면 '백조의 호수Le lac des cygnes' 공연 티켓을 구매할 수 있을까요?"

잘생긴 남자는 아직 그녀 앞에 있었다.

"그건…… 잘 모르겠네요. '백조의 호수' 좋아하세요?"

"그럼요. 정말 좋아해요."

이렇게 두 사람은 '백조의 호수'에서 시작해 소련 예술까지 많은 이야기를 나누면서 점점 가까워졌다. 한참을 이야기한 뒤, 남자는 그녀에게 데이트를 신청했다.

"저는 피터 크라우스Petter Krauss입니다. 오늘은 이만 가야 할 것 같군요. 대신 제가 내일 표를 사놓을 테니 함께 공연 보러 가실래요?"

헬가는 매우 기쁜 목소리로 말했다.

"물론이죠. 그럼 내일 같이 '백조의 호수' 보러 가요."

다음 날 헬가는 예쁘게 차려 입고 약속대로 극장에 갔다. 정말 어제 만난 그 잘생긴 남자가 표를 사서 그녀를 기다리고 있었다! 그들은 함께 '백조의 호수'를 보고, 쉬는 시간마다 즐겁게 이야기를 나누었다.

그들은 다음 날 또 만났다. 그리고 얼마 지나지 않아 헬가는 숙소에서 홀로 외롭게 밤을 보내는 날보다 피터의 집에서 밀회를 즐기는 날이 더 많아졌다. 길을 물어본 인연으로 알게 된 그녀의 애인 피터는 라인 강 근처에 호화로운 방을 빌렸다. 두 사람의 사랑은 급속도로 발전했고, 피터는 헬가에게 평생을 같이 하자며 청혼했다. 하지만 헬가의 부친은 피터가 못내 미덥지 않아 사설탐정을 고용해서 조사를 부탁했다. 결과는 너무나도 놀라웠다. 알고 보니 미래 사윗감이 가명을 쓰고 신분을 속였던 것이다!

이 사실을 안 헬가는 피터에게 해명을 바랐지만 그는 아무 말도 하지 않았다. 며칠 뒤 두 사람이 함께 떠난 휴가지에서 피터가 마침내 사실을 털어놓았다. 사실 그는 영국 대외정보국MI6의 스파이로 서방이 진짜로 독일을 믿는지, 그리고 앞으로 본 정부와 소련의 관계가 어떻게 전개될지 등을 알아보는 것이 자신의 임무라고 했다.

자신의 신분을 다 털어놓은 피터는 헬가에게 둘 중 한 가지를 선택하라고 요구했다.

"나와 헤어질 건지, 아니면 영국 스파이의 아내가 되어 나를 도와줄 건지 당신이 선택해."

헬가는 이렇게 멋진 남자를 포기할 수 없었다. 이미 너무 깊이 그에게 빠진 헬가는 그와 헤어진다는 상상만으로도 가슴이 몹시 아팠다. 결국 그녀는 다시 한 번 피터를 믿고 그에게 인생을 맡기기로 했다. 헬가는 영국 휘장이 표시된 위조 서류에 서명했다. 이로써 MI6은 본에 스파이 한 명을 더 투입한 셈이 되었고, 헬가에게 '노바Nova'라는 가명을 붙여주었다.

초반에 노바는 피터에게 비밀 전화번호나 고위층의 애매한 관계 등 작은 정보들만 제공했다. 물론 이 정보가 실제 활동에서 쓸모는 있었지만, 전체적으로 봤을 때 MI6이 원하는 고급 정보는 하나도 없었다. 헬가는 사실 피터를 여전히 의심한 것이었다. 이를 눈치챈 피터 크라우스는 헬가의 의심을 없애려고 아이디어를 짜냈다.

어느 날 피터가 노바에게 말했다.

"우리 상사가 런던에서 이곳으로 온다고 하더군. 아마도 당신을 만나서 축하해주려는 것 같아."

헬가는 프랑크푸르트의 최고급 호텔 스위트룸에서 피터의 상사를 소개받았다. 쉰 살이 넘어 보이는 그는 전형적인 신사의 모습이었고 독일어로 대화를 했지만 영국식 억양이 강하게 남아 있었다. 그는 그녀에게 말했다.

"런던에서 당신의 활동을 매우 만족스러워합니다."

그러고는 노바에게 명품 만년필을 선물했다. 이제 헬가의 의심은 완전히 사라졌고 그녀는 전설적인 정보기관에서 일하게 되었다는 사실이 무척 자랑스러워졌다. 그때부터 몇 배로 더 열심히 일하며 피터의 모든 요구를 들어주고자 온갖 노력을 다 했고 갈수록 더 중요한 고급 정보를 제공했다.

게다가 뜻밖에 부서 이동이 있어서 노바는 더 손쉽게 정보를 얻을 수 있었다. 1968년 봄 그녀는 보안 검색을 무사히 통과하고 바르샤바로 향했다. 그곳에서 그녀는 독일 연방정부 상무대표부 주임인 하인리히 뵉스Heinrich Voeks의 여비서를 맡았다. 당시 독일 연방 외무부 장관이었던 빌리 브란트Willy Brandt가 새로운 정책을 진행하고 있었다. 하지만 바르샤바에는 대사관이 없어서 뵉스 박사가 폴란드 관료와 진행하는 비밀 만남을 담당해야 했다. 덕분에 헬가는 상무대표부의 각종 문서를 열람할 수 있었을 뿐만 아니라 비밀리에 진행된 거래들도 자세히 파악할 수 있었다. 그리고 그녀에게는 기밀을 빼돌리는 방법이 하나 더 있었다. 그것은 바로 자신의 젊은 매력을 이용한 미인계!

헬가는 섹시한 옷차림으로 자신의 매력을 한껏 뽐냈다. 뵉스 박사는 이미 예순이 넘은 노인이고 독실한 기독교인에다 사회적 지위도 높았지만 그도 어쩔 수 없는 남자인지라 여비서의 무한한 매력 앞에서는 넘어가고 말았다.

피터는 바르샤바에 작은 방을 얻어 놓고, 한 달에 두어 번 정도 들렀다. 그리고 그 방에 몇 시간씩 머무르면서 노바가 상무대표부에서 빼돌린 수많은 문서를 촬영해 갔다. 그 와중에 의심도 받았으나 그녀는 일처리도 훌륭한데다 빅스 박사와 친밀한 관계를 이용해 많은 조사를 면할 수 있었다. 그녀는 보름에 한 번씩 스웨터를 담은 플라스틱 백을 들고 피터가 있는 곳으로 향했다. 비밀 정보는 바로 그 스웨터 속에 숨어 있었다. 이 교활한 전달 방법은 빅스 박사가 퇴직하기 전까지 2년 동안이나 쓰였고, 노바의 뛰어난 정보 수집 능력으로 MI6과 KGB는 그동안 빌리 브란트의 정책과 독일 연방 전략을 훤히 파악할 수 있었다.

본으로 돌아온 노바는 외교부에서 매우 중요한 자리를 맡았다. 그리고 그동안 피터는 다른 지역으로 가서 새로운 정보망을 구축했다. 이번에 그는 크로스 웰러Cross Weller라는 가명의 화가로 위장해 도르트문트Dortmund에 정착했다. 그는 잠시 노바와 연락을 끊고 차분히 기회를 기다렸다.

2년쯤 지났을 때, 그에게도 좋은 기회가 왔다. 노바가 파리 주재 독일 연방정부 대사관에서 비서로 근무하게 된 것이었다. 피터는 그녀와 함께 파리 노트르담 성당Cathedral de Notre-Dam 앞 광장에서 만나 자주 함께 저녁 식사를 하고 라탱Latin 지구 여관에서 밤을 보냈다. 정보계가 항상 그러하듯 노바 역시 조심스럽게 활동했다. 그녀는 크로스 웰러라는 가명을 쓴 피터에게 정기적으로 전보를 통해 빼돌린 문서 복사본을 보냈다. 그렇게 몇 개월이 지난 뒤, 노바는 무사히 보안 검색을 통과해 본으로 돌아갔다. 그러고 나서 그녀는 외교부 주임의 비서로 승진했다. 덕분에 그녀는 이전에 제공했던 정보와는 차원이 다른, MI6이 매우 흥미로워할 만한 고급 정보를 빼낼 수 있게 되었다.

그 뒤로 4년 동안 그녀는 피터가 머무는 도르트문트 아파트에 자주 드나들면서 본과 관련된 정보를 전송했다. 피터도 그녀의 스파이 활동을 적극적으로 지원했다. 노바는 계속해서 플라스틱 백에 정보를 몰래 숨기는 방법을 이용해 매주 다양한 기밀, 예를 들면 경제협력개발기구OECD와 국제통화기구IMF의 역대 회의, 유럽이사회 회의 등 정보를 빼내왔다.

1976년 3월 6일 그들은 도르트문트에서 마지막 만남을 가졌다.

이날 피터는 누군가가 헬가를 미행한다는 사실을 눈치채고, 주변을 극도로 경계했다. 그들의 마지막 밤을 보내면서 피터는 내내 무척 불안해하며 어쩔 줄을 몰라 했다. 피터의 예감은 확실했다. 실은 한 배신자가 방첩 기관에 헬가를 신고해서 그녀는 이미 본 방첩 기관의 감시 대상이 되어 있었다. 피터는 어쩔 수 없이 그녀를 버려야만 했다. 다음 날 피터는 급히 베를린으로 가 헬가에게 전화를 걸었다.

"일이 생겼어. 하지만 너무 걱정하지 마."

하지만 헬가는 피터가 이미 자신을 떠나 도망갔다는 것을 바로 알아차렸다. '그럼, 이제 나는 어떡하지?' 미래가 걱정되어 헬가는 하루도 편히 잘 수가 없었다. 당장이라도 독일 연방정부의 방첩 기관인 BFV 경찰들이 숙소로 쳐들어올 것만 같아 두려움에 벌벌 떨었

278

다.

5월 5일 새벽 그녀의 예상대로 경찰이 들이닥쳤고, 결국 그녀는 체포되었다. 그녀는 심문받는 과정에서 자신의 스파이 활동 혐의를 완강히 부인했다. 하지만 경찰이 그녀에게 반역죄의 증거를 들이대자 순간 당황해 버린 그녀는 정신력이 무너지면서 모든 것을 시인하고야 말았다.

반역? 안타깝게도 노바는 마지막 순간까지 영국 정보기관을 위해 일했다고 믿었다.

1977년 11월 2일에 뒤셀도르프Dusseldorf 법원은 헬가에게 5년 형을 선고했다.

21

파리에서 쫓겨난 스파이

미국은 GATTGeneral Agreement on Tariffs and Trade(관세장벽과 수출입 제한을 없애고 국제 무역과 물자 교류를 증진하고자 1947년 제네바에서 미국을 비롯한 23개국이 조인한 국제 무역협정-옮긴이) 협상에서 번번이 실패했다. 미국 국가안전보장회의NSC와 통상 기구는 도대체 어찌 된 영문인지 전혀 감이 잡히질 않았다.

1992년 초봄 어느 날 유네스코UNESCO 파리 본부에서 떠들썩한 칵테일파티가 열렸다. 이번 파티에는 유네스코 직원과 가족말고도 많은 프랑스 사회 유명 인사, 고위층 인사, 부유한 거상, 파리 주재 각국 사절 대표와 상무 대표들이 참석했다.

많은 고위층 인사 가운데서도 아주 잘생긴 한 남자가 특히 눈길을 끌었다. 그는 1미터80센티미터가 넘는 장신에다 풍채가 아주 멋스러웠다. 프랑스 행정법원 심사관인 그는 헨리 플라뇰Henry Planiol이었다. 그는 프랑스에서 가장 인기 있는 대학을 졸업했고 미래 정치가를 양성하는 무대라 불리는 프랑스 행정법원에서 근무했다. 헨리는 행정법원에서 주로 정부 기구 사이의 논쟁을 중재하는 '국제 행정 협력팀'을 이끌고 있었다. 그는 업무상 자주 외국 여행을 다니거나 국제적인 파티에 참석했다. 그동안 많은 여성이 헨리에게 적극적으로 대시했지만, 헨리는 그때마다 대충 얼버무리면서 넘어갔다.

한 파티에서 헨리는 프랑스 친구 메이어Meyer를 만났는데, 메이어가 마리Marie라는 한 미국 여성을 소개해주었다. 마리는 유창한 불어로 인사했다. 그녀는 날씬하지만 볼륨 있는 몸매에 피부는 백옥같이 하얗고 긴 갈색 머리였다. 또 예쁜 얼굴, 귀여운 보조개까지 정말 매력이 넘치는 여성이었다. 게다가 옷차림도 세련되고 고상해 보였다. 헨리는 그녀에게 첫눈에 반해 버렸다.

헨리는 멍하니 마리를 바라보며 기회를 엿보다가 음악이 나오자 바로 그녀에게 말을 걸었다.

"만나 뵙게 되어 매우 영광입니다. 마리 씨, 저랑 한 곡 추시겠습니까?"

그녀가 빙그레 웃자 예쁜 보조개가 더욱 돋보였다. 헨리는 두근거리는 마음으로 그녀와 함께 춤을 추면서 마리의 매력에 깊이 빠졌다. 파티가 끝난 뒤 헨리는 용기를 내 마리에게 연락처를 물어보았고, 은근슬쩍 자기 전화번호도 알려주었다.

다음 날 오전 헨리가 사건을 처리하느라 정신이 없을 때 갑자기 전화벨이 울렸다. 전화를 받은 헨리는 손이 떨릴 정도로 아주 기뻤다. 전화기 너머에서 들려오는 목소리의 주인공은 다름 아닌 마리였던 것이다.

"헨리 씨인가요? 안녕하세요, 마리예요. 점심이나 같이 먹을까 하고 전화 드렸어요. 시간 괜찮으세요?"

간절히 바랐던 일이 드디어 다가왔다! 그는 정오가 되자마자 약속 장소로 달려갔는데, 마리는 오히려 먼저 도착해서 기다리고 있었다. 그들은 함께 식사하면서 즐겁게 대화를 나누었다. 이야기를 하면 할수록 성격이 아주 잘 맞는다고 생각한 그들은 서로 늦게 만난 것을 아쉬워했다.

얼마 뒤 헨리와 마리는 유네스코 파리 본부에서 열린 칵테일파티에 함께 참석했다. 은은한 무도곡이 나오자 헨리는 그녀의 손을 잡고 무대로 나갔다. 화려한 불빛 아래에서 보는 마리는 더욱 사랑스러웠다. 원피스를 입은 그녀의 새하얀 가슴이 살짝 보이자 이를 본 헨리는 문득 응큼한 생각이 들었다.

파티가 끝나자 헨리는 차를 몰고 마리를 집에까지 바래다주었다. 집에 도착하자 마리는 헨리를 집안으로 끌어들였다. 그녀는 이브닝드레스를 벗고 속이 훤히 비칠 정도로 얇은 실크 치마로 갈아입고는 포도주 두 잔을 들고 그의 곁으로 다가왔다. 헨리는 흥분된 마음을 참지 못하고 마리를 소파로 끌어당겨 뜨거운 키스를 퍼붓고 사랑을 나누었다. 너무나 아름다운 마리를 보면서 행복감에 빠진 그가 전혀 모르는 일이 있었다. 사실 마리는 미국 스파이였다.

1990년 초에 대학을 졸업한 마리는 곧 미국 정보기관에 채용되었다. 그녀는 비밀훈련센터에 들어가 혹독한 스파이 훈련을 받고 1991년 말에 유럽으로 파견되어 정보를 수집하는 정보 제공자가 되었다. 그녀의 대외 신분은 파리 정치대학 객원교수이자 미국 달라스Dallas시 상공회의소 국제 대표였다.

파리에 온 마리는 바로 쓸 만한 '사냥감'을 찾으러 파리의 사교 파티에 자주 드나들었다. 그러다가 우연히 만난 헨리는 젊고 잘생긴

데다 심사관이라는 요직을 맡고 있었다. 그를 유혹하면 GATT 협상, 경제 정책, 북대서양조약기구의 관계 등에서 프랑스의 입장을 알 수 있을 뿐만 아니라 대통령과 가깝게 일하는 그의 친구를 통해 정치와 경제 등 프랑스 정책결정자들의 각 분야 정보를 파악할 수 있을 거라는 생각이 들었다. 다시 말해 헨리는 마리가 찾던 최고의 먹잇감인 것이었다!

마리는 자신의 여성적인 매력을 한껏 발산하면서 헨리가 자신의 손에 넘어올 때까지 유혹했다. 마리는 헨리와 열애하면서도 자신의 임무는 잊지 않았다.

어느 날 헨리와 사랑을 나눈 뒤 마리는 '프랑스와 북대서양조약기구의 관계'라는 제목의 보고서를 작성하는 데 좀 도와 달라고 부탁했다. 정치학 교수이기도 했던 헨리에게 이런 보고서는 누워서 떡 먹기였다. 며칠 뒤 헨리는 자신이 대신 쓴 보고서를 마리에게 건네주었다. 이후에도 마리는 헨리에게 미국과 프랑스의 관계나 GATT에서 프랑스 수뇌의 입장은 어떠한지 등 다양한 질문을 했고, 헨리는 자신이 아는 모든 것을 말해주었다. 마리는 헨리에게 입수한 보고서와 자료를 자세히 보지도 못한 채 급히 상사인 파리 주재 미국 정보국 책임자 딕 홈Dick Holm에게 보고했다. 홈은 매우 만족스러워하며 마리를 크게 칭찬하고 격려해주었다.

헨리는 총리 사무실 주임과 동기 바질Basil의 도움으로 총리 사무실 기술 고문으로 임명되면서 과학기술, 문화, 스포츠 영역의 사무를 맡았다. 1993년 4월 13일, 헨리가 사무실에 출근해 자리에 앉기도 전에 바질에게 전화가 걸려왔다.

"헨리, 내 사무실로 지금 당장 와줬으면 좋겠는데."

전화를 끊자마자 헨리는 바로 바질의 사무실로 갔다. 바질은 미간을 찌푸리고 근심 어린 기색으로 헨리를 맞았다. 바질의 엄숙한 표정에서 헨리는 분명히 심각한 일이 일어났다는 것을 알아차렸다.

그의 예상대로 바질은 진지하게 말을 꺼냈다.

"헨리, 자네 큰일 났어. 지금 국토정찰국DST에서 자네의 업무를 수사하고 있는데, 자네가 미국 중앙정보국 스파이와 내통했다는 증거를 확보했다고 하더군."

"도대체 무슨 말이야? 내가 왜 미국 중앙정보국이랑 연락을 해?"

영문을 모르는 헨리는 깜짝 놀랐다.

"설마, 마리라는 여자한테 전혀 수상한 점을 못 느낀 거야?"

바질이 물었다.

"마리?……."

헨리는 조금 전까지도 마리가 수상하다는 생각은 단 한 번도 해 본 적이 없었다. 그는 소파에 앉아 곰곰이 생각해 보았다. 그런데 생각하면 할수록 두렵고 후회스러웠다. '만약 마리가 미국 스파이라면 그동안 내가 그녀에게 제공한 수많은 보고서, 특히 최근에 넘긴 중요한 기밀문서는 어떻게 되는 거지? 그럼 나의 행동이 이미 조국을 배신하고 국가의 이익을 팔아먹은 것이란 말인가?' 헨리는 지금 당장에라도 자신의 창창한 미래를 빼앗아간 그녀를 찾아가 죽이고 싶다는 생각이 간절해졌다.

놀란 헨리의 눈빛을 본 바질은 친구를 도와주어야겠다는 생각이 절로 들었다. 두 사람은 한참을 고민한 끝에 일단 헨리가 사표를 제출하고 자진해서 국토정찰국을 찾아가 문제를 설명하는 것이 좋겠다고 결론을 내렸다. 이것이 유일한 선택이었다.

헨리는 두렵고 불안한 심정으로 국토정찰국을 찾아갔다. 국장 푸르네Fournet는 헨리의 설명을 듣고 긴급회의를 소집해 이 문제를 논의하고 대책을 세웠다. 결론은 헨리를 미끼로 삼아 더 큰 것을 노리기로 했다. 우선 헨리는 평소대로 그녀와 연인 관계를 계속 유지하면서 마리를 안심시키고, 그 뒤에 가짜 정보를 전달해 미국을 난처하게 만들 계획이었다. 그리고 적당한 시기에 미국이 프랑스를 대상으로 저지른 경제 스파이 활동을 모조리 폭로하기로 했다.

1993년 9월 GATT 협상 최종 시한이 다가오면서 마리는 더 정확한 정보를 얻고자 헨리에게 애정 공세를 더했다. 그럴수록 헨리는 속으로는 그녀가 원망스러웠지만 책임감을 가지고 예전처럼 마리에게 잘해주었다. 어느 날 데이트 도중 마리가 헨리에게 새로운 부탁을 했다.

"우리 사장이 미네소타Minnesota 주 곡물 회사 책임자인데요, 그가 당신을 만나고 싶어해요."

이 말을 들은 헨리는 드디어 기회가 왔다는 생각에 기뻤다. '국토정찰국이 원하는 대로 '대어'를 낚은 건가?' 그는 기쁜 마음을 숨기고 크게 놀랐다는 듯한 표정을 지으며 물었다.

"무슨 일인데? 당신 상사가 왜 나를 만나려고 하지? 프랑스에서 무슨 일을 하는데? 내가 그를 만나서 뭐 할 말이 있겠어?"

"그는 프랑스에서 고객을 끌어 모으는 일을 해요. 말하자면 자기네 주의 식량을 홍보하는 거죠. 아마 그가 당신에게 프랑스 농업 문제를 이야기하자고 할 거예요. 특히 프랑스의 현행 대외 무역 정책이 무엇인지를 물어볼 거예요."

헨리는 이번이 자신의 죄를 만회할 좋은 기회라 생각했다. 그는 그녀가 제시한 시간, 장소에 맞춰 샤를 드골 공항 부근의 작은 호텔로 가서 마리의 사장 파스토Pasto를 만났다. 파스토는 인사를 나눈 뒤 바로 본론에 들어갔다. 그는 농산품 가격 문제를 언급하면서 프랑스의 최저가는 얼마인지, 양보할 의사가 있는지 등을 꼬치꼬치 캐물었다. 사실 헨리는 사전에 파스토가 질문할 만한 것을 국토정찰국 직원들과 상의했다. 그래서 헨리는 파스토가 물어본 모든 문제를 막힘없이 술술 대답해주었고, 심지어 펜을 꺼내 무언가를 쓰기도 하면서 자세히 설명해주었다. 파스토는 매우 만족스러워하며 그 대가로 헨리에게 5천 프랑을 주었다.

파스토의 종합 보고를 받은 미국 측은 헨리가 제공한 정보가 믿을 만하다고 생각했다. 그리고 마침내 1993년 12월 25일, GATT 협상 최종 시한일이 되었다. 회의에서 각 회원국은 그동안 타결되지 못하고 오랫동안 질질 끌어오던 여러 문제를 만장일치로 통과시켰다. 하지만 농업 분야에서 미국 대표단은 연이어 실패했고, 영상 상품 분야에서도 속수무책이었다. 그들은 중앙정보국에 계속해서 프랑스가 가진 비장의 카드와 입장을 제시하라고 요구했다.

1994년 1월에 헨리는 마리의 소개로 미국에서 온 더 높은 사장을 만났다. 그 사장이 GATT 협상 가운데 농업과 영상 분야에 관한 프랑스의 입장을 물어보았을 때, 헨리는 자신이 알고 있는 것, 즉 사장이 제시한 문제에 대한 프랑스 내부 의견을 알려주었다.

하지만 이후 미국은 GATT 협상에서 또 실패했다. 미국 국가안전보장회의와 통상 기구는 도대체 어찌 된 영문인지 전혀 감이 잡히질 않았다.

이와 반대로 프랑스는 GATT 협상에서 대승을 거두고 큰 이익을 챙겼다. 게다가 헨리를 통해 이미 미국 중앙정보국 스파이를 세 명이나 알아냈다. 프랑스 국토정찰국은 이제 문제를 끝내고 수습할 때라고 생각했다.

1995년 2월 20일 프랑스 정부는 미국 대사관에 공식적으로 각서(覺書 조약에 덧붙여 해석하거나 보충할 것을 정하고 예외 조건을 붙이거나 자기 나라의 의견, 희망 따위를 진술하는 외교 문서. 조약보다는 강제성이 약하여 비교적 가벼운 의미로 사용됨–옮긴이)를 보내 파스토와 홈을 비롯한 외교관 네 명과 마리의 실명을 거론하면서 이들에게 프랑스를 떠나라는 추방 명령을 내렸다. 또한 미국 중앙정보국의 스파이였던 그들이 파리에서 프랑스 고위급 관료를 매수해 정치와 경제관련 정보를 수집하며 스파이 활동을 벌였다고 주장했다. 이틀 뒤 거론된 미국인 다섯 명은 조용히 프랑스를 떠났다.

프랑스는 공식적으로 미국에 스파이를 소환할 것을 요구했다. 이 사건은 국제 관계에서 경제 안보가 국가적으로 가장 중요한 문제가 되었다는 사실을 여실히 보여주었다. 과거 연합국이었던 이 두 나라는 오늘날 경제 안보 분야에서만큼은 최대의 라이벌이 되었다. 프랑스와 미국의 흥미진진한 스파이 싸움은 오늘날에도 계속되고 있다.

22

반역자를 유인해라

긴 한숨을 내쉬던 그는 무척 외롭다는 생각이 들었다. 이럴 때 아름다운 여인이 옆에 있다면 얼마나 좋을까! 그때 우연히 고개를 돌리다가 분수대 옆에 서서 조용히 자신을 쳐다보는 젊은 여자와 눈이 마주쳤다. 아이보리색 치마를 입은 그녀의 어깨에서 새하얀 숄이 나풀거렸다. 왠지 모르게 걱정스러운 눈빛인 그녀는 분수대 물이 튀어 치맛자락이 젖는 데도 전혀 알지 못했다. 그녀의 눈은 마치 힘들어하는 그를 위로하는 것만 같았다. 정말 아름다운 그녀는 한눈에도 지적이고 우아해 보였다.

2005년 이스라엘에서 군중 수백 명이 평화의 상징인 비둘기를 하늘로 날려 보내면서 모르데차이 바누누Mordechai Vanunu의 석방을 축하했다. 바누누는 도대체 무슨 죄를 지었기에 18년이나 교도소에서 지내야 했을까?

반역자 바누누 …

바누누는 1954년 모로코에서 독실한 유대교 집안의 7남매 중 둘째로 태어났다. 그리고 1960년대 초에 온 가족이 이스라엘로 이주했다.

몇 년간 공병으로 복무한 바누누는 이스라엘 텔아비브 대학Tel Aviv University에 입학했으나 1학년 때 물리 시험을 통과하지 못해 그만 퇴학당하고 말았다. 그러던 어느 날 스물한 살이 된 그는 한 신문에서 경력직 기술자를 구한다는 모집 광고를 보고 '디모나Dimona 원자력 연구 센터'에 이력서를 냈다. 다행히 채용되어서 그는 1976년 11월에 속성 훈련 과정에 참여했고 두 달 뒤에 비밀 시설인 디모나 센터로 보내졌다. 그곳에서 그를 포함한 새로운 직원들은 경비가 삼엄한 정문을 지나 어느 건물로 들어갔고 비밀서약서에 서명하라는 요구를 받았다. 그 서약서 내용은 이곳에 관한 비밀을 누설한 자는 징역 15년형에 처한다는 것이었다!

바누누도 처음에는 여느 직원들처럼 보고 들은 것을 일체 함구하고 열심히 일에만 전념했다. 하지만 바누누는 원체 조용하고 쓸쓸한 것을 못 참는 성격이었다. 그는 본래 시온주의자였으나 이때를 기점으로 그의 사상은 커다란 변화를 겪었다. 지나치게 활동적이고 심지어 스트립 댄스 공연도 해 본 적이 있는 그는 사람들 앞에서 항상 제멋대로 문제를 일으켰다.

안보 요원이 이런 그에게 여러 번 경고를 해도 그는 반성은커녕 계속 자기 고집대로만 행동했다. 결국 디모나 원자력 연구 센터는 그를 해고했다. 그리고 바깥에 이 일이 알려지는 것을 원치 않았던 연구 센터는 인원 감축을 명목으로 그를 해고하면서 대신 보상조로 돈을 주었다.

바누누는 오래된 고물 자동차와 작은 아파트를 팔고 극동 지역으로 떠났다. 그의 주머니에는 일하면서 빼돌린 비밀 자료가 있었지만 누구에게도 그 사실을 말한 적은 없었다.

1986년 5월에 바누누는 오스트레일리아 시드니로 갔다. 그러다가 어느 금요일 저녁에 우연히 교회에 가게 되었고 그 뒤로 유대교에서 기독교로 개종했다.

그러던 어느 날 바누누는 콜롬비아 출신인 오스카 게레로Oscar Guerrero를 알게 되었다. 게레로는 방탕한 생활을 즐기는 프리랜서 기자였지만 실업한 뒤 종이와 펜 대신 페인트 솔을 잡았다. 그들은 알고 지낸 지 몇 주가 지나면서 어느새 속내까지 몽땅 다 털어놓는 아주 막역한 사이가 되었다. 이스라엘인 바누누는 그의 외국 친구에게 그동안 마음속에 고이 숨겨두었던 비밀을 털어놓았다.

바누누는 이스라엘을 떠나면서 계속 필름 2통을 가지고 다녔는데 이것을 어떻게 처리해야 좋을지 모르겠다면서 사실 이 사진은 자신이 디모나 원자력 연구 센터에서 근무할 때 몰래 촬영한 것이라고 말했다. 이야기를 들은 게레로는 자신의 귀를 믿을 수 없었다. 그러면서 프리랜서 기자였던 이 콜롬비아인은 본능적으로 돈 욕심이 생겼다.

게레로는 바누누에게 그의 경력으로 평생을 풍족하게 살 수 있을 만큼 큰돈을 벌 기회가 있다고 부추겼다. 결국 바누누는 게레로의 유혹에 넘어가게 되었다. 게레로는 자신이 바누누의 대필가가 되겠다고 자청하고, 많은 국제 출판사에 연락해 깜짝 놀랄 만한 특종을 제공하겠다는 의사를 밝혔다. 하지만 그 누구도 바누누가 이스라엘 기밀 프로젝트의 직원이었다는 사실을 믿지 않았다. 미국의 〈뉴스위크Newsweek〉지와 현지 호주 신문 모두 그의 이야기에 관심을 보이지 않았다. 오직 영국의 〈선데이타임스Sunday Times〉만 바누누의 이야기에 큰 관심을 보였다.

〈선데이타임스〉는 호주 출신의 출판계 대부 루퍼트 머독Rupert Murdoch이 운영하는 신문이다. 그들은 탐사 전문 기자 피터 하우넘 Peter Hornem을 시드니로 보내면서 이 이스라엘인과 인터뷰를 하고 그 특별한 이야기의 사실 여부를 확인하라고 지시했다. 이야기해 본 결과, 하우넘은 바누누의 정보가 사실이라고 믿었지만 옆에서 지나치게 돈만 밝히는 게레로의 인간성이 별로 마음에 들지 않아 그를 빼고 일을 진행하기로 했다. 이 영국 기자는 단 5만 달러로 바누누의 이야기와 사진을 독점 보도할 수 있는 권리를 샀다.

바누누는 〈선데이타임스〉에 사진 60여 장을 넘겼다. 그 사진에는 바누누가 디모나 센터에서 촬영한 것도 있고, 그가 일했다는 디모나 지하의 '마콘Machon 연구소 2'의 내부 사진도 있었다.

바누누의 진술에 따르면 디모나의 직원 2,700여 명 중에 단 150 명만이 '마콘 연구소 2'에 들어갈 수 있는 안보 허가증을 부여받는데, 자신이 그 허가증을 가지고 있었다고 했다.

이곳은 시멘트로 지어진 2층짜리 건물로 창문이 없어서 외부에서 봤을 때는 오랫동안 사용하지 않은 창고 정도로 보였다. 하지만 건물 주위로 둘러쳐진 담은 아주 두껍고 견고해 폭탄이 터져도 절대로 무너지지 않을 것 같았다. 높은 엘리베이터 철탑을 가리고자 이 건물의 엘리베이터는 지하 6층 깊은 곳에 있었고, 주로 장비를 옮기거나 직원 이동용으로 사용했다. 그렇다. 이곳은 비밀리에 핵무기를 생산하는 공장이었던 것이다! 30여 년이란 긴 시간 동안 이스라엘은 성공적인 위장으로 많은 스파이 요원과 정찰 비행기, 핵 사찰단을 모두 속였다.

바누누는 이렇게 경비가 삼엄한 연구 센터에서 사진을 찍었던 것이다. 유명한 원자로의 모습이 클로즈업으로 찍힌 사진을 통해 현재 이스라엘이 고급 열핵무기Hydrogen Bomb(수소폭탄이라고도 함. 수소의 원자핵이 융합하여 헬륨의 원자핵을 만들 때 방출되는 에너지를 살상·파괴용으로 이용한 폭탄-옮긴이)를 만들고 있다는 사실이 최초로 증명되었다. 이 밖에도 부피는 작지만 위력이 엄청난 중성자탄Neutron Bomb(원자폭탄, 수소폭탄처럼 폭풍이나 열복사선을 이용하지 않고 주로 중성자의 방사로 사람을 살상하는 핵폭탄-옮긴이)이 포함되었을 수도 있었다.

바누누는 복도, 실험실, 저장실, 통제실 등을 찍었다. 사진 속 계기판, 감시기, 계량표에는 히브리어로 '95팀'이라는 표시가 뚜렷하게 보였고 또 히브리어로 '방사능'이라 쓰인 경고판도 보였다.

사진을 보고 경악을 금치 못한 〈선데이타임스〉는 곧 전문가와 물리학자에게 이 사진의 연구를 의뢰했다.

사실 〈선데이타임스〉도 처음에는 믿기 어려운 소문이거나 누군가가 자료를 날조해 돈을 벌려는 수작이라고 생각했다. 하지만 사진을 보고 바누누의 설명까지 듣고 나서는 모든 것이 분명한 사실이라고 확신했다. 이 사진들은 이스라엘이 핵무기를 보유하고 있다는 가장 직접적인 증거였다.

바누누가 영국에 올 때 함께 런던London으로 건너온 게레로는 바누누와 〈선데이타임스〉가 자신을 빼놓고 일을 진행하는 것에 강한 불만을 표시했다. 그래서 게레로는 결국 〈선데이타임스〉의 경쟁사인 〈선데이미러Sunday Mirror〉지를 찾아가 그들에게 이 사실을 팔아 넘기려 했다.

〈선데이미러〉는 일단 게레로의 말은 전혀 믿을 수 없었지만 이 번이 경쟁사를 꺾을 절호의 기회라고 생각해 수천 달러를 들여 그 의 이야기를 샀다. 그리고 곧 게레로와 바누누가 찍은 사진과 〈선 데이타임스〉가 거액을 들여 이 허튼소리를 샀다는 내용의 비난 기 사를 보도했다.

하지만 〈선데이타임스〉의 반응은 다소 소극적이었다. 그들은 정 확한 정보를 제공하려면 먼저 이스라엘 정부의 반응을 살피고 나서 바누누의 기사를 보도해야 한다고 생각했다. 바누누는 〈선데이타 임스〉가 망설이는 것이 심히 불만스러웠다. 게다가 그는 벌써 이스 라엘 스파이가 자신을 주시하고 있다고 확신하면서 불안에 떨었다.

이스라엘 정부는 이미 이스라엘 비밀 정보기관인 모사드Mossad에 바누누를 체포하라는 명령을 내렸다. 그가 어디로 도망갔든 반드 시 잡아들여서 이스라엘 정부의 심판을 받아야 한다고 지침을 내렸 다. 그리고 바누누를 일벌백계로 엄중하게 처벌해 반역자는 도망 갈 곳이 없다는 것을 분명히 해두고자 했다.

이스라엘 페레스Peres 총리는 〈선데이타임스〉에 기밀을 팔아넘긴 바누누의 사진이 실린 것을 가리키며 단호하게 말했다.

"지금 상황에서는 기밀이 새나가는 것을 막을 수 없다. 하지만 기밀 누설자는 반드시 체포해 엄중히 처벌해야 한다."

모사드는 즉각 조치를 취해 전세계에 깔린 스파이망에 반역자 체 포를 지시했다. 이에 총리는 모사드에 이스라엘과 영국 간의 협력 관계를 고려해 영국 법률에 저촉되지 않도록 영국 영토 내에서는 문제를 일으키지 말고 바누누를 조용히 국외로 유인해 체포하라고 지시했다.

미인계로 반역자를 유혹하다 …

어느 날 바누누는 생각 없이 걷다가 어느새 레스터 광장Leicester Square까지 왔다. 이곳은 지나다니는 행인이 적어 더 넓어 보였다. 그는 런던에 온 날부터 극도로 긴장해 거의 매일 밤 악몽에 시달렸다. 긴 한숨을 내쉬던 그는 무척 외롭다는 생각이 들었다. 이럴 때 아름다운 여인이 옆에 있다면 얼마나 좋을까!

그때 우연히 고개를 돌리다가 분수대 옆에 서서 조용히 자신을 쳐다보는 젊은 여자와 눈이 마주쳤다. 아이보리색 치마를 입은 그녀의 어깨에서 새하얀 숄이 나풀거렸다. 왠지 모르게 걱정스러운 눈빛인 그녀는 분수대 물이 튀어 치맛자락이 젖는 데도 전혀 알지 못했다. 그녀의 눈은 마치 힘들어하는 그를 위로하는 것만 같았다. 정말 아름다운 그녀는 한눈에도 지적이고 우아해 보였다.

뭔가에 홀린 듯 바누누는 용기를 내어 그녀에게 적극적으로 다가갔다.

"안녕하세요, 아가씨!"

그녀는 대답 없이 웃기만 했다.

"제가 방해한 건 아닌지요?"

그녀는 고개를 절레절레 흔들었다. 웃는 모습이 참 매력적이었다. 어느새 바누누는 우울함은 온데간데없고 그녀에게 계속 말을 시키면서 관심을 보였다.

"이 동네 사세요?"

"아니요. 전 미국 플로리다Florida 주에서 왔어요. 미용 훈련을 받으러 왔지요. 아! 제 이름은 신디Cindy예요."

그녀의 부드러운 목소리는 참 듣기가 좋았다.

"만나서 반갑습니다. 저는 모르데차이 바누누입니다. 이렇게 만난 것도 인연인데 같이 커피 한 잔 하실래요?"

그녀는 좋다고 했다. 바누누는 속으로 기뻐하면서 갑자기 무한한 기대가 몰려들고 행복한 상상이 떠올랐다. 외롭게 혼자 지내던 남자가 가장 고독하다고 느낄 때 쓸쓸한 여인을 만났다고 생각하니 바누누는 무척 기분이 좋았다.

신디의 제안으로 두 사람은 빅토리아 거리Victoria Street에 있는 에클리스턴 호텔Eccleston Hotel로 갔다. 바 안에는 화려한 불빛이 깜빡거렸고, 최신 유행 노래가 조용히 흘러나와 마치 에덴동산 같은 분위기였다.

바누누는 위스키를 한 잔 마시고 희미한 불빛 아래 맞은편에 앉은 신디를 바라보았다. 깜빡거리는 불빛이 그녀의 아름다운 얼굴을 비쳤다. 속에 있는 이야기까지 하면서 신디의 호감을 사려 하는 자신에게 그녀가 맞장구도 쳐주고 즐겁게 웃어 주기도 하자 바누누는 어느새 자신의 못생긴 외모는 까맣게 잊은 채 그녀와 사랑에 빠진 것 같다고 생각했다.

두 사람이 바에서 나왔을 때는 이미 시간이 많이 늦은 때였다. 그들이 헤어지려 할 때 바누누는 낮은 목소리로 그녀의 마음을 떠보았다.

"신디, 우리 다시 만날 수 있을까요?"

그녀는 오히려 반문했다.

"당신은 어떻게 될 거 같아요?"

바누누는 바로 대답했다.

"제가 바래다 드려도 될까요?"

"그럴 필요 없어요. 저는 이 호텔에서 묵고 있거든요."

신디는 바누누를 보며 백옥같이 하얀 손을 내밀었다. 바누누는 두 손으로 그녀의 손을 잡고 가볍게 포옹했다.

"당신, 설마 냉정하게 나를 이곳에 버려두고 갈 생각은 아니죠? 올라가서 차 한 잔 마셔도 될까요?"

그의 목소리에는 간절한 마음이 그대로 담겨 있었다.

신디는 새침한 미소를 띠며 그의 손을 잡고는 경쾌하게 엘리베이터로 갔다. 바누누는 순간 심장이 빠르게 뛰는 걸 느꼈다. 그는 심장을 겨우 진정시키고 그녀를 따라갔다.

709호에 도착한 신디는 숄을 소파 위에 올려놓고 샤워 가운으로 갈아입었다. 놀란 표정으로 어찌할 바를 모르는 바누누 앞에서 그녀는 부끄러운 듯 웃으며 가슴이 살짝 보일 만큼 아슬아슬하게 목욕 수건을 두르고 욕실로 들어갔다. 너무나 매력적인 그녀의 모습에 바누누는 완전히 빠져들었다. 잠시 후 그녀가 붉은 포도주를 따른 와인잔을 들고 바누누에게 다가오자 그는 욕정을 누르지 못하고 그녀를 안았다. 신디는 그를 강하게 밀어내면서 진정시켰다.

"뭐가 그렇게 급해요. 먼저 샤워부터 하세요!"

바누누는 바로 욕실로 들어가 비누칠을 하면서 콧노래를 흥얼거렸다.

그는 진정 몰랐다. 이 매력적인 미녀가 누구인지를…… 사실 그녀는 이스라엘 모사드의 스파이였고, 본명은 셰릴 하닌Cheryl Hanin 이었다. 그녀는 미국 출신으로, 쭉 그곳에서 자랐다. 그러다가 1985년에 스물다섯 살이 된 셰릴은 이스라엘로 가서 이스라엘 군사정보국 소령 오퍼 벤토브Ofer Bentov와 결혼했다. 그 뒤 그녀는 모사드에 가담해 인정받는 스파이로 활동했다.

모사드는 금기를 넘어선 바누누의 반역 행위를 가만히 보고만 있을 수 없었다. 핵무기 보유 사실이 언론에 보도되기 전에 빨리 바누누를 찾아내 들끓는 여론을 잠재워야 했다. 이 상황에서 바누누를 유인할 수 있는 가장 좋은 방법은 바로 미인계였다. 이 막중한 임무를 맡은 스파이가 바로 바누누가 첫눈에 반한 신디였다.

그러나 이 사실을 전혀 몰랐던 바누누는 욕실에서 나오자마자 신디에게 달려들었다.

모사드 납치 작전…

며칠 후 게레로가 팔아넘긴 소식은 〈선데이미러〉에 보도되었고 오스트레일리아에서 찍은 바누누의 사진이 함께 실렸다. 사실 이 사진은 게레로가 바누누에게 빌려간 것이었다.

신문 기사를 본 바누누는 치를 떨며 게레로를 원망했고 자신의 처지가 못내 불안하고 두려웠다.

그날 밤 바누누는 불안한 마음으로 신디 방에서 멍하니 앉아 있었다. 아무리 술을 마셔도 두려움은 쉽게 가시지 않았다. 그때 신디가 바누누 곁으로 와 살며시 어깨에 기대며 부드럽게 말했다.

"제가 사랑하는 당신을 위해 뭐 도울 거라도 있나요?"

진심 어린 눈과 부드러운 말투, 게다가 어찌 이렇게 사람 마음을 잘 아는지……. 바누누는 감동한 나머지 신디를 끌어안고 눈물을 흘렸다. 그러자 그녀는 그의 머리를 쓰다듬으면서 눈가의 눈물을 살포시 닦아주었다.

"〈선데이미러〉에 당신 사진이 실렸으니 이젠 당신이 영국 어디엘 가든 사람들이 쉽게 알아볼 거예요. 이런 상황에서는 어쩌면 외국에 나가 있는 것이 더 안전할지도 몰라요."

그녀는 그의 볼에 얼굴을 갖다 대며 말했다.

"저는 로마Roma로 갈 생각이에요. 거기에 언니가 살고 있거든요."

그녀는 기대에 찬 눈빛으로 바누누를 바라보며 말을 이었다.

"당신도 함께 갈래요?"

신디의 진심 어린 걱정에 바누누는 과연 어떤 선택을 내렸을까?

그 뒤로 바누누의 소식은 끊겼다. 〈선데이타임스〉는 그의 실종에 관한 추측 기사를 헤드라인으로 실었다.

"4월 30일 이스라엘의 여성 스파이 신디는 교묘하게 바누누를 유인해 마취제를 넣은 브랜디를 마시게 한 뒤, 그를 튼튼한 상자에 넣고 화물로 비행기에 태워 이스라엘로 강제 송환하려 했다. 하지만 비행기에 문제가 생겨 점검이 필요했던 탓에 그 비행기는 제시간에 이륙할 수 없었고, 나무 상자는 짐들 사이에 섞여 아직 비행기에 실리지 않은 상태였다. 그때 마취에서 깨어난 바누누는 자신이 묶인 채로 좁고 어두운 상자에 갇혀 있다는 것을 깨달았다. 그는 온 힘을 다해 상자를 두들겼고 마침 그 소리를 들은 공항 직원이 짐 쪽으로 몸을 돌려 소리가 나는 상자를 찾았다. 그리곤 상자를 열어본 직원이 너무 놀라 사람을 부르러 달려가자, 그 사이에 옆에서 비행기 이륙 시간을 물어보던 젊은 남자 두 명이 그 상자를 들고 재빨리 도망쳤다. 그들은 상자를 자동차에 싣고 황급히 공항을 떠났다. 공항 경호원이 바로 그 차를 쫓아갔지만 방향을 놓쳐 바누누의 얼굴을 보지는 못했다."

사실 바누누는 신디와 함께 비행기를 타고 로마로 갔다. 신디는 공항을 나와 택시를 잡아타고 그녀가 말했던 언니의 집으로 향했다. 그런데 그들이 방에 들어가자마자 이스라엘 특수 요원 두 명이 바누누를 체포했다! 신디는 그에게 강력한 마취제를 주사하고 움직이지 못하게 꽁꽁 묶은 후, 로마 주재 이스라엘 대사관으로 보냈다. 바누누는 밀폐된 화물차에 갇힌 채로 이탈리아의 한 항구로 옮겨졌다. 이렇게 해서 바누누는 해상을 통해 이스라엘로 압송되었다.

바누누가 탄 배는 지중해에서 1주일 정도 운항하고 10월 7일 새벽에 이스라엘에 도착했다. 바누누는 햇빛도 들지 않고 바닥에 얇은 매트 하나만 덩그러니 깔린 방에 감금되었다. 그때 그는 외부 상황을 전혀 알 수 없었지만, 현재 자신이 다시 고향으로 돌아왔고 앞으로 삶이 결코 편하지 못할 거라는 것쯤은 알고 있었다.

이스라엘은 그에게 징역 18년을 선고했다. 어찌 보면 그에게 매우 관대한 처사라고 볼 수도 있다. 만약 선례에 따랐다면 그는 살아남지도 못했을 테니 말이다.

18년 후 이스라엘 당국은 바누누를 조건부로 석방했다. 하지만 2005년 11월 11일 국가기밀을 누설했다는 혐의로 그를 또다시 체포했다.

이스라엘 경찰 측 대변인은 바누누의 두 번째 체포를 두고 이렇게 말했다.

"그는 국가기밀정보를 비공식적인 자리에서 누설했다. 게다가 그는 석방 조건을 위반한 혐의가 있다."

미스터리한 뒷이야기 …

바누누에 관한 일화는 이밖에도 다양하다. 그 가운데 〈선데이타임스〉가 보도한 내용이 가장 눈길을 끈다. 바누누는 이스라엘 국가정보기관의 심문을 받던 도중에 자신이 〈선데이타임스〉에 제공한 정보가 보도되었다는 사실을 알게 되어 깜짝 놀랐다. 그가 수갑에 묶인 채 지중해를 건너고 있을 때, 〈선데이타임스〉는 헤드라인 기사로 '낱낱이 드러난 이스라엘 핵무기 저장고의 비밀'이라는 제목을 달아 그의 이야기를 보도한 것이었다.

한편 〈선데이타임스〉는 바누누를 함정에 빠뜨린 수상한 여자를 조사하다가 그녀에 대한 내용을 신문에 싣기도 했다. 기자들은 취재를 하면서 셰릴 채닝 벤토브Cheryl Channing Bentov라는 여자를 알게 되었다. 그녀는 미국 출신이지만 이스라엘에서 살다가 이스라엘 군사 정보기관인 아만Aman의 한 장교와 결혼을 했다. 〈선데이타임스〉가 공개한 그녀의 결혼사진을 보면 벤토브 부인은 신디와 외모가 거의 흡사했다. 더욱 흥미로운 점은 플로리다 주에 있는 그녀의 올케가 신디 채닝Cindy Channing이라는 이름을 가진 미용사였다는 사실이었다.

한번은 감금되어 심문을 받던 바누누가 예루살렘Jerusalem 법원에서 열리는 공청회에 출석하려고 경비가 삼엄한 경찰 호송차에 타고 있었다. 그런데 갑자기 그가 경비를 뿌리치고는 호송차 창문에 자신의 손바닥을 바짝 가져다 대었다. 그의 손바닥에 쓰인 "나는 로마에서 납치됐다"라는 글은 기자의 눈과 카메라를 통해 밝혀졌다. 그 뒤 기자들의 관심은 다시 이탈리아에 쏠렸다. 다시 말해 모사드가 이탈리아의 법률과 존엄에 저촉되는 일을 했느냐가 논쟁거리가 된 것이다.

하지만 이탈리아 도미니크 시카Dominique Sika 반 테러주의자 법관은 바누누의 행위를 부인하는 발언을 했다.

"바누누는 결코 납치된 적이 없다. 그가 손바닥에 쓴 글씨는 지나치게 완벽했다. 완벽하다는 것은 또 다른 의심의 여지를 남긴다. 또 〈선데이타임스〉가 보도한 사진은 다른 사람의 도움을 받아야만 찍을 수 있는 사진이다. 밤낮으로 경비가 삼엄한 실험실에 어떻게 아무도 없을 수가 있단 말인가!"

시카는 바누누가 누군가와 함께 꾸민 일이라고 주장하며, 그렇지 않고서는 상식적으로 도저히 이해할 수 없는 부분들이 많다고 했다. 시카의 추측은 곧 세계 언론의 커다란 관심을 받았다. 그의 발언으로 일부 언론사는 바누누가 처음부터 매국노인 척한 것이었고, 이 사기극은 이스라엘이 꾸민 음모에 불과하다고 믿기 시작했다. 또한 시카는 바누누 사건은 치밀한 계획 아래 가짜 정보를 제공한 사건이었다고 말하면서 이스라엘이 바누누를 사상 최대의 매국노라 비난한 것에 비해 형량은 지나치게 가볍게 내렸다고 주장했다.

그렇다면 바누누 스파이 사건은 정말로 누군가가 꾸며낸 이야기일까? 진실이 어떻든 간에 분명한 것은 바누누로 말미암아 이스라엘의 핵 보유 사실이 전세계에 최초로 드러났다는 점이다.

23

소련 KGB의 할머니 스파이

2005년 6월 2일 아흔세 살 고령의 멜리타 노우드Melita Norwood는 런던 남부 교외에 있는 거처에서 돌연사 했다. 몇 푼 되지도 않는 퇴직금으로 넘치지도 부족하지도 않게 노후를 즐기며 사과잼을 유난히 맛있게 만들었던 백발의 할머니, 하루도 거르지 않고 이웃 주민들에게 공산당에서 나온 신문 〈새벽 별The Morning Star〉을 나눠주던 자상한 할머니. 이웃 사람들에게 노우드는 이렇게 평범한 노인이었다. 하지만 평범하기 짝이 없는 이 노인이 바로 영국 MI5(영국의 국내 안보와 방첩 활동을 주로 담당한 정보기관이다. 또 다른 정보기관인 MI6은 외국 스파이 활동을 담당했다.-옮긴이)의 체면을 땅바닥에 떨어뜨린 장본인이라면 믿을 수 있겠는가? 노우드는 소련 KGB가 영국에 심어 놓은 엘리트 스파이로, 무려 40여 년 동안 영국의 각종 국가 기밀을 소련에 넘겼다. 그녀가 영국에 입힌 손실은 그 유명한 '케임브리지 5인조Cambridge Five(KGB가 영국 정보기관 MI6에 침투시켰던 전설적인 스파이 5명 – 옮긴이)'에 견줄 만큼 엄청났다. 그러나 여느 스파이와 달리 늘 조용했던 그녀는 자신의 파란만장한 과거를 좀처럼 입 밖에 내지 않았고, 재물에 욕심이 없어서 30여 년 동안 소련에 그토록 수많은 정보를 넘겨주고도 포상금 한 푼 받지 않았다.

302

대가를 바라지 않는 스파이…

노우드는 1912년 영국에서 태어났다. 라트비아Latvia의 유명한 사회당원이었던 부친 알렉산더Alexander는 영국으로 쫓겨난 뒤, 레닌 Lenin과 레오 트로츠키Leo Trotzki의 작품을 영문으로 번역하거나 급진 성향의 신문을 창간하며 활발하게 좌파 활동을 펼쳤다. 그래서 노우드는 그런 아버지의 영향을 깊이 받으며 성장했다.

1930년대에 들어 영국에서 사회주의 붐이 일자 영국인들은 소련에 더 많은 관심을 기울였고, 일부 젊은이들은 당시 소련의 정치 제도야말로 미래 사회의 이상적인 정치 모델이라고 추앙하기도 했다. 이런 분위기에 독일이 국회의사당 방화 사건의 배후를 공산당에 뒤집어씌우고 공산당원들을 대거 체포하는 사건이 일어나자 영국인들은 너도나도 소련편에 서서 응원했으며, 심지어 어떤 좌파 지식인들은 소련을 파시즘에 맞서 싸울 유일한 보루라고 여겼다. 한편 소련은 이런 호기를 틈타 영국에서 케임브리지 5인조의 킴 필비Kim Philby나 가이 버제스Guy Burges 같은 거물급 스파이를 대거 모집했다. 물론 그중에는 노우드도 있었다.

젊은 시절에 영국 공산당 조직에 가입한 그녀는 수학 교사이자 공산당원인 힐러리Hilary와 결혼하고 나서 유색금속연구협회 회장의 보좌관직을 맡았다. 합금과 첨단 기술 연구의 보조 업무를 담당하는 이 협회는 가히 영국 원자폭탄 설계의 핵심이라 할 수 있어 소련 정보부처에게는 제 발로 굴러들어온 호박이나 마찬가지였다.

소련 정보국은 1932년에 소련 스파이 앤드류 로스테인Andrew Rothstein을 통해 그녀를 알게 되었고 1937년에 정식 스파이로 채용

했다. 그녀의 암호명은 '호라Hora'. KGB에 영국 핵 군사 기밀을 제
공하던 노우드는 런던의 영국 유색금속연구협회로 이직했다. 당시
유색금속연구협회는 영국 원자폭탄 계획의 일부 연구 업무를 담당
하고 있었다. 그래서 노우드는 비록 직위가 높지 않아도 많은 기밀
정보를 접할 수 있었고, 손에 들어오는 문서란 문서는 모두 사진으
로 남겨 놓았다. 1937년부터 1940년까지 노우드는 소련 정보 요
원에게 과학 기술과 관련된 많은 정보를 넘겼다.

제2차 세계대전이 발발하자 각국 간에 치열한 첩보전이 펼쳐졌
다. 각국은 적대국의 정보를 입수하는 것은 물론, 동맹국 동향을
살피는 데도 혈안이 되었다. 정보전의 핵심은 바로 적대국과 연합
국의 핵 관련 정보를 파악하는 것! 미국, 영국 가리지 않고 온갖 곳
에서 정보를 빼내는 데 능숙했던 소련은 일사천리로 원자폭탄 연구
를 진행해 나갔다.

어느 날 영국이 1940년부터 '터널 합금'이란 핵 계획을 추진해왔
다는 정보를 입수한 노우드는 즉각 소련 정보국에 관련 자료를 넘
기고, 각종 자료와 사진을 복사해 런던에 있는 KGB 관계자에게 직
접 전하기도 했다. 안전을 기하고자 소련 특수 요원과 자주 만나지
는 않았지만, 그녀가 제공하는 정보는 언제나 일급 정보였다. 심
지어 영국인들이 자조 섞인 농담조로 스탈린이 영국 총리인 애틀리
Attlee보다 영국 핵 기술을 더 많이 알고 있다고 할 정도였다. 소련
은 이에 힘입어 영국보다 3년 빠른 1949년에 드디어 원자폭탄 실험
에 성공했다.

스파이로서 노우드는 누구보다 출중했다. 그러나 그녀는 겉으로
는 평범한 직장인이었다. 업무가 복잡하지도 않고 관리직도 아니

304

어서 다른 사람의 눈에 잘 띄지 않으니 스파이 활동을 하는 데는 제격이었던 셈이다.

또한 노우드는 스파이 활동을 하면서도 KGB에 군사와 기술 정보를 제공할 수 있는 새로운 스파이를 알선하기도 했다. 한 예로 그녀는 정부부처에서 일하는 틴트Tint를 KGB에 소개하고, 1965년부터 그에게 직접 스파이 교육을 실시했다. 틴트는 노우드의 도움을 받으며 1967년부터 14년 동안 영국 무기 판매 상황과 과학 기술 정보, 그리고 각종 노하우를 소련에 넘겼다.

1972년까지 소련과 손을 잡고 일했던 그녀는 1979년에 남편 힐러리와 함께 관광 비자로 소련으로 건너갔다. 그 당시에 소련 정부가 그녀에게 어마어마한 포상금을 주었지만, 그녀는 한사코 거절했다. 그러나 소련 최고 소비에트 의장단에서 수여한 붉은 기 훈장(소련에서 두 번째로 높은 공로 기장記章–옮긴이)은 흔쾌히 받으면서 매우 뿌듯해했다. 후에 소련 정보국과 인연이 끝난 뒤에도 노우드의 투철한 공산주의 신념은 변하지 않았다.

1986년에 남편이 세상을 떠나 그녀는 혈혈단신이 되었지만, 좌파 운동에 앞장서면서 매일 아침 〈새벽 별〉 신문을 30부씩 사서 이웃 주민들에게 나눠주었다. 비록 사상은 급진적이었지만 언제나 상냥하고 친절한 할머니. 이웃 사람들에게 노우드는 그런 사람이었다.

정체는 탄로났지만 관련 당국은 속수무책···

영국의 스파이 본부는 제2차 세계대전이 끝난 뒤에도 공산당의 투철한 신념을 고수하는 노우드를 줄곧 의심의 눈초리로 바라보았다.

··· 40여 년간 스파이였던
멜리타 노우드

결국 그녀의 정체가 탄로난 90년
대 말, 영국 MI5는 이렇게 밝혔다.

"오랜 수사 끝에 노우드가 KGB의
스파이라는 것을 알아냈지만, 제대로
된 물증을 찾지 못해 그녀를 고소하
지 못했다."

하지만 사람들은 이것을 MI5가 그
동안 잔뜩 구겨진 체면을 만회하려고
꾸며낸 이야기라고만 생각했다.

노우드의 신분을 폭로한 것은 오히려 소련의 반역자 미트로킨
Mitrokhin이었다. KGB의 해외 정보를 담당하는 제1본부 문서국에서
근무했던 미트로킨은 1972년에 KGB가 모스크바 교외로 이전하면
서 혼란해진 틈을 타 가장 가치 있다고 생각하는 문서를 골라 종이
에 베끼고, 그것을 신발에 감춰서 빠져 나왔다. 그러고는 집에 돌아
와 문서를 복사한 뒤 교외에 있는 별장에 숨겼다.

미트로킨은 계속해서 업무 명목으로 정보를 대량 빼냈다. 그중에
는 KGB가 해외에서 벌인 비밀 활동 상황, 장교와 스파이, 정보 제
공자의 성명, 세계 각지에 흩어져 있는 스파이들의 활동 분석 보고
등 온갖 기밀이 다 있었다. 그는 이런 방식으로 1930년대에서 80년
대까지 장장 50년 동안 각종 문서를 수천 부나 빼냈다.

소련이 해체되고 나서 초라한 퇴직 생활을 보내던 미트로킨은 문
득 그간 모아둔 기밀 정보들을 팔아 편안하게 노후를 즐겨야겠다는
생각이 들었다. 1992년 그는 결국 구소련의 기밀문서를 몇 부 들
고 미국 대사관이 있는 리가Riga로 향했다. 그런데 미국 대사관 직

원들은 이를 KGB가 던진 미끼거나 미트로킨이 러시아를 빨리 떠나려고 위조한 가짜 문서라고 생각하고 콧방귀도 뀌지 않은 채 미트로킨을 문전박대하는 것이 아닌가!

미트로킨은 여기서 포기하지 않고 영국 대사관을 찾아갔다. 영국 특수 요원들은 그와 오랜 시간 상담한 끝에 이 정보들이 거짓이 아니라는 것을 파악하고, 즉시 런던에 통보했다. 영국은 정보 제공의 대가로 미트로킨과 그의 가족에게 호화로운 집을 사주고 어마어마한 포상금을 주었다. 같은 해 9월 7일, 미트로킨은 영국 특수 요원과 함께 모스크바로 가 그곳에 감춰둔 자료를 챙겨서 돌아왔다. 하지만 이는 빙산의 일각에 불과했다. 미트로킨은 모스크바에 있는 그의 별장에 수많은 기밀문서를 숨겨 놓았기 때문이다. 그래서 특수 요원 리처드 톰린슨Richard Tomlinson이 외교관 신분으로 모스크바에 가서 미트로킨의 별장 지하에 숨겨진 나머지 기밀문서를 가지고 런던으로 돌아왔다.

톰린슨은 훗날 영국 스파이 백 명의 명단과 MI6의 암살 계획을 인터넷에 공개해 세간을 떠들썩하게 만든 인물이다.

MI5는 미트로킨이 유출한 KGB 기밀문서에서 1992년 미트로킨이 반역 활동을 시작할 무렵 '호라'라고 불리는 스파이가 있었다는 사실을 알게 되었다. 하지만 호라의 정체는 여전히 오리무중이었다. 그러나 그 후에 MI5가 끈질기게 7년이나 조사한 끝에 노우드가 바로 호라, KGB의 스파이라는 것을 알아냈다. 이 소식이 알려지자 노우드의 이웃 주민들은 경악을 금치 못했고, 그녀의 하나뿐인 딸 역시 누구보다도 큰 충격을 받았다. 하지만 정작 노우드 자신은 언젠가 이런 날이 올 줄 알았다는 듯이 매우 담담한 반응이었다.

이웃이었던 앤드류는 이렇게 당시 상황을 밝혔다.

"저는 신분이 밝혀진 뒤의 그녀 반응에 무척 놀랐습니다. 아침부터 집 밖에 영국 기자들이 바글거린다면 평범한 여든일곱의 노인은 대부분 어찌할 바를 몰라 안절부절못할 것입니다. 하지만 그녀는 침착한 어조로 기자들에게 잠깐 밖에서 기다리라고 하더니 곧 집 앞마당으로 나와 입장을 표명했죠."

1999년 천 페이지가 넘는 《미트로킨 파일-유럽과 서방국가 곳곳에 도사리고 있던 KGBThe Mitrokhin Archive : The KGB in Europe and the West》가 책으로 발간되자 영국 전체는 충격의 도가니에 빠지고 말았다. 사람들은 노우드를 '빨갱이 할머니 스파이'라고 불렀다. 그도 그럴 것이 노우드의 스파이 인생은 1937년부터 시작해 40년 넘게 지속되었으니 그녀는 영국 역사상 가장 오랫동안 스파이 활동을 한 KGB 장수 스파이인 셈이다. 게다가 이를 증명이라도 하듯 KGB는 노우드의 공을 높이 사 그녀에게 '붉은 기 훈장'을 수여했다.

조금도 후회하지 않는다. 그저 소련의 해체를 가슴 아파할 뿐…

신분이 밝혀진 뒤 기자들이 벌떼처럼 몰려와도 노우드는 전혀 동요하는 기색이 없었다. 그녀는 영국 BBC와 한 인터뷰에서 자신이 KGB와 40년 동안 손을 잡았던 것을 인정하며 이렇게 말했다.

"한 것을 하지 않았다고 할 수는 없지요. 하지만 돈을 위해서가 아니었어요. 난 그저 정보를 제공해서 구소련이 영국이나 미국, 독일과 맞설 힘을 얻기를 바랐을 뿐입니다."

한 기자가 노우드에게 물었다.

308

"자신이 한 일을 후회하십니까?"

그러자 그녀는 한 마디로 딱 잘라 말했다.

"추호도 후회하지 않습니다."

그녀는 이상주의자였다. 목에 칼이 들어와도 자신의 매국 행위를 후회하지 않을 만큼 그녀의 신념은 매우 확고했다.

"스파이가 되기로 결심한 것은 돈 때문이 아니었어요. 오직 이상을 위해서였죠. 공산당원인 저는 소련이 서방국가와 대등한 실력을 얻기를 진심으로 바랐습니다."

그녀는 정말로 목숨 바쳐 공산주의에 충성했다.

노우드는 50년 전에 남편 힐러리와 빌린 돈으로 얻은 작은 집에서 계속 살았다. 그녀의 집 안에는 쿠바 지도자 카스트로Castro를 지지하는 표어들이 잔뜩 걸려 있었다. 그녀는 기자에게 말했다.

"나는 스탈린을 숭배합니다. 소련 해체를 생각하면 아직도 가슴이 미어지지요."

그녀는 다소 침울한 어조로 죽은 남편 이야기를 꺼냈다.

"저는 남편과 50년 동안을 살붙이며 살았어요. 남편은 내가 스파이라는 것을 알고 나서 반대하긴 했지만, 억지로 막으려고 하지는 않았어요. 저의 신념과 선택을 존중했기 때문이죠. 남편이 보여준 그 깊은 사랑은 영원히 잊지 못할 거예요."

놀라운 것은 그녀의 외동딸 애니Annie조차도 노우드의 정체를 몰랐다는 사실이다. 애니는 미트로킨 파일이 출판되고 나서야 모든 내막을 알게 되었다.

1999년 10월에 영국 내각 장관 스트로Straw는 노우드가 법정에서 심판받아야 한다고 주장했다. 하지만 미트로킨이 베껴 쓴 문서나 노우드의 시인은 모두 법정 증거가 될 수 없었다. 게다가 스파이 활동을 했다는 확증을 찾기란 보통 어려운 일이 아니었다. 결국 영국 사법부는 그해 말에 여든일곱 살의 노우드에게 불기소 판정을 내렸다.

노우드는 평범한 영국 할머니였다. 그러나 그녀의 산 경험은 우리에게 한 가지 사실을 말해준다. 제임스 본드James Bond처럼 늘 턱시도를 입고 매력이 철철 넘치며, 온갖 교통수단을 능수능란하게 운전하고 위험천만한 곳에 홀로 뛰어드는 스파이만이 유능한 스파이가 아니라는 점이다. 외모는 그리 뛰어나지 않더라도 현명하고 일 처리가 확실하며 맡은 역할 이상의 활약을 펼치는 노우드야말로 가장 이상적인 엘리트 스파이가 아닐까?

소식통에 따르면 노우드의 전기가 곧 출판될 예정이라고 한다. 이 책의 작가 데이비드 버크David Burke는 그녀를 이렇게 표현했다.

"여성으로서 노우드는 많은 이의 사랑을 받는 할머니입니다. 참 인자하고 따뜻한 분이셨죠. 아흔이라는 고령의 나이에도 집에 있는 화원을 직접 돌볼 정도로 아주 정정하셨는데, 그렇게 갑작스레 돌아가시다니 정말 뜻밖이었습니다."

버크는 평소 노우드를 자주 찾아가서 그녀와 함께 인생과 역사, 정치 관점을 주제로 두루두루 이야기를 나누었다. 그는 또 이렇게 말했다.

"노우드는 평생 동안 핵 감축을 주장했어요. 그런 그녀가 영국의 핵 기밀문서를 구소련에 넘겼으니 사람들은 모순이라고 손가락질하겠지요. 하지만 그녀는 확고한 신념이 하나 있었어요. 바로 세계는 평등해야 한다는 거예요. 노우드는 강대국이 혼자서 핵무기를 지배하는 것은 매우 위험한 불평등이라고 생각했어요. 서방 국가들이 선제공격으로 구소련을 언제 습격할지 모른다는 두려움이 들었던 거죠. 그래서 그녀는 구소련도 영국이나 미국, 독일과 같은 서방국가와 대등한 실력을 갖추기를 바랐던 거예요."

··· KGB의 유명한 여성 스파이
멜리타 노우드

생전에 노우드는 미트로킨을 이렇게 평가했다.

"그는 비열한 인간이에요. 나는 평화주의자지만 그를 직접 보게 된다면 분명히 머리에 총이라도 겨누고 싶은 심정일 거예요. 단지 짧은 인생을 편하게 살려고 돈을 위해 나라를 배반했기 때문에 정말 많은 사람이 희생당했어요. 저는 그에게 침 뱉는 것도 아까울 정도로 그를 혐오해요."

한편 러시아의 지도자에 관해 이야기를 나눌 때 노우드는 이렇게 말했다.

"나는 레닌을 존경합니다. 하지만 스탈린은 그렇게 좋은 사람은 아니에요. 백 퍼센트 완벽한 사람은 아니죠."

또한 자신의 부모님에 대해서는 이렇게 표현했다.

"두 분은 모두 전쟁과 종교를 반대하셨지만 이를 우리에게 강요하지는 않으셨어요. 그 당시 고향에서는 좌익운동이 한창 뜨거웠지요."

스파이 활동을 후회하느냐는 질문에서 그녀는 조금도 거리낌 없이 말했다.

"추호도 후회하지 않습니다. 나는 러시아인을 존경해요. 그리고 그동안 누구에게도 내 신분을 밝히지 않고 살아왔지만 내가 언젠가 체포되지는 않을까 전전긍긍하며 살지는 않았어요. 스파이를 시작하면서 나 자신의 존재를 버렸거든요. 오직 스파이 호라만 있을 뿐이죠. 나는 그동안 나를 도와준 사람들의 실제 이름조차 모릅니다. 나와 연락하던 사람은 이미 대부분 소리 소문 없이 죽었지요. 그들 모두를 끝까지 지켜주지 못한 것은 제 책임입니다."

노우드는 마지막으로 자신의 이상을 말했다.

"물론 자신의 조국을 배반하면 안 되지요. 하지만 영국 정부가 반(反) 쿠바 정책을 쓴다면 나는 쿠바를 지지하고 돕겠어요. 저의 변치 않는 신념이 그러길 바라니까요. 이 신념은 영원히 변하지 않을 거예요."

과거에 소련의 KGB와 군사정보총국GRU은 노우드의 재능을 알아보고 서로 먼저 그녀를 스카우트하려고 실랑이를 벌였는데, 결국은 KGB가 이 유능한 스파이를 포섭하게 되었다. 그 당시 KGB는 기밀문서에서 노우드에 대해 이렇게 평가를 내렸다.

'성실하고 믿을 만하며 규율을 잘 지키는 스파이다. 분명히 유능한 재목이 될 것이다.'

이를 증명이라도 하듯 1958년 노우드는 KGB의 '붉은 기 훈장'을 받았다.